マル暴総監

Soukan

Konno Bin 今野敏

実業之日本社

マル暴総監

写真／ plainpicture/ アフロ
GYRO PHOTOGRAPHY/a.collectionRF/amanaimages
装幀／山田満明

1

「ふざけてんじゃねえぞ」

「てめえ、ここをどこだと思ってるんだ」

細い路地を進むと、遠くから怒気を含んだ剣呑《けんのん》な声が聞こえてきた。

ああ、嫌《いや》だなあ……。

甘糟達男《あまかすたつお》は、小走りに路地を進みながら、そんなことを思っていた。

酔って喧嘩《けんか》するくらいなら、酒なんか飲まなきゃいいのに……。

甘糟は、北綾瀬《きたあやせ》署の組織犯罪対策係の巡査部長だ。いわゆるマル暴刑事だった。

かつて、マル暴はヨンカなどと呼ばれることもあった。警視庁本部の捜査四課が暴力団を担当していたからだ。

それが独立して、組織犯罪対策部となった。だが、面白いことに、暴力団を担当しているのは、組対《そたい》部第四課なのだ。ヨンカの伝統は守られているのだ。

マル暴刑事は、こわもてが多い。暴力団員、いわゆるマルB《ビー》と関わっているうちに、自然とそうなるらしい。

あるいは、もともとこわもての連中が、マル暴に集められるのだろうか。

ところが、甘糟はまったく違ったタイプだった。見かけも小柄で弱々しい。度胸なんてまったくない。

中学・高校の時代から、ツッパリ、ヤンキーなどと呼ばれる連中とはなるべく距離を置きたいと考えていた。

それが今はマル暴だ。

人事の嫌がらせとしか思えない。

組んで仕事をしている郡原虎蔵《ぐんばらとらぞう》から電話があったのは、午後十一時を過ぎた頃だ。

警察官の朝は早い。そろそろ寝る仕度《したく》でも始めようかと思っていたところだ。

「おい、起きてるか?」

「あ、はい。起きてます」

「チンピラが睨《にら》み合っているという通報があった」

「え……?」

「え、だと? おまえ今、そういうことは地域課に任せておけばいいのに、って思っただろう」

「は、いや、そんなことは……」

図星だった。

街中の揉め事など、地域課で対処してほしい。そのための交番だ。

「その地域課から俺のところに知らせがあったんだよ。睨み合っているのは、組員かもしれねえってな」

郡原は、甘糟とは対照的で、実にマル暴らしい刑事だ。つまり、暴力団員と見分けがつかないような風貌をしている。

「それで……？」

「俺は今動けねえ。おまえが様子を見に行ってくれ」

「地域課も行ってるんでしょうね」

「ああ。そのはずだ」

「様子を見るだけでいいんですね？」

「そうだと思うよ。じゃあな」

電話が切れた。

そういうわけで、甘糟は、慌ててスーツに着替え、ノーネクタイのまま現場に向かったのだった。

綾瀬駅近くの飲食店街だ。細い路地を挟んで、飲み屋が並ぶ。

あるスナックの外で、チンピラが睨み合っていた。

互いに複数だ。片方が三人組、それと対峙《たいじ》しているのは二人組だ。

その睨み合いを囲んで人垣ができている。甘糟は、その人垣の中に、唐津晃《からつあきら》の姿を見つけた。

若いが、綾瀬のアキラと言えば、このあたりではちょっとした顔だ。彼は、北綾瀬署管内に事務所を構える多嘉原連合《たかはられんごう》の組員だ。

甘糟は、アキラに声をかけた。

「ここで、何してるんだ？」

「おや、甘糟さん。見てのとおり、喧嘩の見物ですよ」

「チンピラだね」

「そうですね」

「あの中に、おたくの若いのがいたりする？」

「二人組が半ゲソです」

半ゲソは、準構成員のことだ。

甘糟は驚いた。

「なんで止めないんだ？　こんなところで騒ぎを起こしちゃだめだろう。暴対法があるんだよ。俺、あいつらを引っぱらなきゃならない」

「俺が動いたら、それこそ暴対法違反になります」

「いや、だけどね……」

「それに、あの人がいたら、俺なんか、動けませんよ」

アキラは、顎で向かい側の人垣を示した。甘糟はそちらを見て、あっと思った。

黒いスーツに白いシャツ、そしてノーネクタイ。髪を短く刈った精悍《せいかん》な男がひっそりと立っている。

阿岐本《あきもと》組代貸の日村誠司《ひむらせいじ》だ。

「それにね……」

アキラが続けて言った。「こんな小競り合いは、じきに終わりますよ。だから、日村さんも黙って見てらっしゃるんだ」

「じきに終わる？」

「さっき、前哨戦《ぜんしょうせん》が終わり、これは言わば後始末ですからね」

「え、どういうこと？」

「路上で、チンピラが素人の通行人に迷惑をかけていた。それを聞いたうちの半ゲソ二人が、収めに行った。そこにおたくの地域課が駆けつけて、いったんはばらけました。……で、半ゲソ二人はそこのスナックで飲んでいたんですが、そこにチンピラが仲間を二人連れて戻って来たというわけです」

「あ、それでうちの地域課の姿が見えないんだ……」

「引きあげた後です」

「本当に、喧嘩になる前に睨み合いが終わるの？」

「お互いに怪我をしたくはありませんからね。面子《メンツ》が立てばいいんです。尻尾を巻いて逃げたという噂《うわさ》が立たないように、啖呵《たんか》だけ切っておくんですよ。あの二人は、俺が見ているのを知っていますからね。無茶はやりません」

「黙って見ていればいいってこと？」

「そうです」

それを聞いて気が楽になった。郡原からも、様子を見てこいと言われただけだ。

甘糟は、アキラの隣で、チンピラたちの成り行きを見守ることにした。

「待て、待て、待て、待て」

そのとき、人垣の中から大きな声が聞こえた。野次馬たちが、その声のほうを見る。

対峙しているチンピラたちも、驚いてそちらを見た。

白いスーツを着た恰幅《かっぷく》のいい男が人垣の中から歩み出て、対峙する三人組と二人組の間に立った。

甘糟は思わず、アキラに訊いていた。

「誰だ、あれ」

アキラは戸惑ったようにこたえた。

「知りませんよ」

甘糟は、向かい側にいる日村の顔を見た。彼の知り合いかと思ったのだ。日村は眉をひそめていた。彼もその男のことを知らないようだ。

「天下の往来で、騒ぎを起こすたあ、太《ふ》てえ野郎どもだ」

甘糟はアキラに言った。

「ずいぶん、時代がかった物言いだね。誰だろう」

「さあね……。少なくとも、うちの関係者じゃないですね」

二人組がちらりとアキラのほうを見た。どうしていいかわからなくなったようだ。

男が言った。

「この喧嘩、俺が買った。さあ、束になってかかって来やがれ」

アキラがつぶやいた。

「まずいですね……」

「え、何が……?」

「せっかく引き時を考えていたのに、引っ込みがつかなくなっちまいました」

「冗談じゃないよ、そんなの……」

「甘糟さんの出番ですよ。マル暴刑事が出てきたとなれば、俺たちは引くしかない」

「なんだよ、もう……。見ているだけでいいって言われたのに……」

甘糟はうんざりした気分になった。

「早く行かないと、ますます騒ぎが大きくなりますよ」

「わかったよ」

甘糟は、歩み出た。

「はい、そこまで。解散、解散」

白いスーツの男が甘糟を見て言った。

「何だ、てめえは？」

「北綾瀬署の甘糟」

手帳を取り出し、開いてバッジと身分証を見せた。

「ほう、警察官か？」

「そうだよ。さあ、これ以上揉《も》め事を大きくすると、全員しょっ引くよ」

チンピラたちが、じりじりと後ずさりを始めた。彼らにとっては、渡りに船だったはずだ。

白いスーツの男が言った。

「こいつらは、おとがめなしか？」

「あんたに指図されるいわれはないよ。さあ、あんたも、どこかに消えてくれ」

その言葉を待っていたように、まず三人組が消えた。それを見届けてから、二人組も姿を消した。

見ると、すでにアキラも日村もいなくなっていた。

野次馬たちの輪が解けていく。

甘糟は、白いスーツの男にもう一度言った。

「さあ、もうどこかに消えてよ」

相手の年齢は五十代半ばだ。少しだけ太り気味だが、よく鍛え上げられた体格であることがわかる。

おそらく若い頃に柔道などの格闘技をやっていたに違いないと、甘糟は思った。服装から見て堅気《かたぎ》ではないかもしれない。

その男を見ているうちに、甘糟は、おや、と思った。

どこかで見たことがあるような気がしたのだ。だが、どこの誰か思い出せない。

その男が言った。

「面白い刑事だな。また会おう」

甘糟は言った。

「別に俺、面白くなんかないよ。もう会いたくもないし」

男は、笑い声を上げながら歩き去った。

「なんだよ、あれ……」

甘糟は、その後ろ姿を見送りながらつぶやいていた。


翌朝は、ちょっと寝不足だった。

何だかんだで、結局独身寮に戻ったのは深夜零時過ぎで、寝たのは午前一時過ぎだ。

警察官は、若い頃から鍛《きた》えられて寝不足に強くなる。当番のときはほとんど徹夜だからだ。

だが、甘糟は相変わらず寝不足に弱かった。生まれつきの体質だろう。もともと警察官に向いていなかったのかもしれないと思うこともある。

郡原に尋ねられた。

「昨日はどうだった？」

甘糟は経緯を話した。

「ふうん。その白スーツ、何者だろうな」

郡原が独り言のように言った。

「どこかで見たことがあるような気がしたんですけどね……」

甘糟が言うと、郡原が大きな目で睨むように甘糟を見た。

「見たことがある、だって？　マルＢか？」

甘糟は首を捻《ひね》った。

「さあ……。思い出せないんです」

「思い出せないだと？　おい、それでよく刑事がつとまるな」

「わあ、すいません」

甘糟は頭を抱えたくなった。郡原に殴られるような気がしたのだ。実際には、まだ一度も殴られたことなどない。だが、想像の中では何度も殴られている。

「関わりのある組の資料を全部ひっくり返してでも、そいつのことを思い出すべきなんじゃないのか？」

「白いスーツなんて、マルＢくらいしか着ないですよね」

「まあ、そんな恰好《かっこう》で夜の街を歩くとなれば、間違いなくマルＢだろうな。年齢は？」

「おそらく五十代半ばか、後半だと思います」

「だとしたら、幹部だな。どこかの組のトップかもしれねえ。おい、その場にアキラと日村がいたと言ったな？」

「はい」

「やつらに訊いてみろ。知ってるかもしれねえ」

「はあ……」

「はあ、じゃねえよ。言われたらすぐにやるんだ」

「あ、すいません」

甘糟は、立ち上がった。郡原は、机上にあったスポーツ新聞を手にとって開いた。

「あのう……」

甘糟は言った。

「何だ？」

「刑事は二人一組で捜査するのが原則でしょう？」

「それがどうした？」

「自分一人で行くんですか？」

「おい、ガキじゃねえんだ。雁首《がんくび》並べて行くほどのことか？」

「どうでしょう……」

「いいから、さっさと行ってこい」

「はい」

言うとおりにするしかない。

マルBは恐ろしいが、郡原も同じくらい恐ろしい。いや、場合によっては郡原のほうがずっと怖いと思うこともある。

署を出た甘糟は、さて、と思った。

アキラと日村のどちらを先に訊きに行こう。

日村は、阿岐本組の代貸、アキラはほぼ幹部扱いだが、身分はただの組員だ。当然、日村のほうが顔が広いので、そちらを先に訪ねるべきなのかもしれない。

だが、日村よりもアキラのほうがハードルが低い。甘糟はつい、話しやすいほうを選んでしまう。

足は、自然と谷中《やなか》四丁目のほうを向いていた。東京地下鉄綾瀬工場の近くに、多嘉原連合の事務所がある。

狭い敷地に建てられた四階建てのビルで、一階が組事務所。二階から上が組長・多嘉原由紀夫《ゆきお》の自宅となっている。

マルBの事務所を訪ねるたびに、嫌な気分になる。いくら刑事だからって、怖いものは怖い。仕事じゃなければ、絶対に近づきたくないと、甘糟は思っている。

インターホンのボタンを押すと、すぐに返事があった。

「はい、どちらさん？」

「北綾瀬署の甘糟だけど……」

「お待ちください」

ほどなくドアが開く。坊主刈りの若者が礼をして言う。

「どうぞ、お入りください」

「アキラ、いる？」

「はい。おります」

いちおう、ちゃんと躾《しつけ》はできている。今どきの若い社会人は、自社の者について「いらっしゃいます」などと言ったりする。敬語と謙譲語の使い分けができていない。

甘糟が事務所に足を踏み入れると、その場にいた組員たちがいっせいに声をそろえる。

「ご苦労さんです」

礼儀正しいのだが、これはプレッシャーでもあるのだ。嫌がらせとも取れる。

アキラが応接セットのソファでにやにやしている。

「甘糟さん、ようこそ。どうぞ、こちらへ」

甘糟は、テーブルを挟んでアキラの向かい側に腰を下ろす。

「昨日は、どうも……」

アキラが言う。

「そのことで、ちょっと訊きたいことがあってさ……」

若い衆が茶を持って来た。甘糟はそれを見て言った。

「いつも言っているだろう。茶なんていらないって……」

「そうはいきませんよ。お客さんに茶も出さないなんて評判が立ったら、オヤジの恥になりますからね」

「恥だかなんだか知らないけど、俺は手をつけないからね。もったいないじゃないか」

「お客さんに対する礼儀ですから。それで、訊きたいことって、何です？」

「喧嘩を買うって言った白いスーツの男がいただろう」

「ええ」

「あれ、誰だろうと思ってね。もう一度聞くけどさ、あんた、知らない？」

「さあ……。見たことありませんね」

「服装や年齢から考えて、どこかの幹部かトップだと思うんだけど……」

「昨日も言いましたが、うちの縁者じゃありませんね。俺は見たことがありません」

「本当だね？」

「そんなことで、嘘ついてどうするんです。あの男は、せっかく収まりかけていた騒ぎを焚《た》きつけようとしたんですよ」

「まあ、そうだよね」

「まったく迷惑な話です」

「昨日の二人組が、おたくの半ゲソだって言ったよね？」

「そうです」

「睨み合っていた相手の三人組は何者？」

「さあ……」

「しらばっくれないで教えてよ。別に逮捕しようってんじゃないんだから」

「いや、本当に知らないんですよ。地元の組関係者じゃないですね。まあ、最近は半グレだのギャングだのって、俺たちの稼業とは関係ないやつらが幅をきかせてますからね」

「じゃあ、あの三人組は半グレか何か？」

「そうかもしれません。俺たちを当たるより、マル走《そう》関係を当たったほうが早いかもしれませんよ」

マル走というのは、暴走族のことだ。警察で使う隠語だが、いつの間にかアキラのような連中も使うようになっている。

甘糟は、アキラに念を押すように言った。

「本当に、あの白スーツの男にも、三人組にも心当たりはないんだね？」

「ありません」

甘糟は席を立ち、出入り口に向かった。また若い衆が声をそろえて言う。

「ご苦労さまでした」

甘糟は、しかめ面で多嘉原連合の事務所をあとにした。

阿岐本組の事務所は、綾瀬駅前から続く商店街を抜けてしばらく行ったところにある。

こちらも、多嘉原連合とまったく同じ四階建てのビルだった。組長の住居を兼ねていることも同じだった。

もしかしたら、多嘉原連合が事務所を作るときに、阿岐本組を手本にしたのではないかと、甘糟は思っていた。

ただし、阿岐本組長の自宅は、三階と四階だ。二階には、若い組員が寝泊まりするスペースになっている。そこが多嘉原連合とは違う。

阿岐本組事務所には、インターホンはない。ドアにも施錠されていない。暴力団事務所としては、ずいぶんと不用心だと思うが、それが組長阿岐本雄蔵《ゆうぞう》の方針なのだそうだ。

阿岐本は、自分たちは暴力団ではないので、事務所の扉は万人に開かれるべきだと言っているらしい。

教会じゃあるまいし、と甘糟は思う。

ヤクザの事務所が万人に開かれていてどうするんだ。

だが、実際、近所の人は阿岐本組を何かと頼りにしているらしい。ミカジメ料は禁止だと言っても、飲食店街の経営者連中は、面倒事があると阿岐本組に相談をしては、礼金を払う。

阿岐本組のほうから要求するわけではないので、取り締まるのも微妙だ。暴対法で取り締まれないわけではないが、へたに手を出すと、古くからある飲食店の経営者たちから警察が非難されるのだ。

これは、とても稀《まれ》なケースなのだと思う。どこの地域でも、ヤクザの事務所は迷惑なものだ。阿岐本組は特別なのだろう。

警察や役所に相談するよりも早いし面倒見もいいと言うのだから、甘糟としては聞き捨てならない。

事務所のドアを開けると、組員たちが挨拶をする。だが、多嘉原連合のように、大声を上げたりはしない。

アキラと同様に、日村は応接セットのソファにいた。

「おや、甘糟さん。珍しいですね」

「できれば来たくはないんだよ」

「まあ、そうおっしゃらず、どうぞおかけください」

アキラは若い割には大物感がある。自信に満ちた態度で、自分を大物に見せる演出を心得ている。

日村はさらに貫目《かんめ》が上だと感じる。彼は、何事に対してもひかえめだ。そこがアキラとは対照的だ。それがかえって貫禄を感じさせるのだ。

甘糟が椅子に腰かけると、やはりお茶が出てくる。甘糟は顔をしかめる。

「あのね、お茶はいらないと言ってるでしょ」

「そうはいきません」

「お客に茶の一つも出さないなんて評判が立ったら、オヤジの恥になるって言うんだろ?」

アキラから聞いた台詞《せりふ》を、ほとんどそのまま言ってやった。

「まあ、そういうことですが……」

「聞きたいことがあって来たんだ」

「何でしょう」

「昨夜、駅近くの飲食店街で、チンピラが睨み合っていたよね」

「そうでしたっけ」

「二人組のほうは、アキラんとこの半ゲソなんだって？　知ってるでしょ？」

日村は、小さく肩をすくめただけで何もこたえなかった。甘糟は、さらに尋ねた。

「あんた、野次馬の中にいて一部始終を見てたろ？」

「たまたま通りかかっただけですよ」

「白いスーツの男も見てるよね？」

「白いスーツの男……？　ああ、喧嘩を収めようとした……」

「アキラは逆に煽《あお》ったと見ているよ」

「まあ、見方によりますね」

「その男、知ってる？」

「いいえ。知りません」

本当だろうかと、甘糟は日村を観察した。

2

「気がついたら、あんたもアキラも姿が見えなくなっていたよね」

甘糟は日村に尋ねた。「何かまずいことがあるから、さっさと姿を消したんじゃないの？」

日村は、落ち着き払ってこたえた。

「別にさっさと姿を消したつもりはありませんよ」

「そうかな……」

「ええ。喧嘩にもならなかったし、別に見ていて面白くもなんともありませんでしたから……」

「面白いとか面白くないとかで見ていたわけじゃないだろう？」

「じゃあ、私はなんであそこにいたとおっしゃるんです？」

「なんでって……。飲食店街の人たちに迷惑がかからないようにするためじゃないの？」

「そういうの、暴対法で禁じられているんじゃないんですか？」

「でも、あんたらは、実際にやっているだろう？」

「そいつは、言いがかりってもんですよ。言いがかりは、私らヤクザの専売特許なんですけどね
……」

「いい？　飲食店から用心棒代をもらったりしたら、暴対法違反だからね」

「わかってます。でも、それは指定暴力団の話でしょう。私ら、指定暴力団じゃないんですけど

「……」

「でも、指定暴力団と関係があるだろう?」

「うちは、どこの傘下にも入っちゃいませんよ」

「でも、阿岐本親分には、全国に兄弟分がいると聞いているよ」

「それは、あくまで個人的なつながりですよ。上納金を払ったりもらったりといった関係は一切ありません」

たしかに阿岐本組は、この地域でひっそりとシノギをやっているに過ぎない。

それでも、組長の阿岐本は、いろいろな組織のトップと親交があり、この稼業ではなかなかの顔を持っているのだ。

金のためにひたすら組織拡大を目指す大組織とは一線を画しているが、ヤクザはヤクザだと、甘糟は思っていた。

「あの白スーツの男のことは知らないんだね?」

「知りませんね」

「本当だね?」

甘糟が念を押すと、日村が言った。

「本当です。ただ……」

「ただ、何なのさ」

「噂を聞いたことはあります」

「噂……?」

「この界隈の出来事じゃないんですけどね……。ミカジメをもらっている店から知らせがあって駆けつけたら、チンピラが白いスーツの男にやられていた、とか、聞いたことがあります」

甘糟は、眉をひそめた。

「それ、どこの話？」

「私が聞いたのは、新宿の百人町《ひゃくにんちょう》のあたりの話ですね。あのあたりは、縄張りが入り組んでいて、なかなか面倒なんですが……」

たしかに日村の言うとおりだろう。だが、このあたりだって、百人町に負けず劣らず面倒な地域だと、甘糟は思っていた。

俺は、なんだってそんなところでマル暴をやらされているのだろう。

甘糟は、いつもそう思っていた。他にもっと適任者がいるはずだ。警察にはごついやつが山ほどいる。そういうのを引っ張って来てマル暴にすればいいのだ。

何も、俺みたいに気が弱い者にやらせることはないのだと、甘糟は考えていた。

だが、愚痴を言っても始まらない。マル暴が嫌なら、どこか他の部署に行け、と言われても困る。他にやりたい仕事などないのだ。強行犯係なんてとんでもない。あんなところに行ったら、寝る暇もなくなる。

盗犯係もやたらに仕事が多いようだ。組織犯罪対策係は、それに比べれば時間の余裕はある。

だが、怖いマルBと関わらなければならない。組対係にいて、マルBと会わなくても済むうまい方法はないものかと考えたこともあるが、もちろんそんな方法があるはずもない。

「……で、その店に駆けつけたマルBは、どうしたの？」

「どうするも何も……。あっけにとられて見ていたそうですよ。そして、チンピラをさんざん痛めつけると、白いスーツの男は、さっと姿を消したそうです」

「その人も、その白いスーツの男が誰だか知らないんだね？」

「知らないようですね」

「ふうん……」

「甘糟さんは、ご存じないんですか？」

日村にそう尋ねられて、甘糟は驚いた。

「知るわけないじゃない。知らないから、あんたやアキラに訊いているんだよ」

「唐津さんは、何かおっしゃってましたか」

ずっと年下のアキラに、さんづけでしかも敬語だ。他団体に敬意を表しているというポーズなのかもしれないが、今どき、こういう礼儀正しいやつも珍しい。

「アキラも、知らないと言っていたよ」

「そうですか」

いつの間にか、甘糟が質問されていた。これだからヤクザは油断がならない。

これ以上いると、何を訊かれるかわからない。甘糟は腰を上げた。

「何か思い出したら教えてよ。邪魔したね」

出口に向かうと、組員たちが頭を下げた。

「そういう挨拶もいらないからね」

甘糟は、そう言いながら、阿岐本組の事務所を出た。

署に戻ると、郡原は椅子の背もたれに寄りかかり、週刊誌を眺めていた。人に聞き込みに行かせておいて、いい気なものだと思ったが、もちろんそんな思いはおくびにも出せない。

「アキラと日村に話を聞いてきました」

郡原は、週刊誌に眼をやったまま言う。

「おう、どうだった？」

「二人とも、心当たりはないようですね」

「確かだろうな」

「ええ。彼らが隠し事をする理由なんて、思いつきませんからね」

「おまえが思いつくことなんて、たかが知れてるだろうが」

「あ、すいません」

「もし、その白スーツが、阿岐本組や多嘉原連合を呑み込むような大組織の幹部か何かだったら、やつらだって正体を隠したがるだろう」

「でも、阿岐本組は、どこの傘下にも入っていないって……」

郡原がぎろりと甘糟を睨んだ。

「わあ……」

甘糟は、それだけで悲鳴を上げそうになった。

「阿岐本はな、あっちこっちの大物と兄弟の盃《さかずき》を交わしているんだ。それがあいつの強みだ。系列に属していないとしても、親戚付き合いしている団体があるんだよ」

「はあ……」

郡原は、週刊誌を閉じて机の上に放った。

「しかし、まあ……。昨日の経緯を聞く限りは、アキラや日村の言い分を信じていいかもしれねえな」

そう思うなら、最初からそう言えばいいのに……。

甘糟は、そんなことを思いながら言った。

「ただ、日村は、噂を知っていると言っていました」

「噂だと……？」

「ええ。新宿百人町あたりで、白いスーツの男が目撃されたらしいです」

「それを早く言えよ」

「すいません」

「おまえ、謝ればそれで済むと思ってねえか？」

「わあ、すいません」

「まあ、いい。それで、百人町の話は詳しく聞いてきたんだろうな」

甘糟は、日村から聞いた話を、ほぼそのまま伝えた。話を聞き終わると、郡原は、ふうんとつぶやいた。

「その店でミカジメを取っている組ってのはどこだ？」

「知りません」

「知りませんじゃねえだろう。日村から聞かなかったのか？」

「ええと……。日村は、噂だと言っていたので、それ以上のことは訊きませんでした」

「まったく……。ガキの使いかよ……」

郡原は、舌打ちした。

「すいません……」

「謝っている暇があったら、白スーツを目撃したマルBが何者なのか、調べたらどうだ」

「はい」

そう返事をしてから、甘糟は尋ねた。

「あの……、どうやって調べましょう……」

郡原は、また舌打ちをした。

それから携帯電話を取り出した。電話帳を調べているようだった。

「こいつに電話してみろ」

郡原はメモに携帯電話の番号を書いて差し出した。上小路英之《かみこうじひでゆき》という名前が書かれている。

「どなたです？」

「新宿署のマル暴だ。筋金入りだから、気をつけろ」

そんなことを言われると、思いっきり緊張してしまう。

郡原が筋金入りだと言うのだから、きっと彼に輪をかけたくらいに怖い刑事なのだろうと、甘糟は思った。

嫌だなあ……。どうして、マル暴刑事は、マルBみたいにおっかない人ばかりなんだろう……。

できれば、何か理由をつけて、電話するのを先延ばしにしたい。だが、そうすると、どんどん電話するのが恐ろしくなることを、甘糟は経験上知っていた。

こういうことは、えいやで、すぐにやってしまうに限る。

郡原は、再び週刊誌を手にとってめくりはじめた。

甘糟は、メモを見ながら電話した。呼び出し音五回で相手が出た。

「はい……」

押し殺したような声だ。おそらく、知らない番号からかかってきたので警戒しているのだろう。

「あ、上小路さんですか？　自分は北綾瀬署の甘糟と申します。郡原に番号を聞いてかけております」

「おう、郡原か」

「はい」

「今度会ったら殺すと言っておけ」

「え……？」

「初任科の頃から、ふざけた野郎だった」

「あの……。てっきりお親しいのかと……」

「腐れ縁だよ。それで？　カスとか言ったか？」

「いえ、甘糟です。カスだけ言われますと……」

「何の用だ？」

「昨日、こちらの管内で白いスーツの男を目撃しまして……。百人町で、同一人物らしい男を見たというマルＢの話を聞いたので、何かご存じないかと……」

上小路の声のトーンが落ちた。

「その話、俺も詳しく聞きたいね」

「え、詳しくお聞きになりたい……?」

甘糟は思わず聞き返していた。

上小路が言った。

「俺も噂を聞いたんだよ。どうやら、正義の味方を気取っているらしいな」

「正義の味方……?」

今どき、そんな言い方をするだろうか。

甘糟は思った。いずれにしろ、ずいぶんと古風な言葉だ。

「そうだ。悪いやつを懲《こ》らしめるわけだ」

「はあ……。悪いやつですか……」

「夜の盛り場に現れるらしい」

「ああ、こちらでもそうでしたね。飲食店街で、柄の良くないやつらと半ゲソが睨み合っているところに現れました」

「電話じゃナンだな。こっちに来てくれないか?」

情報をくれと言っている手前、断れなかった。

「わかりました。今日の午後一でうかがいます」

「じゃあ、十三時に待っている」

電話が切れた。携帯電話を内ポケットにしまうと、甘糟は郡原に言った。

「十三時に訪ねることになりました」

「そうか」

郡原は、まだ週刊誌を眺めている。

「上小路さんも噂を聞いたことがあると言ってました」

「噂か……。つまり、やつもその白スーツの正体を知らないというわけだ」

「そのようですね」

「まあ、取りあえず行ってこい」

「また自分一人で行くんですか？」

「そうだよ。話を聞くだけだ。一人で行けるだろう」

「あの……、二人一組で行動するのが原則だと……」

「何度も同じことを繰り返すんじゃないよ。臨機応変に考えるんだよ」

「何か、面白い記事が載ってるんですか？」

「何だと？」

「いえ、郡原さん、ずっと週刊誌を見てるんで……」

「こういう週刊誌はな、捜査の役に立つんだよ。へたすりゃ、俺たちが知らないマルB情報まで載っている」

「そうですか……」

甘糟の世代は、週刊誌を読む習慣がない。だが、郡原が言うとおり、週刊誌の記事はばかにはできない。

「いいか、しっかり話を聞き出せよ」

「え……？」

「上小路だよ。なかなか曲者《くせもの》だからな。へたをしたら、こっちから一方的に情報を聞き出そうとする」

「そう思うんでしたら、いっしょに来てくださいよ」

「行きたくねえんだよ」

「上小路さんと何かあったんですか？」

「なんでそんなこと訊くんだ？」

「今度会ったら殺すって言ってましたから」

郡原がふんと鼻で笑った。

「別に何もねえよ」

「腐れ縁だと言ってましたけど……」

「初任科で同期だった。その後、ほとんど会うことはなかったけど、お互いマル暴刑事になってから、何度か会うことがあった」

「それだけですか？」

「先日、いっしょに飲む機会があって、あいつが、初任科時代のことをごちゃごちゃと言いだしたんだ」

「初任科時代のことって……？」

郡原が週刊誌のグラビアを眺めながら、にやりと笑った。

「上小路は昔、気の小さいやつでな……。そんなんじゃ警察官はつとまらないと言って、仲間と鍛えてやったんだ」

「あ、いじめてたんですか?」

「人聞きの悪いことを言うな。鍛えてやったんだと言ってるだろう。おかげで、あいつは今や立派なマル暴刑事だ」

「被害者がいじめだと思ったら、それは立派ないじめですよ」

「警察はな、タフじゃなきゃつとまらないんだ。だから、それを教えてやったんだ」

「久しぶりに会って、飲みながらその話をしたということですね?」

「そうだ。上小路の話がうっとうしいんで、あいつがトイレに立った隙に、俺たちはあいつを置いてその店を出た」

「何人で飲んでたんですか?」

「四人だったな」

「つまり、上小路さんだけを残して、三人が先に店を出たというわけですね」

「ああ」

「まさか、勘定は……」

「ああ。伝票を残したままだったな」

「上小路さん一人に払わせたということですね?」

「まあ、結果的にそうなったな」

結果的に、ではない。完全にそのつもりだったはずだ。

そりゃ、上小路が郡原のことを怨《うら》むのも無理はない。その郡原の相棒が、のこのこと顔を出したら、上小路はどういう態度を取るだろうか。

考えるだけで、憂鬱《ゆううつ》になってきた。だが、訪ねないわけにはいかない。行かないと郡原に何を言われるかわからない。

甘糟は、溜め息をついていた。


新宿署の大きさに、甘糟は少々びびっていた。同じ警察署なのだが、北綾瀬署とは規模が違う。署内で迷子になりそうだった。

組織犯罪対策課が独立しているのは、マンモス署の特徴だ。甘糟が勤務している北綾瀬署などの比較的小規模の警察署では、二つの課がいっしょになっていたりする。

甘糟が所属する課も、普段は、長ったらしいので省略する形で、「刑事課」と呼んでるが、正式には、「刑事組織犯罪対策課」という。

署員の数も多い。甘糟は、上小路を見つけるまでに、数人に居場所を尋ねなければならなかった。

「あの……。上小路さんですか?」

席に座っていた男が顔を上げた。

「カス?」

「いや、甘糟です」

「郡原と組んでるんだって?」

「はい」

「あの野郎は元気なのか?」

「ええ、元気です」

「そいつは残念だ」

電話の声は凄みがあったが、会ってみると、ひょろりとしていて、なんだか頼りない感じがする。たしかに子供の頃や若い頃はいじめにあいそうなタイプだったろうな。

甘糟は、そんなことを考えていた。

「まあ、そこに座んなよ」

隣の席があいていたので、上小路はその椅子を指さした。甘糟は、言われたとおりにそこに腰を下ろした。

「白スーツの男の話だが……」

上小路が言った。「どうやら、あちらこちらで目撃されているようだな……」

「うちの管内と百人町だけじゃないんですか?」

「あんた、目撃したんだよな?」

「ええ。言葉も交わしました」

「言葉を交わした……?」

「ほんの、二言三言ですが……」

「どんなやつだった?」

「五十代半ばから後半。体格がよかったですね。若い頃に運動をやっていたと思います。もしかしたら、柔道とかの格技の経験者かもしれません」

「格技の経験者？　どうしてそう思う？」

「そういう体格でしたから……。それに、チンピラから喧嘩を買って歩いているようですから、腕に覚えがあるということでしょう」

「そのときのことを、詳しく話してくれないか」

甘糟は、郡原から電話がかかってきたところから、順を追って説明した。

上小路は、黙って話を聞いていた。

話しているうちに、これはまずいと、甘糟は思った。郡原が言っていたとおり、一方的にしゃべらされる恐れがある。

甘糟が説明を終えると、上小路は言った。

「互いの引き際に、そいつが現れて、喧嘩を煽ろうとしたんだな？」

「状況としては、そういうことですね」

「マルBだとしたら、幹部だよな」

「年齢からしてそうでしょうね。組織のトップかもしれないと、郡原も言ってました」

上小路が顔をしかめた。

「あいつが何言おうと関係ないよ」

「すいません……」

「そんなやつが、なんでチンピラの喧嘩を買って歩くんだろう……。目的がわからん」

「たしかにそうですね……」

「お互いに引こうとしている状況は、プロが見ればすぐにわかるはずだ」

「幹部や組織のトップだとしたら、当然そういうの、わかるはずですよね」

「なのに、煽ろうとしたってことだよな?」

「ええ。間違いなくそうでした」

「しかも、あちらこちらで目撃されている」

「あの、もう一度訊きますけど、その男が目撃されているのは、うちの管内と百人町だけじゃないんですね?」

「おたくの管内にある組の連中も、そいつのことを知らないって言ったんだよな?」

やはり質問にこたえようとしない。

このまま帰ったら、また郡原に叱られてしまう。

甘糟は、もう一度同じ質問をした。

「男が目撃されているのは、うちの管内と百人町だけじゃないんですか?」

上小路が、一瞬黙り込んだ。じっと甘糟を見る。甘糟は、何だか自分が悪いことをしたような気分になった。

やがて、上小路が言った。

「他にも、目撃したって話があるんだ」

「どこで、ですか?」

「池袋と五反田だな」

綾瀬、新宿、池袋、五反田……。

たしかに、ばらばらだ。地域の一貫性がない。強いていえば、綾瀬以外は飲食店や風俗営業が多い地域といえるか……。

「やっぱりマルBが絡んでいるんですか？」

「俺も詳しいことは知らない」

「知っていることだけでも、教えてもらえませんか？」

上小路が、まじまじと甘糟を見た。

また、なんだか悪いことをしたような気になってしまった。

「さすがに、郡原に仕込まれているだけあるな」

「は……？」

「俺に、三度も同じ質問をするとは、いい度胸だ」

「あ、すいません」

「悔しいが、あいつはいい刑事だ」

「はあ……」

「会いに行ってみるか……」

「え？　誰にです？」

「ミカジメもらっていながら、顔をつぶされたマルBだよ」

「いえ、自分はお話をうかがいに来ただけですから……」

「遠慮するなよ。善は急げだ」

上小路が立ち上がった。断るわけにもいかない。甘糟は、仕方なく付き合うことにした。

3

上小路についていくと、彼はＪＲ山手線で、新大久保《しんおおくぼ》までやってきて、細い商店街に入った。

甘糟は、黙ってついていった。別に話すこともなかったし、初対面の人と話すのは苦手だった。

おまけに、相手は郡原に怨みを抱いているらしい。へたに話しかけて、とばっちりを食ったりしたら、たまったものではない。

路地をさらに左に曲がり、少し進んだところで、上小路は立ち止まった。そこが目的の事務所らしい。

小さな雑居ビルの一階だ。正面は硝子《ガラス》張りだが、観葉植物が並べられており、中が見えないようになっている。

もちろん組の看板など掲《かか》げていない。『タカメ興産』という会社名だ。だいたい、興産とか興業とか企画とかいった会社名は、実態がよくわからず、うさんくさいと甘糟は思っていた。

ドアを開けて事務所に入ると、上小路が言った。

「邪魔するよ」

「あ、ごくろうさんです」

奥のデスクにいる四十代とおぼしき男が座ったまま言った。ワイシャツにネクタイ姿だ。周囲にいる男たちも同じような恰好をしている。

デスクには若い女の子もいて、パソコンで何か仕事をしているようだ。

見たところまっとうな会社に見えるが、よく見ると、背広姿の社員たちの目つきが悪い。

上小路が奥のデスクの男に言った。

「ヒデに話を聞きたい。どこにいる？」

「すぐに呼びますよ」

男は携帯電話を取り出して連絡を取った。

「五分で来ます。あちらでお待ちください」

上小路は、応接セットに向かった。ソファとテーブルが、やはり観葉植物を並べて仕切ってある。

甘糟には、だいたい事情がわかっていた。この会社では、観葉植物のリースをやっているのだ。オシボリと並んで、ミカジメ料を取るための典型的な手段だ。

ソファに腰かけると、若い女性がお茶を持って来た。甘糟の地元の阿岐本組や多嘉原連合では男が持ってくる。同じお茶でもかなり印象が違う。

甘糟は、地元では茶を飲まないようにしている。マル暴刑事は、いつ何時贈収賄の嫌疑をかけられるかわからない。

まさか、茶の一杯で、と普通の人は思うだろうが、その茶の一杯からすべては始まるのだ。茶が茶菓子になり、茶菓子が菓子折になり、菓子折がいつかは金や高級時計などになる。

上小路は、平気で茶をすすっている。甘糟も茶に手を伸ばした。郷に入れば郷に従え、だ。

五分きっかりで、上小路がヒデと呼んだ男が事務所にやってきた。

ヒデが上小路に言った。

「何か、ご用だそうで……」

上小路が言った。

「まあ、座れよ」

甘糟は、上小路の向かい側にいたが、隣に移動した。ヒデが二人の向かい側に座った。

「先日の揉め事の件だ」

上小路が言うと、ヒデはちょっと顔をしかめた。

「ああ、あれですか……。なんだか、妙な成り行きで……」

ヒデが、ちらちらと甘糟のほうを見る。

「そうそう、こちらは、北綾瀬署の甘糟さんだ。おまえに話を聞きたいそうだから、あらためて事情を説明してくれ」

ヒデが名刺を取り出した。

「営業部長　丸山秀人《まるやまひでと》」と書かれている。

甘糟は思わず自分も名刺を出しそうになり、思いとどまった。よその管轄のマルBに、名刺を渡す必要などない。

「ミカジメをもらっているスナックから連絡があったんだな?」

上小路が尋ねた。

「ええ。夜の十時頃でしょうか……。質《たち》のよくない二人組が、他の客の迷惑になるようなことをしていると知らせがあったんです」

上小路が言った。

「あのな、用心棒とか、明らかに暴対法違反だからね」

つまり、この『タカメ興産』は、指定暴力団傘下の組か、その企業舎弟、あるいはフロント企業ということだろうと、甘糟は思った。

ヒデが言う。

「知り合いのオーナーから電話をもらっただけですよ。自分も常連ですから、相談されたんです」

「何かあると、駆けつける約束なんだろう?」

「まあ、そういう口約束はしてます」

「その店に、オシボリや観葉植物のリース契約をしているな?」

「ええ、お得意様です」

「立派なミカジメ料じゃないか」

「たまたまですよ」

「何がたまたまだ。まあいい。それで、おまえは店に行ってみたんだな?」

「ええ。たしかに、柄の悪い二人組がいましたね。まだ若いやつらです。女の子に絡んでいたということでした」

「女の子ってのは、客じゃなくて従業員だな?」

「ええ。バイトの子です」

上小路が甘糟に言った。

「スナックってのは名ばかりでね。業態は限りなくキャバクラに近い。うちの生安でもマークしていてね。タレコミでもあれば、即手入れ、って店だよ」

「えっ、そうなんですか？」

ヒデが目を丸くした。

上小路が顔をしかめる。

「おい、聞かなかったことにしろよ。こんなところで情報が洩れたなんて知ったら、生安に何を言われるかわからない」

ヒデの前でしゃべるのがうかつなんじゃないかと、甘糟は思った。

ヒデにも立場があるから、そういう情報はすぐに店に伝わるだろう。

とはいえ、新宿署の生安のことなど、甘糟の知ったことではなかった。

「まあいい」

上小路が言う。「それからおまえはどうしたんだ？」

「どうしたも何も……。自分が声をかけようとしたとき、白いスーツの男がその二人に近づいたんです」

「近づいて、どうした？」

「喧嘩を売ったんです」

甘糟は尋ねた。

「ええと……。二人をたしなめる、とかじゃなくて、喧嘩を売ったわけ？」

「そうです。いきなり、啖呵を切って……」

「どういうふうに?」

「ふざけた真似はゆるさねえ。二人まとめて面倒見るから、かかってきやがれ。たしか、そんなことを言いました」

「それから……?」

「二人のチンピラ相手に大立ち回りです」

「二人をやっつけたんだね?」

「ええ、まあ。でも、相手はただのチンピラですからね。誰だってやろうと思えば、やっつけられますよ」

「いや、普通はやろうと思わないから……」

「だから、ああいうやつらはつけあがるんですよ。たいして強くもないのに粋がってる連中ばかりです」

「ふん」

上小路が言った。「そうやって粋がった末に、今のおまえがあるんじゃないか」

いや、今はそういう挑発はしなくていいから……。

甘糟は、そう思いながら、質問を続けた。

「あんたを呼んだってことは、店は警察には連絡しなかったんだね?」

「いや、それが、何だか面倒なことになったんで、警察を呼ぶように、自分が店のオーナーに言ったんです」

「えっ。ミカジメ料、もらってるんでしょう?」

「いや、だから、そういうの、おこたえできないですから……」

「あ、つまり、なんというか……。警察なんて呼んだら、あんたの立場がないんじゃないかと……」

「あの白いスーツのやつが二人組に喧嘩を売った時点で、自分の立場はないですよ」

「そりゃそうだけど、あんただって、黙って見ているわけにはいかなかったんじゃないの？」

「黙って見ていましたよ」

「どうして？　白いスーツのやつが暴れているんだったら、それを止めなきゃならなかったんじゃないの？」

「止めにくい雰囲気だったんですよ」

「止めにくい雰囲気？　どうして？」

「何と言うか……。白スーツが、正義の味方みたいなことになっていましたから……」

また「正義の味方」か……。

「その白スーツに逆らうことは、つまり正義の味方に逆らうことになると……」

「そういう感じでしたね」

「でも、店内で大立ち回りなんて、店にとっちゃえらい迷惑でしょう」

「だから、警察を呼べって言ったんです。自分が出て行ったら、もっと騒ぎが大きくなったかもしれません」

「その店は、おたくの縄張りにあるんでしょう」

「あの……。縄張りとかも、あまりおこたえできないんですけど……」

「付き合いのある店なわけだよね」

「そうです」

「そこで暴れたら、縄張り荒らしだろう?」

ヒデは言いにくそうにこたえた。

「まあ、そういう言い方もできるかと……」

「なのに、警察を呼んだって言うの?」

「相手が何者かわからないので、うかつに動けませんでした」

「ははあ……。どこかの組の大物だったら、ちょっと面倒なことになると……」

「ええ、まあ……」

「どうしてそう思ったわけ?」

「貫禄がありましたからね……」

「見覚えは?」

ヒデはかぶりを振った。

「いいえ、見たことのない男でした」

「どこの誰か、心当たりはない?」

「ありません」

「でも、警戒するくらいの貫禄があったんだね?」

「はい」

「何者だと思う?」

「さあ、自分にはわかりかねます」

「それで、その男は警察には捕まらなかったんだね？」

「マッポ……、いえ、警察官が駆けつける前に、姿を消しました。結局、チンピラ二人が検挙されたんです」

「ふうん」

甘糟は考え込んだ。

上小路が甘糟に尋ねた。

「どうだい？」

「自分が目撃した状況と、よく似ているように思いますね」

上小路も考え込んだ。そして言った。

「あんたは、そいつの顔を見ている。正体がわかったら、教えてくれ」

「はい」

甘糟は、そうこたえるしかなかった。

4

『タカメ興産』を出ると、上小路が言った。

「腹が減ったな……」

時計を見ると、午後二時近かった。昼食をまだ食べていないから、甘糟も空腹だ。

「そうですね」

「腹が減ったよな」

繰り返さなくてもいいのに、と思ったとき、甘糟は気づいた。

「え、食事をおごれっていうことですか？」

「こっちは忙しいのに、わざわざ付き合って、ヒデを紹介してやったんだよ」

こっちが頼んだわけじゃない。言ってみれば、無理やり連れて行かれた形だ。

だが、それを言うと言い合いになり、話が堂々巡りしそうだ。

「その点については、感謝してますが……」

「感謝してるんだね？」

「はい……」

「だったら、それを形にしてくれなきゃあ」

「形にですか？」

「この先に、うまい鮨《すし》屋があるんだよ」

「わあ、それじゃタカリじゃないですか」

「人聞きの悪いことを言うなよ。こっちは善意で協力してやったんだよ」

やり方が、マルBのようだ。

普段、そういう連中と付き合っていると、知らず知らずのうちに言動も似てくるのかもしれない。

「わかりました。その鮨屋に行きましょう」

「おう、こっちだ」

上小路は、細い路地を進んだ。こんなところに鮨屋があるのかと思ってついて行くと、住宅街の中に、ちゃんとあった。

聞くところによると、日本の飲食店の中で、一番多いのが鮨屋なんだそうだ。言われてみると、鮨屋は日本中のどんな町にもありそうな気がする。

小さな店だが、打ち水がしてあり、出入り口の両脇には盛り塩だ。住宅街にあると言っても、これはあなどれないと、甘糟は思った。

上小路が、暖簾《のれん》を分け、引き戸を開けて店に入った。

「二人だ」

「上小路のダンナ、いらっしゃい」

カウンターの中にいる恰幅のいい料理人姿の男が声をかけてくる。会社の昼休みも終わり、狭い店内に客の姿はなかった。

上小路が言った。

「お、貸し切りか？　だいじょうぶか？　つぶれねえだろうな」

「昼時は、てんやわんやだったんですよ。ようやくお客さんが引いたところです」

カウンター席に座ると、上小路が言った。

「昼飯だから、つまみはいいよ。適当に握って」

甘糟は慌てた。店に任せると、いくら取られるかわからない。

「あ、ランチメニューとかじゃなくて、お任せなんですか」

上小路が言った。

「だいじょうぶだよ。ここの大将は、そういうの、ちゃんと心得ているよ。あんたも、安心して食うといい」

「はあ……」

さっそく大将が握りはじめた。白身から始まり、コハダ、イカ、茹で海老、マグロの赤身、ウニとイクラの軍艦巻き、アナゴ……。

心得ていると上小路が言ったとおり、たしかに、高級なネタはあまりない。おそらく、ランチメニューに毛の生えた程度のネタなのだ。

巻物で締めた。勘定してもらうと、たしかにそれほど高くはない。だが、どうして自分が昼食をおごらなければならないのか、納得がいかなかった。

「なあ、あの鮨屋、なかなかいけるだろう」

「ええ、ちゃんとしてましたね」

「今度は夜に来てごちそうしてくれよ」

「え……?」

甘糟は、思わず目を丸くして上小路を見た。彼は笑った。

「冗談だよ。郡原のやつに、伝えてくれるか?」

「はい、何でしょう」

「早く死んじまえって」

上小路は、新宿署のほうに歩き去った。甘糟は、しばらく呆然とその後ろ姿を見つめていた。

会う前は、話を聞いて気の毒な気がしていたが、会ってみて、甘糟は思った。なるほど、郡原たちがいじめたくなる気持ちもわからないではないな、と。


「何かわかったか?」

午後三時過ぎに署に戻ると、郡原が甘糟に尋ねた。彼は、また別の週刊誌を眺めていた。

「逆にこっちが、いろいろと訊かれましたよ」

「だから言っただろう。やつは、筋金入りだって」

「でも、白スーツを目撃したマルBのところに連れて行ってくれました」

「ふん、あいつのことだから、きっと下心があったんだろう」

「昼食に、鮨をおごらされました」

「やっぱりな……。それで、そのマルBは、何かしゃべったのか?」

甘糟は、『タカメ興産』でヒデから聞いた話を、できるだけ正確に伝えた。話を聞き終わると、郡原が言った。

「おまえが見た状況と、よく似ていると言ったな」

「そうなんです。自分が見たときは、喧嘩にならないうちに、みんな引きあげたんですが、百人町では、大立ち回りを演じたそうです」

「わからねえな……」

郡原が考え込んだ。

「何がわからないんです？」

「その、白スーツの目的が、だよ。聞けば、いろいろなところに出没しているらしいじゃねえか」

「そのようですね」

「マルBなら、何か目的があってやっているはずだ」

上小路も同じようなことを言っていた。

世間では、暴力団はむちゃくちゃをやるように思われている。だが、無茶をしているように見える場合でも、調べてみると、彼らなりの理由があることが多い。

たいていは、組織の防衛や拡大だ。面子の問題もある。歪んだ愛国心が動機となることもある。

「抗争の前触れでしょうかね？」

「白スーツは、それなりに貫目があるやつなんだろう？　それがチンピラに喧嘩を売っている。それが抗争の前触れだってのか？　普通は逆だろう。チンピラが鉄砲玉となって、幹部を狙うんだ」

「言われてみると、そうですね」

「少しは頭を使えよ」

「使ってるんですけどね……」

「いろいろな場所に出没しているというのも解《げ》せない。ほうぼうで騒ぎを起こして、いったい何をしようとしているんだ……」

言われたとおり、頭を使ってみた。だが、白いスーツの男の目的は、見当もつかない。郡原が言ったとおり、いろいろな場所で騒ぎを起こすことのメリットが思いつかない。

「単なる気晴らしですかね……」

甘糟がそう言うと、郡原が睨んだ。

「気晴らしで騒ぎを起こされちゃ、こちとらたまったもんじゃねえんだよ」

「わあ、すいません」

「おまえが謝ってどうする」

「いや、つい……」

「マルBが、誰もそいつのことを知らないというのも妙だと思わねえか？」

「知っていて隠しているやつもいるかもしれません」

「おまえ、日村から話を聞いたんだよな？」

「はい」

「日村は隠し事をしているように見えたか？」

「いえ、そんな様子はありませんでした」

「そして、日村は、白いスーツの男に見覚えはないと言ったんだろう」

「知らない男だと言ってました」

「阿岐本組の親分は、顔が広いので有名だ。日村は、そこの代貸だ。それが知らないってのは、妙だとは思わねえか？」

言われてみれば、たしかにそのとおりだ。

「地方から東京にやってきたやつですかね？」

「地方から……？」

「ええ……」

「おまえが見かけたとき、そいつは一人だったんだな？」

「一人でした」

「その新宿の百人町のマルBが見たときもそうだったんだよな？」

「そうだったようです」

「地方から出て来て、一人で暴れているヤクザって、いったい何だよ。ますますわからねえ」

「そうですね……」

「継続して調べてみろ」

「わかりました」

「それで、上小路のやつは、俺のこと、何か言ってたか？」

「伝言を頼まれました」

「伝言？　何だって？」

甘糟は、別にそれほど気にならない。だから、適当に返事をしただけだった。

「はあ……」

「しかし、その白スーツ、なんだか妙に気になるな……」

郡原は、手にした週刊誌に眼を戻して言った。

「わあ、自分が言ったんじゃないです。上小路さんが……」

「なんだと、このやろう」

「早く死んじまえって……」

その夜、また郡原から電話があった。

深夜零時過ぎ。甘糟はすでにベッドに入っていた。

「はい、甘糟」

「殺しだ。すぐ来い」

「え……。殺し……」

「てめえ、今、殺しは強行犯係の仕事だ、なんて思っただろう」

毎回、同じようなツッコミをされる。

「いや、そんな……」

「俺だって、知らせを受けたときはそう思ったからな」

たしかに、殺人事件の初動捜査にマル暴が呼び出されることはそれほど多くはない。

通報があって、真っ先に駆けつけるのが、所轄の地域課、つまり、交番のおまわりさんだ。その次が、車両で移動中の機動捜査隊。

地域課からの連絡で、所轄の刑事課強行犯係が駆けつけ、しばらくして、無線を聞いた警視庁本部捜査一課の刑事がやってくる。

だいたい、こういう段取りだ。その仕切りを誰がやっているかというと、一一〇番を受け付ける通信指令センターの管理官だ。

通信指令センターの管理官は、陰の警視総監とも言われている。常に事件の緊急性を判断して、所轄に任せるか、本部の捜査員を動員するかといったような事柄を判断する。

甘糟が、絶対にやりたくない仕事のベスト3に入る。責任は重く、瞬時の判断力が求められ、失敗が許されない。そんな仕事はまっぴらだ。

甘糟は言った。

「どうして、郡原さんが現場に？」

「来りゃわかる」

「どういうことです？」

「殺されたのが、おまえの目の前で揉めてたチンピラらしい」

なんだか、面倒なことになりそうだ。

5

現場は、綾瀬駅から東側にしばらく行ったところにある、高架下の駐車場だった。昼間からあまり人通りがないところで、夜になるとほとんど人気がなくなる。

普段は閑散としているが、そこに鑑識係が行き交い、その作業を、私服警察官が眺めている。さらにその外側に制服を着た地域係の警察官がいた。

すでに、黄色いテープが張られており、その外に、マスコミと野次馬が集まっていた。

その野次馬をつかまえて、聞き込みを始めているのは、機動捜査隊だろう。

パトライトの赤い禍々《まがまが》しい光が、一定のリズムで高架の柱を照らし出す。

遺体にはブルーシートがかけてある。鑑識の作業が終わっていないので、まだ運び出していないのだ。

「こらこら、野次馬は入らない。向こうへ行って」

黄色いテープをくぐろうとすると、地域係のやつが言った。

甘糟は、慌てて手帳を取り出した。地域係員にそれを提示する。相手は、にやにやと笑っていた。

顔見知りの地域係員だった。甘糟は、からかわれたのだ。

「なんだよ……。こっちは夜中に呼び出されて、むかついてるのに……」

「お、むかついてる、だって？　それ、郡原さんに伝えようか？」

「やめろよ」

甘糟はテープをくぐった。「鑑識、まだ終わらないの？」

「ああ。殺しだからな。気合い入ってるよ」

「本庁の捜査一課は？」

「まだ来てない。うちの強行犯係と機捜だけだよ」

「殺されたの、チンピラだって？」

「ああ。どこかの半ゲソかもしれない。それで呼ばれたんだろう？」

「見たことがあるやつかもしれないんだ」

「見たことがある？」

「そう。昨日の夜、多嘉原連合の半ゲソと睨み合っていたチンピラがいるんだ。その一人かもしれない」

「へえ、災難だね」

「まったくだ」

「ちゃんと仕事しろよ」

「おまえもな」

甘糟は、地域係員から離れて郡原の姿を探した。

郡原は、強行犯係の捜査員と何事か話をしていた。真剣な表情だ。きっと事件のことを話し合っているのだろうと思った。

郡原に近づくと、会話が聞こえてきた。

「だからさ、今阿部に無理させてどうするんだよ。阿部は巨人の宝だよ。シーズンを通して活躍してもらわなけりゃならないんだ」

相手の刑事が言う。

「捕手は、守りの要だ。阿部にでんと構えてもらわないと、選手が浮き足立つんだ。その結果、打率も上がってこない……」

甘糟は、郡原に声をかけた。

「あの……。遅くなりました」

郡原が、甘糟をじろりと見る。

「なあ、おまえ、どう思う？」

「何です？」

「巨人打線の不調の原因だよ」

「いや、それより、被害者について聞きたいんですけど……」

「四番がころころ入れ替わっているようじゃだめだよなあ」

「自分が見かけたチンピラだって、どうしてわかったんです？」

「ピッチャーの防御率もイマイチだし……」

「あの……、野球のこと、自分はよくわからないんですけど……」

郡原は顔をしかめた。

「昔からオヤジの楽しみは、ビール飲みながら、ナイターの中継見ることなんだよ。なのに、最近じゃテレビでナイターの中継をやらないんだよ」

「ＢＳやＣＳでやってるじゃないですか。それに、今どき、ナイターって言わないんですよ。和製英語らしいですから」

「何て言うんだ？」

「ナイトゲームです」

「そういや、夜のスポーツニュースでも、最近はナイトゲームって言ってるな」

「ずいぶん前からですよ。あの……、それより、被害者のことを……」

郡原は、興ざめしたような顔で言った。

「地域係のやつが覚えていたんだよ」

「地域係……？」

「路上で通行人にからんだチンピラだ。それに、多嘉原連合の二人組が割って入った。そこに駆けつけた地域係だ」

「あ、最初の一人ですね。そいつが応援を呼んで、多嘉原連合の二人と睨み合いになったんです。そこに、例の白いスーツの男が……」

鑑識係から声がかかった。

「いいよ。お待たせ」

強行犯係が現場に足を踏み入れる。ブルーシートをめくり、遺体の検分を始めた。みんな手を合わせる。甘糟は、その様子を眺めていた。

隣に立っている郡原が言った。

「何やってんだ?」

「おまえも、ホトケさんを拝んでこいよ。そのために来たんだろう」

「は……?」

「あの、郡原さんは……?」

「おれは、昨夜の騒ぎを見ていねえ」

甘糟は、仕方なくブルーシートに近づいた。

「あ、すいません……。ちょっと、見せてもらっていいですか……」

強行犯係に混じって、遺体を拝見する。甘糟もいちおう手を合わせた。

警察官は誰でも、遺体に慣れっこになる。警察署の霊安室には、たいていいくつかの遺体が安置されているのだ。検視のためだ。

だが、甘糟にとって遺体はやはり、非日常的なものだ。何度見ても慣れた気がしない。

マル暴は、強行犯係などと違い、それほど遺体とお目にかかる機会がない。強行犯係にとっては、それこそ遺体は日常だろうが、マル暴が扱う事案で人が死ぬことはあまりない。

発砲事件や抗争事件でも、それほど人は死なないのだ。

その代わり、甘糟も、怪我をした人間ならいやというほど見ている。生きていれば、どんなに血まみれでも、見るのはわりと平気だ。やはり場数なのだ。

遺体となって横たわっているのは、若い男だった。一目見て、昨夜のチンピラだとわかった。三人組の一人だ。

甘糟はつぶやいた。

「こいつだったのか……」

強行犯係の刑事の一人が甘糟の顔を見て言った。

「知ってるのか？」

「昨日の夜……。もう日付が変わっているので、正確に言うと一昨日の夜ですが……、駅の近くの飲食店街で見かけたんです」

「何者だ？　名前は？」

あっという間に刑事たちに囲まれた。

警察官であっても、刑事に取り囲まれるのは嫌なものだ。

「あ、いや……。チンピラたちが睨み合っているという通報があって駆けつけただけですから、名前も素性も知りません」

「なんだよ……」

声をかけてきた刑事が、がっかりしたように言う。「期待させやがって……」

「すいません」

「それって、何時頃のことなの？」

「自分が臨場したのは、午後十一時二十分頃のことです」

その刑事がくすくすと笑った。

甘糟は尋ねた。

「何がおかしいんですか？」

「臨場だって？　様子を見に行っただけだろう。大げさだなあと思って……」

「寝ようとしているところを呼び出されて、現場に駆けつけたんだから、臨場で間違いないでしょう」

「現場ったって、チンピラの睨み合いでしょう？　臨場？　なんか、刑事ドラマの見過ぎじゃないの？」

甘糟はなんだか恥ずかしくなった。

「じゃあ、言い直します。様子を見に行ったのは、十一時二十分頃のことです」

「どんな状況だったの？」

「この被害者の側が三人。相手が二人組です」

「ふうん……」

「その二人組は、多嘉原連合の準構成員です」

「多嘉原連合……？」

その会話を聞いていた、別の強行犯係員が、甘糟に言った。

「その揉め事がエスカレートして、この被害者の殺害に至ったという可能性は？」

甘糟は、あのときのことを正確に思い出そうとした。

「いや、そういう雰囲気じゃなかったですね」

「どういう雰囲気だったの？」

「お互いに、引き時を考えていたんです。どちらかが捨て台詞《ぜりふ》を吐いてその場を去る。それで収まるはずだったんですが……」

「はずだったけど、何だ？」

「妙なやつが現れて、混ぜっ返したんです」

「混ぜっ返した？」

「ええ。せっかくその場が収まりかけたのに、この喧嘩俺が買う、とか言ってしゃしゃり出て、双方、引っ込みがつかなくなりそうになったんです」

「それで……？」

「仕方がないので、自分が出て行って、解散させました」

最初に声をかけてきた方の強行犯係員が言った。

「へえ、見かけによらず、やるじゃない」

見かけによらず、は余計だろう。

「まあ、こう見えてもマル暴ですからね」

後から話に参加した方が言った。

「それで、その妙なやつって、何者だ？」

「わかりません。白いスーツを着たやつで、年齢や貫目からすると、もしかするとどこかの組の幹部かもしれません」

「カンメ……？」

「ああ、貫禄のことです」

「そいつが、このチンピラを殺害したという可能性は？」

「どうでしょうね……。そいつは、うちの管内だけじゃなくて、都内のいろいろな場所で目撃されているらしいです」

「その人物を見つけて、話を聞く必要があるな」

「そうですね……」

「それから、多嘉原連合の二人組にも話を聞かなければならない。その二人の氏名と連絡先は？」

「それはまだ、確認していません」

「確認していない？　なぜだ？」

「いや……。身柄を引っ張ったわけじゃないですし……」

「どうして引っ張らなかったんだ？」

「路上で睨み合っていただけですよ」

「多嘉原連合は指定団体だろう？」

「まあ、そうですが……」

「だったら、暴対法でいくらでも引っ張れるじゃないか」

「雑魚《ざこ》をいちいち引っ張ってたら、留置場があふれかえっちまうぜ」

郡原の声だった。いつの間にか、甘糟の背後に近づいていた。

郡原が続けて言った。

「俺たちには俺たちの仕事のやり方ってもんがあるんだ」

相手の強行犯係員が何かを言おうとしたとき、「ご苦労」という声が聞こえた。

その声のほうを見ると、スーツ姿の男たちの集団が近づいてくるところだった。捜査一課の到着だ。

彼らはいかにも颯爽《さっそう》としていて、まるで刑事ドラマのようだと、甘糟は思った。

係長らしい男を先頭に遺体に近づいてくる。その男が言った。

「済まんな。ちょっといいか?」

場所を空けろ、ということだ。

言葉そのものは丁寧だが、態度は決してそうではなかった。「所轄はどけ」という態度だった。

他の捜査員たちも同様だ。

捜査一課が到着したからには、主導権は自分たちにある。それを態度で示していた。

所轄の連中は脇によける。さきほどの強行犯係員が、甘糟にそっと言った。

「これこそまさに、臨場って感じだよな」

「はあ……」

捜査一課の係長らしい男が立ち上がり、所轄の刑事たちに向かって尋ねた。

「身元は?」

強行犯係の係長がこたえた。

「わかりませんが、昨夜……、正確に言うと一昨日の夜に、ちょっとした小競り合いで目撃されています」

「小競り合い……?」

「はい。チンピラ同士の睨み合いだったということです」

強行犯係長は、甘糟とさきほどの強行犯係員たちとの会話を聞いていたらしい。

「一昨日の夜というのは、つまり、五月八日火曜日の夜、ということだな?」

「そうです」

「その睨み合いが、殺人に発展したのか？」

「いえ、その可能性についてはこちらでも検討しましたが、どうやらそういうことではないようで……」

「遺体を発見したのは？」

「通行人です。無職の五十六歳の男性です」

「五十六歳で無職……？」

「わかりやすく言えば、ホームレスです。今夜のねぐらを探していて、男が血を流して倒れているのを見つけたようです」

捜査一課の係長は、遺体を見下ろして言った。

「見たところ、刃物で刺されているようだな」

「ええ。おそらく、それが死因だと思います」

「もうじき検視官が到着する。検視の結果次第だが、おそらく捜査本部ができると思う」

「了解しました。署に連絡しておきます」

ひゃあ、捜査本部か。えらいことになったな。

二人の会話を聞きながら、甘糟はそう思っていた。

簡単に捜査本部と言うが、警察署にとっては一大事だ。講堂などの広い場所を用意し、柔道場に蒲団《ふとん》を敷きつめて仮眠所を確保する。固定電話や無線機、パソコンを運び込み、弁当など食事の用意をする。

それらの手配は、みな警察署がやらなければならない。手間も金も警察署持ちだ。捜査本部が一度できるだけで、その年の忘年会費用が吹っ飛ぶと言われている。

まあ、世間一般からすれば、公費で忘年会するなよ、という話だろうが、どこの役所でもそれくらいのことはやっているだろう。

おまけに、捜査本部となると、刑事部長や捜査一課長など、偉い人がやってくるので、署内がぴりぴりする。

甘糟は、できるだけ捜査本部には近づきたくないと思っている。

それからほどなく、検視官が現着した。

五十代の貫禄ある捜査員だ。

検視官というのは、法医学を勉強した警部か警視の警察官だ。本来は、検察官が検視を行うことになっているのだが、通常は警察官が代用検視を行う。

彼は、死体を検分し、五分と経たないうちに言った。

「殺しだな。捜査本部の準備をしておいてくれ」

捜査一課の係長がこたえた。

「了解しました」

「俺から一課長に報告しておくよ。態勢については、追って連絡があるはずだが、端緒に触れたこの係は、そのまま所轄署に詰めてくれ」

「はい」

うわあ、刑事ドラマみたいだ。

甘糟は、きびきびした捜査一課の係員たちの態度と行動に感心していた。

さすがにエリート集団だ。うちの郡原さんあたりとは、ずいぶん違うなあ……。

検視官が現場を去ると、捜査一課の係長が、北綾瀬署強行犯係長に言った。

「話が途中になったな。昨夜、被害者は誰かと睨み合っていたと言ったな?」

「はい。被害者のほうが三人グループ、相手は二人組だったということです」

「つまり対立するグループがいたということだな。その二人組が殺害したんじゃないのか?」

「どうも、そういうことではないと、うちの組対係《そたい》が言ってるんですが……」

「組対係……?」

「ええ。その二人組というのが、管内に事務所を持つ指定暴力団の準構成員らしいということで……」

「指定暴力団の関係者なら、殺害した可能性はかなり高いんじゃないのか?」

強行犯係長は、甘糟のほうを見て言った。

「組対係の者が来てますが、直接話を聞かれますか?」

「そうしよう」

強行犯係長が甘糟に言った。

「おい、ちょっとこっちへ来てくれ」

「はい……」

捜査一課の係長が甘糟に尋ねた。

「組対係か?」

「はい」

「被害者が、指定暴力団の準構成員と揉めていたという話だが……」

「はい。自分がその場に、その……、様子を見に行きました」

甘糟は、「臨場」と言ったことを笑った捜査員のほうをちらりと見て言った。

捜査一課の係長がさらに甘糟に質問した。

「その指定暴力団というのは？」

「多嘉原連合です」

「二人組は準構成員らしいということだが、身元は？」

「あ、えーと、不明です」

「不明？　指定暴力団の準構成員が、街中で騒ぎを起こしたというのに、その身元を確認していないというのか？　それは、怠慢だな」

「あ、すいません」

謝ってしまってから腹が立った。

なんで事情も知らない捜査一課の人間から叱られなければならないのだろう。

「その揉め事が、殺害の原因だと疑うのが普通だと思うが、そうではなさそうだというのは、どういうことなんだ？」

甘糟は、強行犯係の捜査員に話したのと同じことをまた話した。話しながら、思った。こういう質問は、一度だけにしてもらいたい。何度も同じことを訊かれるのは迷惑だ。

「白いスーツの男……？」

捜査一課の係長が怪訝《けげん》な顔をした。「それは、何者だ？」

「さあ、わかりません。しかし、わが署の管内だけでなく、都内のいろいろな場所に出没しているようです」

「都内のいろいろなところ?」

「新宿署管内や池袋、五反田なんかでも目撃情報があるようです」

「新宿、池袋、五反田……」

捜査一課の係長が思案顔になった。「どこかの署で素性をつかんでいないのか?」

「新宿署で話を聞いてきましたが、素性はつかんでいないということでした。たぶん、池袋署や大崎署でも同様ではないかと……」

「たぶんとか、おそらくという言葉を報告で使うんじゃない」

「すいません」

なんで、捜査一課のやつに叱られなきゃならないんだよ。甘糟は、またさきほどと同じようなことを思った。

「その人物の身元を洗って、身柄を引っ張ろう」

甘糟は驚いた。

「白いスーツの男が、殺人の被疑者ということですか?」

「まだ、そうとは断定できない。だが、可能性は大いにあり得るだろう。少なくとも、事件について何か知っているかもしれない。話を聞く必要がある」

「はあ……」

「……というわけで、君ら組対係も捜査本部に協力してもらう」

「あ、いや、そういう話を、自分にされましても……」

「ちゃんと上に話は通すさ。だが、君は事情に詳しそうだ。君が捜査本部に参加できるように上の者に話しておこう」

捜査本部と聞くだけで、げんなりした。

何日も帰宅できないことになるだろう。徹夜徹夜の連続で、不健康この上ない。誰もが寝不足で、正常な判断なんかできるんだろうかと、甘糟は傍《はた》から見て思っていた。

甘糟は、何を言っていいのかわからず、無言でたたずんでいた。

捜査一課の係長が、周囲の捜査員たちに言った。

「今夜から所轄に詰める。各員、情報を持って、朝までに所轄署に上がるように」

彼は、来たときと同様に、颯爽とした仕草で去って行った。

えらいことになった。

甘糟は青くなっていた。捜査本部なんて洒落《しゃれ》にならないぞ……。

郡原がやってきて、甘糟に言った。

「今のは、捜査一課の係長だろう？　何を話していた？」

「郡原さん、どこにいたんですか？」

「どこって、そのへんだよ」

「捜査本部に参加しろって言われましたよ」

「捜査本部に？　そりゃ災難だな」

「えらい災難ですよ」

「なんで、そんなことになったんだ？」

「白いスーツの男の身柄を確保したいようです」

「話したのか？」

「訊かれりゃ話しますよ」

「適当にこたえてりゃいいものを……」

「そんなこと、できませんよ」

「まあ、捜査本部で頑張ってくれ」

「あの係長、上に話を通すって言ってましたよ」

「それがどうした？」

「自分と組んでいるのは、郡原さんでしょう？　きっと郡原さんも捜査本部に呼ばれますよ」

「何だって？　冗談じゃないぞ」

「自分一人だけで済むと思いますか？」

郡原はしばらく考えてから言った。

「たしかに、呼ばれるのがおまえだけとは思えねえな……」

「でしょう？」

「だからって、俺が呼ばれるとは限らない。係長あたりが行けばいいんだ」

「係長を差し出すつもりですか？」

「俺が行かなくて済むためなら、何だってするよ」

郡原はそう言うが、捜査本部に誰を参加させるかは、おそらく組対係長や刑事組対課長が決めることだ。甘糟はそう思っていた。

強行犯係の係長が、甘糟に言った。

「我々は、情報をかき集めて、明るくなる前には署に戻る。君もそうしてくれ」

「あ……、自分もですか？」

「捜査一課の係長にそう言われただろう。頼んだぞ」

彼らは現場を後にした。

ここにいても仕方がないな。甘糟はそう思った。だが、どうしていいかわからない。

そのとき、郡原が言った。

「じゃあな。がんばれよ」

「ちょっと待ってください。どこへ行くつもりですか」

「どこって……。帰るんだよ。明日も朝から仕事だからな」

すでに日付が変わっているので、明日というのは、正確には今日の朝ということだ。

「あの……。捜査本部に参加しろって言われているんですが……」

「それは、おまえが言われたんだろう？」

「あの……。自分は郡原さんの相棒ですよね」

「そうだっけな」

「自分一人で捜査本部に行かせるつもりですか？」

「だから、がんばって来いって言ってるだろう」

「自分は、何も知らないんですよ。ただ、郡原さんに言われて、チンピラたちが睨み合っているのを見に行っただけです」

「白いスーツの男を見ただろう？」

「見ましたが……」

見ただけではなく、言葉も交わした。

「うちの署で、そいつを目撃しているのは、たぶんおまえだけだ。そして、その件で、阿岐本組や多嘉原連合に聞き込みに行っている。さらに、新宿署に情報収集に出かけたんだ。すでに充分、情報通じゃねえか」

「いえ、そんなことはありません。どこに行っても、正体がわからないと言われて、結局、何もわかっていませんから……」

「ふん。そんなの俺の知ったことか。まあ、うまくやるんだな」

「いっしょに来てくださいよ」

「何だと？　ふざけるな。なんで俺が捜査本部に行かなきゃならないんだ。言っただろう。捜査本部に行かなくて済むためなら、何だってするって……」

郡原の気持ちもわからないではない。甘糟だって行きたくはない。

「捜査本部に行ったら、強行犯係や捜査一課の人たちに、あれこれ訊かれますよね……」

「そりゃ、訊かれるだろうな。場合によっては、管理官や捜査一課長から質問されるかもしれない」

「捜査一課長……。わあ、そりゃたいへんじゃないですか」

「捜査本部はたいへんなんだよ」

甘糟はもう一度言った。

「いっしょに来てくださいよ……」

「やなこった」

郡原の携帯電話が振動した。郡原は、相手を確かめてから出た。

「はい、郡原。係長ですか?」

相手の話を聞いている郡原の表情がどんどん暗くなっていく。

「言われるまでもありません。……ええ、臨場してますよ。自分は、自主的に捜査本部に協力しようと思っています。はい、もちろん今夜から詰めます。はい、失礼します」

電話を切った。

郡原は、すっかり苦い表情になっていた。甘糟は、おそるおそる尋ねた。

「係長からですね?」

「そうだ」

「何ですって?」

「おまえが捜査本部でへまをやらないようにサポートしろ、とよ」

「あ、それで、自主的に捜査本部に協力しようと思っている、なんて言ったんですね」

「そうだよ。悪いか」

「調子いいですよね」

「何だと、このやろう」

「わあ、すいません」

甘糟は思わず頭を抱えていた。

「こうなりゃ、少しでもネタを仕込んでおかなけりゃならねえな」

「ネタを仕込むって……。どうするんです?」

「おまえ、アキラの携帯の番号知ってるよな?」

「知ってますけど……」

「かけてみろ」

「この時間に、ですか?」

時計を見ると、一時半になろうとしていた。

「相手はヤクザだよ。時間なんて関係ねえよ」

「電話して何を訊くんです?」

「被害者の身元だよ」

「アキラは、三人組を知らないやつだと言ってましたよ。地元の組関係じゃないって……。嘘は言ってないと思います」

「事情が変わった。アキラも本気で調べているはずだ」

「事情が変わった……?」

「チンピラが死んだことは、もうアキラに伝わっているに違いない」

「それで……?」

「シマ内で死人が出たんだ。多嘉原連合としては黙って見ているわけにはいかないだろう。しかも、被害者は半ゲソと揉めたやつだ」

「わかりました」

甘糟は電話を取り出した。

「おい、こんなところで電話するな。マスコミがうようよしているだろうが」

「あ、すいません」

「とにかく、現場を離れよう」

二人は、連れだって黄色いビニールのテープをくぐり、記者たちを振り切って高架づたいに歩いた。

駅を通り過ぎたあたりで、郡原が立ち止まり、言った。赤提灯《あかちょうちん》を見ている。

「俺は、あそこで一休みしている。おまえ、電話しておけ」

「これから捜査本部に行くのに、お酒飲むんですか？」

郡原がじろりと甘糟を睨んだ。

「誰が酒を飲むと言った。俺は、一休みすると言ったんだ。余計なことは言わずに、電話しろ」

「あ、はい……」

郡原は、店の中に消えていった。

甘糟は、言われたとおりアキラに電話した。呼び出し音三回で出た。郡原が言ったとおり、ヤクザに時間は関係ない。何時だろうが電話に出る。その点、警察官などの公務員に似ている。

「甘糟さん、どうしました？」

「ちょっと訊きたいことがあってさ」

「殺しの件ですか？」

「さすがに耳が早いね。被害者、おたくの二人組と睨み合っていた三人組の一人なんだけど、何か知らない？」

「さきほども言いましたけどね、その三人については、何も知らないんです」

「でも、事情が変わったんだろう？」

「何です？」

「あんたんとこの若いのと睨み合っていたやつが、シマ内で殺された。放っておけないよね」

ふっと息を吐く音が聞こえた。笑ったのかもしれないと、甘糟は思った。

「さすがですね。甘糟さんは、なかなか油断のならない方だ……」

「郡原にそう言われただけだよ」

今度は、はっきりと笑い声が聞こえてきた。

「しかも正直だ。わかりました。こちらも正直に言いますよ。死んだやつの名前は、牛尾健《うしおけん》。年齢は二十四歳。暴走族かギャング上がりですね。どこにもゲソ付けはしてません」

「半グレってやつ？」

「まあ、そうですね。地元のやつじゃないです」

「どんな字を書くの？」

「動物の牛に、尾っぽの尾。健康の健です」

甘糟はメモした。

「他に何かわかったことはある？」

「俺は、甘糟さんの情報屋じゃないんですよ」

「そんなこと言わないでさ……」

「まだ、事件が起きたばかりです。わかっているのはこれくらいのもんです」

アキラが言っていることは本当だろう。まだ、警察ですら何もつかんでいないのだ。

「助かったよ。捜査本部に呼ばれちゃってさ。手ぶらじゃ行きにくいんでね……」

「その代わりと言っちゃあナンですがね。詳しいことがわかったら、教えていただきたいんです」

「捜査情報は洩らせないよ」

「こっちから話を聞くだけ聞いておいて、それはないでしょう」

さすがにヤクザだ。こういう場合ただでは済まない。貸し借りはきっちりしている。

「話せることは話すよ」

甘糟は電話を切ると、郡原が入った店に向かった。

カウンターにいる郡原の前に生ビールのジョッキがあった。

「あ、やっぱり飲んでるじゃないですか」

「喉が渇いたんだ。一杯くらい、飲んだうちに入らないよ」

「それ、飲酒運転の取り締まりで言っても通用しませんよ」

「交通課のやつらは切符切ることしか考えてねえからな」

いや、そんなことはないと思う。

「それで、何かわかったか?」

「ええ、まあ……」

「店の外で聞こう」

郡原は、勘定をして外に出た。店内では捜査情報を話すわけにはいかない。誰が聞いているかわからないのだ。万が一、事件関係者や記者に聞かれたりしたら懲戒ものだ。

店の外に出ると、甘糟は、アキラから聞いた被害者の名前や素性を伝えた。話を聞き終わると、郡原が言った。

「半グレか……。地元のやつじゃないって?」

「アキラは、そう言ってましたね」

「被害者の身元だけでも、充分な手土産になるよなあ」

郡原は満足げだった。どうせ、自分の手柄として報告するのだろうと、甘糟は思った。

郡原は言った。

「さてと……。じゃあ、署に戻るか」

「捜査一課や強行犯係の上がりは、夜明け前だと言ってましたよ」

「そんなのに付き合うこたあねえよ」

郡原が歩き出したので、甘糟は黙ってその後に続いた。


未明の講堂はひんやりとしていた。今日は日付が変わって五月十日。一年で一番気候がいい時期かもしれない。

にもかかわらず、講堂内は寒々と感じられた。そこにいる男たちの殺伐《さつばつ》とした雰囲気のせいかもしれない。

床に無線機や電話が置かれ、その周囲に刑事たちが車座になっている。まだ椅子や長机が運び込まれていないので、捜査員たちは床にあぐらをかいているのだ。講堂にいるのは、幹部やベテランばかりだ。下っ端の捜査員たちは、聞き込みに回っている。

甘糟と郡原は、講堂の壁に寄りかかり、その様子を眺めていた。北綾瀬署強行犯係のベテラン刑事が、二人に気づいて近づいてきた。

「よう。呼ばれたんだって？」

郡原がしかめ面でこたえる。

「いい迷惑だよ」

「これは、さっき聞いた噂なんだが……」

「噂？　どんな噂だ？」

郡原と甘糟は、ベテラン刑事の顔を見た。

「なんでも、捜査本部に総監がやってくるらしいぞ」

6

甘糟は驚いた。

郡原がベテラン刑事に言った。

「捜査本部長は普通、刑事部長だろう。それともナニか？　これって、特捜本部なのか？」

「いや、特捜だとは聞いていないな」

「じゃあ、何で警視総監が臨席するんだ？」

「知らないよ。そういう噂なんだ」

郡原は、肩をすくめて言った。

「まあ、ひな壇に誰が並ぼうが、俺たち下々には関係ねえけどな……」

「そうかな……」

「そうかなって、どういうことだ？」

「警視総監が来りゃあ、捜査幹部の気合いも違ってくる。発破《はっぱ》かけられるぜ」

郡原が苦い顔になった。

「幹部が張り切ると、ろくなこたあねえや」

「そのとおりだ。覚悟するんだな」

「俺たちは、ただの助っ人だよ。本格的な捜査に駆り出されるわけじゃねえだろう」

「そうとは限らんぞ。どうせ人手が足りなくなるんだ。猫の手も借りたくなる。あんたら、猫の手よりもましだろう」

「どうかな」

「マル害、マルBと揉めてたんだって？」

被害者が暴力団員と揉めていたという意味だ。

「ただの小競り合いだよ。殺しと関係あるとは思えねえ」

「わからないよ。マルBなんて、俺たちの常識が通用しないやつらじゃないか？」

「あいつらには、あいつらなりの理屈もあるんだ。一般人から見て非常識だからといって、話が通じないというわけじゃない。その点、外国のマフィアなんかとは違うんだ」

「けど、最近は、マルBも地下に潜ってマフィア化してるって話じゃないか」

郡原は顔をしかめた。

「暴対法と暴力団排除条例のせいだよ」

ベテラン刑事が驚いた顔になった。

「おい、マル暴刑事がそんなことを言っていいのか？」

甘糟も同じことを思っていた。マル暴刑事が暴対法や暴力団排除条例にケチをつけるなんて、とんでもないことだと思った。

郡原は平然と言った。

「俺は事実を言っているだけだ。暴対法や排除条例で締め付けなけりゃ、やつらが地下に潜ることもなかった」

「だが、取り締まらないわけにはいかない。そうだろう」

「ああ。もちろん取り締まるよ。そのために俺たちマル暴がいるんだ。だから、妙な法律を作らないで、俺たちに任せてくれればいいんだ。地下に潜ったり、フロント企業で普通の経済活動やったりされたら、わかりにくくってしょうがない」

「わかりにくいか……」

「ああ、わかりにくいね。組の看板掲げてくれてたほうが、取り締まりだってやりやすいんだ。見えなくなったって、いなくなったわけじゃねえ。やつらは、隠れ蓑《みの》をまとっただけだ。つまり、よけいにやりにくくなったんだ。それに、マルBはワルたちの重しだったことは確かなんだ。その重しがなくなっちまったんで、半グレなんてやつらが幅をきかせるようになっちまった」

ベテラン刑事が言った。

「だからと言って、時計の針を戻すわけにはいかんだろう。時代が変わったんだ。祭からテキヤを追い出す世の中だからな」

「昔は『男はつらいよ』なんて映画もあったんだけどな……」

ベテラン刑事は、繰り返し言った。

「時代が変わったんだよ」

「まあ、たしかにマルBも変わっちまった。俠客《きょうかく》なんて、古き良き時代の夢物語だよな」

郡原が言っていることも、わからないではない。だがやはり、ベテラン刑事が言った「時代が変わった」という言葉が正しいのだろうと思った。

ベテラン刑事が話題を戻した。

「総監だけど、今年の一月に着任したばかりだろう。張り切ってるんじゃないのか」

郡原がうなずく。

「そうかもしれねえな。現場にとっちゃ、あまりありがたくない話だ」

強行犯係の係長が、甘糟と郡原を呼んだ。いつしか、捜査員たちの人数が増えていた。聞き込みから上がって来たのだ。

係長の名は、金平孝之《かねひらたかゆき》だ。

金平係長は言った。

「被害者が、マルBと揉めていた経緯について、もう一度詳しくみんなに説明してくれないか」

当然、郡原が説明するものだと思い、甘糟は黙っていた。すると、郡原に肘《ひじ》で小突かれた。

「あ、自分が説明するんですか？」

「現場を見に行ったのはおまえだ」

金平係長が、甘糟に言った。

「説明してくれ」

甘糟は、車座になってあぐらをかいている捜査員たちの前に立って、三人組のチンピラと多嘉原連合の半ゲソたちの睨み合いの経緯を話した。

甘糟の説明が終わると、捜査員の一人が質問した。

「多嘉原連合の半ゲソたちを引っ張って来て話を聞く必要があるんじゃないのか？」

甘糟は、郡原を見た。郡原は、この場を甘糟に任せるつもりのようだ。面倒臭いのだろう。仕方がないので、甘糟がこたえた。

「はあ……。多嘉原連合は、事件と関係ないかもしれませんが……」

金平係長が言う。

「関係ないということを確認するためにも、話を聞く必要があるだろう。任意同行で引っ張ってくれ」

「え、自分が、ですか?」

「その半ゲソを知っているのは、君だけだ」

そう言われたら断れない。

「わかりました」

「じゃあ、朝一番に頼む」

他の捜査員が言った。

「その白いスーツの男というのは、何者かわからないんだな?」

甘糟はこたえた。

「わかりません」

金平係長が補足するように説明した。

「捜査一課では、その男の身元を洗って引っ張る方針だ」

捜査員がうなずいた。

「当然、そうすべきでしょうね」

金平係長が甘糟に言った。

「その人物を目撃しているのも君だけだ。身元の洗い出しに協力してもらう」

けっこうこき使われるはめになった。郡原は助けてくれるだろうか。今のところ、その気配はない。

他に質問はないようなので、甘糟は強行犯係の刑事たちの輪を離れた。彼らは、また何事か打ち合わせを始めた。

甘糟は郡原に言った。

「あの……。被害者の身元がわかっているんですから、金平係長に知らせますか？」

「ばか。そういうのは、もっともったいぶるんだよ。捜査一課の係長に伝えるんだ」

「もったいぶってて、強行犯係に先を越されたらどうするんです？」

「現時点でやつらは嗅ぎつけていないんだ。先を越されることはあり得ないよ」

「はあ……」

もったいぶっているときじゃないと思ったが、逆らったら何を言われるかわからない。甘糟は郡原の言うとおりにすることにした。

午前六時頃に、捜査一課の連中が講堂にやってきた。

郡原が彼らを眺めながら言った。

「係長の名前を知ってるか？」

「捜査一課のですか？　いいえ、知りません」

「土井守弘ってんだ」

「ドイ・モリヒロですか……」

「俺と同期なんだよ」

「えっ。同期なのに、向こうは警視庁本部の係長ですか？　……ということは、警部で、郡原さんより二階級も上なんですね」

「うるせえよ……。まあ、あいつは要領のいいやつだったからな……」

　ふと気づいて尋ねた。

「……ということは、新宿署の上小路さんとも同期ということですよね？」

「そうだよ」

「土井係長も、郡原さんの仲間だったんですか？」

「それ、上小路を鍛えてやった仲間かって質問か？」

「ええ、まあ……」

「いや、土井のやつは、俺たちの仲間じゃなかった。上小路が土井によく泣きついていたっけ……」

　どう考えても郡原が悪者だ。

「じゃあ、土井係長と郡原さんの関係は、上小路さんとの関係とは違うということですね」

「回りくどい言い方をするなよ。仲がいいかどうかを訊きたいんだろう？」

「まあ、そういうことです。それによって捜査本部の待遇が、かなり変わってきますからね……」

「上小路のやつをかばうんで、ついでに土井も鍛えてやったよ」

「えっ……」

「そのおかげで、今や本部の係長殿だ」

いや、そのおかげではないと思う。甘糟は、なんだか気分が暗くなってきた。

それからは、慌ただしく時が過ぎた。

始業時間になると、総務課の連中や刑事総務係の係員たちが、机や椅子を講堂に並べはじめた。

捜査員たちもそれを手伝う。それに続き、固定電話、無線機、パソコンなどが運び込まれた。

あっという間に、捜査本部の体裁が整っていく。それまで床に座っていた捜査員たちが、並んだ長机に着席していく。

甘糟と郡原は、一番後ろの席に座った。

午前九時になると、まず捜査一課長と北綾瀬署長がやってきた。

捜査員たちは、全員起立で彼らを迎える。捜査一課長と署長は正面に並んだひな壇に着席する。

長机とは別にスチールデスクの島があり、そこに捜査一課の管理官が着席した。係長たちもその島にいる。そこは、管理官席と呼ばれる捜査本部の中枢だ。

ひな壇には、まだ二つ空席がある。

捜査一課長や署長だけでも、甘糟たちにとっては充分に偉い人たちなのに、今日はさらに偉い人がやってくるのだという。

次第に捜査本部内の緊張感が高まるのがわかる。

郡原がぼそりと言った。

「偉い人が来ると、余計な気を使わなきゃならねえ」

甘糟はどうこたえていいかわからず、黙っていた。

郡原はさらに言った。

「そんなことを気にせず、捜査に専念してえよな」

まじめに捜査なんかしていないのに……。

甘糟がそう思ったとき、その偉い人たちがやってきた。捜査員たち全員が、再び起立する。

まず、刑事部長が入ってくる。甘糟にとっては雲の上の存在だ。そして、最後に、さらにはるか上の人物がやってきた。警視総監だ。

その顔を見た甘糟は、思わず声を上げそうになった。

7

捜査員たちは、礼をして着席をした。

甘糟は、呆然と立ち尽くしていた。甘糟だけがぽつんと立っている恰好になった。

ひな壇の席に着いた偉い人たちが、甘糟に注目していた。それで初めて、自分がまだ立っていることに気づいた。

甘糟は慌てて着席した。

警視総監がまだ甘糟のほうを見ていた。甘糟は、眼をそらすわけにもいかず、固まっていた。

警視総監が、甘糟のほうを見ながら、署長に何か囁《ささや》いた。署長は、ちょっと驚いたような顔をして何か返事をした。

その後、今度は署長が、北綾瀬署の刑事組対課長を呼んで何か囁いた。

甘糟は、その様子を固まったまま見ていた。隣の郡原が小声で尋ねた。

「おい、どうしたんだ?」

甘糟は、慌ててこたえた。

「あ、いえ、警視総監が……」

「総監がどうかしたのか……」

「いえ……」

甘糟は、すっかり混乱してしまって、何をどうこたえていいかわからなかった。

警視総監の顔を見て、それが白いスーツの男であることに気づいたのだ。どうりで、見覚えがあったはずだ。

だが、うかつなことは言えない。うっかり、そのことを郡原に話してしまって、あとで間違いでした、では済まないのだ。

金平強行犯係長がひな壇に呼ばれ、刑事組対課長から耳打ちされる。囁きのリレーだ。

「なんだよ……」

その様子を見ていた郡原が独り言のようにつぶやく。「まどろっこしいな……。用があるなら、総監が直接何か言えば済むだろうに……」

甘糟は、何も言わずに課長と金平係長を見ていた。金平係長は、課長に向かってうなずくと、言った。

「組対係の者がいると思うが……」

郡原がしかめ面で立ち上がった。

「はい、何か……」

「いや、若いほうのやつだ」

郡原が甘糟を見てから腰を下ろす。甘糟は、立ち上がった。

金平係長が言った。

「ちょっと前に出て来てくれ」

捜査員たちが、何事かと、甘糟に注目する。甘糟は、ひな壇の前に進んだ。先生に叱られる小学生のような気分だった。

気をつけをすると、金平係長が小声で言った。

「総監がお呼びだ」

甘糟は目をぱちくりさせてから言った。

「自分を、ですか？」

「そうだ」

警視総監の前まで行き、気をつけをして、上体を十五度に折る正式な敬礼をした。顔を上げても、眼を合わせることができない。

「ちょっと来てくれ」

総監が席を立ち、出口に向かった。

そのとたん、捜査員たちが全員起立する。甘糟は、言われるままに、総監のあとについていった。

講堂を出ると、総監は立ち止まり、振り向いた。甘糟は、気をつけをして言葉を待った。

「おう、あの夜、会ったよな」

総監が言った。伝法《でんぽう》な口調だ。

「は……」

「サッカンには見つからねえようにしてたんだがよ……。見られちまったもんは仕方がねえ」

「は……」

「おい、おめえ。は、しか言えねえのかい」

「いいかい。あのことは、俺とおめえだけの秘密だ。いいな」

「は……」

甘糟は、完全に頭に血が上っていた。この出来事が現実とは思えない。

「じゃあ、戻ろうか」

総監が講堂に入っていった。また、捜査員たち全員が起立する音が聞こえる。甘糟は、総監に続いて入っていったので、まるで甘糟のためにみんなが起立したような形になってしまった。

甘糟は恐縮しながら元の席に戻った。その間、注目の的だった。総監に呼び出されたのだから当然だ。

捜査員たちだけではない。幹部たちも、何事だろうという顔で、甘糟を見ていた。

捜査一課長が、言った。

「会議を始めるに当たり、警視総監からお言葉を頂戴します。総監、お願いします」

警視総監が、片手を挙げて言った。

「そのままでいい。私も座ったまま、話をさせていただく」

先ほどとは口調が違っていた。これは公の場でのしゃべり方なのだろう。どちらが素なのかわからないと、甘糟は思った。

おそらく、先ほどのいなせな口調が、演技なのだろう。

甘糟はまだぼうっとしていた。警視総監と二人きりで話をしたという事実が、自分でも信じられない。

警視総監の訓辞が始まった。ありきたりの内容だが、相手が総監とあって、捜査員たちはかしこまって聴き入っている。

郡原がそっと言った。

「どうしておまえが、総監に呼ばれたんだ？」

総監の訓辞の最中に私語を交わそうとするのは、おそらく郡原だけだろう。甘糟は、こたえたくなかったが、無視するわけにもいかなかった。

「後で説明します」

「俺に何かを訊かれたら、すぐにこたえるんだ」

「総監のお言葉の最中ですよ」

そう言われて、さすがに郡原は口をつぐんだ。

総監の訓辞は短かった。それから刑事部長の訓辞がある。それも長くはない。

二人とも、訓辞などよりも捜査のほうが重要であることは充分に承知しているのだ。捜査一課長の司会進行で会議が始まった。

再び、郡原が言った。

「……で？　なんでおまえが、総監に呼び出されたんだ？」

ここは、シラを切るしかない。

「知りませんよ。総監に訊いてくださいよ」

「総監に訊けるわけないだろう」

「自分にだって、わかりませんよ」

「何を訊かれたんだ？」

「え……？」

「二人で講堂を出て行って、何か話をしたんだろう？」

「ああ……。被害者のことについて尋ねられました」

咄嗟《とっさ》のでまかせだった。

「被害者のこと……？」

「そうです。被害者を目撃した捜査員は、自分だけですからね」

「どういうふうに訊かれたんだ？」

「被害者は、何者か、と……」

「何とこたえた？」

「半グレだろうと言いました」

「名前や年齢は？」

「教えてません」

郡原は、疑いの眼差しで甘糟を見ている。

「しかし、総監がおまえ一人だけを呼び出すなんて、よっぽどのことだぞ」

たしかにそうだ。自ら席を外して、外で密談をするというのも異例のことに違いない。まあ、白いスーツを着て、夜の街をうろついているのも、ずいぶんと異例だが……。

捜査一課の土井係長が報告を終えるところだった。

「……という経緯です。なお、被害者の身元はまだ不明です」

土井係長が着席すると、郡原が挙手をした。捜査一課長は、眉をひそめて郡原を見る。

「何だ？　何か質問か？」

郡原が起立してこたえた。

「いえ、今の土井係長のご報告に、補足させていただきたいことがあります」

「補足？　何だ？」

「被害者の身元です」

「判明しているのか？」

「はい。氏名は、牛尾健。動物の牛に、尾ひれの尾。健康の健です。年齢は、二十四歳。暴力団の構成員や準構成員ではなく、非行グループに所属している、いわゆる半グレというやつのようです」

捜査員たちが、慌ててメモを取りはじめた。捜査一課長が聞き返す。

「それは確かな情報か？」

「確かですが、裏を取る必要があると思います。以上です」

郡原が着席した。

管理官席の土井係長が、郡原を睨んでいた。郡原はまったく平気そうな顔だ。

この人には怖いものはないのだろうか。甘糟はそんなことを思った。

「起立」の声がかかった。甘糟は慌てて立ち上がる。

警視総監、刑事部長、北綾瀬署の署長が退出する。先頭が警視総監だ。

講堂を出るとき、総監がちらりと甘糟のほうを見た。それだけで、甘糟は緊張した。

その後、鑑《かん》取《ど》り班、地《じ》取《ど》り班、凶器捜査班などの班分けが発表になった。二人組にした捜査員をそれぞれの班に振り分けるのだ。

たいてい、本庁捜査一課の捜査員と、所轄の捜査員を組ませる。所轄の者は管内の地理や事情に詳しいので、そのほうが効率がいいのだ。

捜査一課の刑事の中には、所轄の捜査員のことを「道案内」などと呼ぶ者もいる。失礼な話だが、強行犯捜査の世界では、捜査一課は花形で、彼らのエリート意識は半端ではないということだ。

同じ刑事でも、甘糟はマル暴なので、あまり捜査一課と関わることはない。それはありがたいことだと思っていた。

班分けをしていた管理官が、郡原と甘糟に言った。

「君ら二人は、特命だ。マルB情報を集めてもらう」

郡原がうなずく。

「いつものようにやればいいってことですね」

「そうだ。被害者の身元情報も、そっちの筋から入手したんだろう?」

「ええ、まあ……」

「その調子で頼むよ」

甘糟は、郡原と二人で行動することになったわけだ。

管理官が小声で甘糟に尋ねた。

「君、総監に呼び出されていたよな。何だったんだ?」

さきほどの郡原に対して言ったでまかせと同じことをこたえた。

う。


「ふうん……」

管理官は、納得していない様子だが、それ以上は質問しなかった。郡原とともに、元の席に戻ると、そこに捜査一課の土井係長がやってきた。郡原に向かって言う。

「被害者の身元を、知っていて黙っていたな？」

郡原は涼しい顔で言う。

「何の話だ？」

「幹部たちの前で、俺に恥をかかせようとしたんだ」

「そんなことはない。被害者の身元情報は、会議が始まる直前に入手した。おまえに伝える暇がなかったんだよ」

土井は悔しそうに郡原を睨みつける。

甘糟は、はらはらしていた。

「おまえらは、すぐに捜査一課に情報を上げろ。それが仕事だ。妙な隠し事をするな」

土井係長が郡原に言った。郡原は、にやにやと笑っている。

「わかってるよ。本当に上に報告している暇がなかったんだ。悪く思うなよ」

いくら同期とはいえ、相手は警視庁本部の係長で、郡原はヒラだ。階級も土井係長は警部だろう。郡原は、巡査部長だから二階級の開きがある。

もう少し態度を改めたほうがいいんじゃないだろうか。甘糟は、そんなことを思っていた。

「マル暴刑事なら、それらしく暴力団からの情報を吸い上げるんだ」

「言われなくたって、仕事はやるよ。おまえこそ、へまをするなよ」

「おまえは、私にそういうことを言える立場じゃないんだ」

「俺は、相手が誰であれ、言いたいことを、言いたいときに言う」

まあ、そうだろうな、と甘糟は思った。郡原は警察をクビになることを恐れていないとしか思えない。そんな警察官はいないと思うのだが……。

たしかに甘糟も、警察学校で絞られているときや、地域課に配属になって独身寮に住みはじめた当初は、警察官を辞めようかと思ったこともあった。

周囲は体育会系のやつばかりのような気がした。自分はつくづく警察官が向いていないと思ったものだ。

それが、今ではマル暴刑事だ。そして、ここまできたら、定年まで勤めてやろうと思っている。何と言っても、公務員は安定している。共済組合でけっこう借金もできるし、贅沢《ぜいたく》を言わなければ住むところにも困らない。

長年警察にいると、警察官でいつづけることが最大の目的になってくる。そこそこ出世をすれば申し分ない。

だから、警察官は懲戒処分を恐れるのだ。そして、警察社会からはみ出ることを恐れる。厳しい階級社会である警察で生きていくには、上下関係を念頭に置いてうまく立ち回ることが大切だと、甘糟は思っている。

だが、郡原はそうではないのだ。

もしかしたら、実家がものすごい金持ちで、働く必要なんかないのに、道楽で警察官をやっているのではないだろうか。

いや、まさか、いくらなんでもそんなことはないだろう。では、自分が処分など食らうはずがないと、高をくくっているのだろうか。

本部の係長に楯突《たて》いてもろくなことはないと、甘糟は思った。

土井係長が、ふんと鼻で笑ってから言った。

「いつまでも、そんなふうに子供みたいなことを言ってればいい。それより、君」

甘糟のほうを見て言った。

「はい」

甘糟は、慌てて立ち上がろうとした。

「いや、別に立たなくていい。ちょっと訊きたいことがある」

「はあ、何でしょう?」

「さっき、総監に呼ばれて外に出たな?」

「あ、はい……」

そのことか……。やはり、係長も気になるのだ。

「君は、総監と何か個人的な関わりがあるのか?」

白いスーツの男を目撃して、言葉を交わしたことがあるのは、個人的な関わりになるだろうか。

そんなことを考えながら、甘糟はこたえた。

「いえ、別にありません」

「では、どうして総監は、君を呼び出したんだ?」

「さあ、自分にもよくわかりません。おそらく、マル暴が捜査本部にいるのを、珍しく思われたのではないでしょうか」

土井係長は、考え込んでから言った。

「いや、別にマル暴がいたって、それほど珍しいことじゃない。捜査本部にはいろいろな人間が出入りする」

「はあ……。でも、別に自分に心当たりはありませんから……」

ここは、徹底的にシラを切るに限ると思った。

別に秘密にしたいなどとは、甘糟は思ってはいない。だいたい、小説やテレビドラマなどでも、登場人物が、秘密にしなくてもいいことを秘密にすることで事件が起きることが多い。

どんなこともすぐに他人に話して、自分だけの問題でなくしてしまえば、気が楽だし問題も起きにくい。

甘糟は普段からそう考えていた。だが、警視総監から、二人だけの秘密だと言われたらどうしようもない。警視総監を裏切る度胸は、甘糟にはなかった。

土井係長がさらに尋ねる。

「二人で部屋の外に出たよね。総監と二人きりになるなんて、実に異例なことだ。たいてい警備部のやつがいっしょにいる」

「SPですか？」

「そうだ。警備部警護課のエリートたちだ。SPはいっしょじゃなかったんだろう？」

「ええ。二人だけで話をしました。でも……」

「でも、何だ?」

「ほんの、二言三言、話しかけられただけです」

「そのために、わざわざ呼び出したのか?」

「そういうことになりますね」

「何を言われた?」

「被害者のことを、尋ねられました」

「被害者のこと……? 身元について教えたのか?」

「いいえ。そのときは、言いませんでした」

「なぜだ?」

「発表する相手とタイミングは、郡原さんに任せていましたから……」

「つまり、知っていて、被害者の身元を総監に報告しなかったということだな……」

追及されると、ついしどろもどろになりそうだった。だから、嘘をつくのが嫌なのだ。

「ええ、まあ……」

「どうしてだ。総監に質問されたんだ。素直にこたえるべきだろう」

「ええと……。現場の人間も知らないのに、トップが知っているというのはどうかと思いまして……。捜査会議で発表するのが筋だと思いました」

「その結果、私は郡原に恥をかかされたわけだ」

「いや、それは、その……」

「まあいい。だが、総監が捜査員を呼び出して二人きりで密談するというのは、普通は絶対にないことだ。どうしてその、あり得ないことが起きたのか……。それが、どうしても気になってな」

「気にされるほどのことではないと思います。総監の気紛《きまぐ》れだったんじゃないでしょうか」

「気紛れね……。そういえば、妙な噂があるな……」

郡原が話に割り込んできた。

「妙な噂？　総監のか？」

「着任してしばらくすると、変なあだ名がついたというんだ。おそらく、警務部や警備部といった、ごく近しい連中の間で囁かれているあだ名のようなんだが……」

「どんなあだ名なんだ？」

「マル暴総監というんだ」

郡原が眉をひそめた。甘糟も怪訝に思った。どうしてそう呼ばれているんだろう。

「マル暴総監……？」

郡原が尋ねた。「総監はマル暴の経験が長いのか？」

「いや、特にそういうことはない」

「暴力団対策に特に力を入れているとか……」

「特に力を入れているということはないと思う」

「じゃあ、どうしてそんなあだ名がついたんだ」

土井係長は、肩をすくめた。

「知らない。私もつい最近聞いたばかりだ」

「なんだか、気になるな……」

「おまえの相棒のほうが気になるよ。総監と二人きりで密談だぞ。どうなってるんだ？」

郡原が甘糟のほうを見た。

「俺も驚いて、どういうことかと尋ねたんだが……」

「おまえも訳を知らないのか？」

「当たり前だろう。知ってたらおまえに話してるよ」

「どうだかな……。また、捜査会議で発表して俺に恥をかかせるんじゃないのか？」

「おい、しつこいな。おまえに知らせる時間がなかっただけだと言ってるだろう」

「それで……」

土井係長は、甘糟を見ながら郡原に尋ねた。「この若いのは、おまえの質問にどうこたえたんだ？」

「今おまえに言ったのと同じことさ」

甘糟は、黙っていることにした。しゃべればしゃべるほどドツボにはまりかねない。

土井係長が甘糟に言った。

「本当にそれだけなんだな？」

「申し上げたとおりです」

「総監と特別な関係はないんだな？」

「ありません」

「そうか。それを確かめておきたかった」

郡原が言った。

「つまり、手心など加えずに、存分にこき使うつもりだということだな?」

土井係長は何もこたえず、甘糟たちのもとから離れていった。

「こき使うですって?」

甘糟が郡原に尋ねた。

「ああ。土井は人使いが荒いということだ」

「そんなことなら、総監と何か関係があると思わせておけばよかった……」

「それで……」

郡原が甘糟を見据えて言った。「本当に何も関係はないのか?」

「ありませんよ」

そうこたえても、郡原は納得しない様子だった。しばらく甘糟を見ていた。その視線に耐えかねて、あやうく白いスーツの男が総監だと言ってしまいそうになった。

郡原が舌を鳴らした。

「がっかりだな」

「がっかり……?」

「そうだ。もし、おまえが総監に特別なコネを持っているなら、そいつを有効活用させてもらおうと思ったんだがな……」

「ああ、それは残念でしたね」

甘糟が周囲を見回した。

担当が決まった捜査員たちが、すでに聞き込みに出かけており、講堂内はがらんとしていた。

「さあて、俺たちもそろそろ出かけないとな……」

「どこに行くんですか?」

「どこでもいいよ。ここにいたら、サボってるのが管理官たちにばれればれじゃねえか」

「え、外に出てサボるということですか?」

「しっ。声がでけえよ」

「はあ……」

「とにかく出よう。俺はパチンコにでも行く」

「自分はパチンコはやらないんですけど……」

「誰がおまえを連れて行くって言った」

「あ……」

「おまえは、聞き込みに行って来い。マル暴の情報が期待されているんだ。アキラあたりから、また何か仕入れてこいよ」

「今アキラのところに行っても、何も聞き出せないと思いますよ」

「じゃあ、誰か別なやつに当たるんだよ」

郡原が立ち上がった。甘糟も腰を上げながら、誰に話を聞こうか考えていた。

8

困ったときは、情報屋が頼りだ。

所轄の刑事は、たいてい独自の情報源を持っている。マル暴にとっては特に情報源が大切で、いかにハトを飼うかが、マル暴の仕事だ、とも言われている。

ハトというのは、いわばスパイだ。暴力団の内部情報などを教えてくれる人脈だ。

裏社会の事情に詳しい情報屋も重要だ。甘糟は、ヤスと呼ばれている情報屋に電話してみた。

自堕落な生活をしているヤスは、午前中は寝ているかもしれない。だが、刑事は遠慮などしない。

携帯電話の呼び出し音が鳴り続ける。十回を数えて、切ろうかと思ったらつながった。

「はい……」

「甘糟だけど」

「ダンナぁ。何時だと思ってるんです……」

明らかに寝起きの声だ。

「何時って、普通の社会人はもう働いている時間だよ」

「俺を普通の社会人だと思ってるんですか?」

実は、ヤスが何をやっているのか詳しくは知らない。情報屋で食べていけるとも思えない。小遣い稼ぎ程度の収入にしかならないはずだ。

パチプロという説もある。パチンコだけでなく、競馬、競輪、競艇もやるプロのギャンブラーだという話も聞いたことがある。

実際にどういう職業なのか、洗ってみてもよくわからなかった。だが、甘糟にとって重要なのは、ヤスが何をやっているか、ではなく、何を知っているか、なのだ。

「ちょっと、話が聞きたいんだけど」

「昼飯おごってくださいよ」

「情報料取るくせに、昼飯までおごらせるわけ？」

「いいじゃないですか。鰻《うなぎ》がいいなあ」

「鰻？　冗談じゃないよ。贅沢言わないでよ」

「鰻くらい食わせてくださいよ」

「牛丼ならおごるよ」

「天下の警視庁が、せこいこと言わないでくださいよ」

「公務員の給料なんて知れてるんだよ。あんたに高いものをおごるほどの稼ぎがあるわけじゃないんだ」

「ダンナもマル暴らしく、組関係から金を巻き上げればいいのに……」

「ばか言わないでよ。贈収賄で捕まっちゃうよ」

「ダンナは、真面目だなあ」

「真面目とか不真面目の問題じゃないよ。マル暴が暴力団から金をもらってるなんて、そんなのフィクションの世界だからね。虚構だよ、虚構」

ヤスは、くすくすと笑った。

「本気で言ってるんですか？」

「そっちこそ、根拠もないのに妙なことを言わないでよね」

「……んで、鰻はどうなったんです？」

「牛丼ならいいって言ってるだろう」

「牛丼屋のカウンターで、込み入った話ができるんですかね」

たしかに話はしにくい。それなりの鰻屋なら、落ち着いて話ができるテーブル席や座敷もあるだろう。

言われているうちに、甘糟も鰻が食べたくなってきた。

「わかったよ。何時にどこ？」

「知り合いの鰻屋が、十一時半に店を開けます。そこでどうです？」

「しょうがないなあ」

甘糟は、店の名前と場所を聞いて電話を切った。

郡原が言った。

「鰻がどうしたって？」

「情報屋と昼飯を食おうと思いまして……」

「鰻を食うのか？」

「ええ、まあ……」

「俺も行こうかな」

「え、払ってくれるんですか?」

「おまえの情報収集だろう。おまえが払うのが筋だろう」

「いや、郡原さんの分まで払う理由はないですよ」

まったく油断も隙もあったものではない。

「ふん、じゃあいいよ」

郡原は、そう言うとふらりと出かけて行った。先ほど言っていたようにパチンコに出かけるのだろう。

甘糟は、ヤスとの待ち合わせまで、時間をつぶすことにした。

管理官や捜査幹部が、ちらちらと甘糟のほうを見ているような気がした。警視総監の影響はそれだけ大きいのだ。

せっかくだから、その威光を利用させてもらおうかとも思った。だが、どうやって利用していいかわからない。

結局、何もしないのが無難だという結論に落ち着いた。


ヤスが指定したのは、古い鰻屋だった。暖簾も色あせており、引き戸の建て付けが悪い。裏通りに面していて、周囲はマンションや雑居ビルなのだが、時代に取り残されたように、その店舗だけ古いまま残されていた。

換気扇から鰻を焼く煙が吐き出されている。昔ながらの鰻屋だ。

カウンターがあり、テーブル席が三つある。奥のテーブル席は、カウンターの陰になっており、出入り口からは見えないし、ほかの席の客に話を聞かれることもなさそうだった。

開店したばかりで、まだ客はヤスと甘糟だけだった。おそらく十二時までは、このまま落ち着いて話ができるだろうと、甘糟は思った。

ヤスが注文した。

「鰻重、松ね」

甘糟は慌てて言った。

「いや、並でいいから」

店のおばちゃんが言う。

「はい、梅ね」

ヤスが不満げに言う。

「そんなとこでけちってどうするんです」

「少しでも節約しなきゃ」

ヤスは、小柄で貧相な男だ。そして、年齢不詳だ。四十代と言われれば、そうかと思うし、六十代にも見える。

「そういうところで、人間の大きさって出るんでやすよ」

「ほっといてよ。それより、聞きたいことがあるんだ」

「高架下の殺人事件でしょう?」

「そう。何か知ってる?」

「さあねえ……」

ヤスはそっぽを向いた。

甘糟は、千円札を三枚出してテーブルの上に置いた。

「何ですか、これ」

「だから、いつもの……」

「子供の小遣いですか」

「鰻代を引いたら、こんなもんだろう。いらないんなら、いいよ」

甘糟が三枚の千円札を引っ込めようとしたら、ヤスは驚くほどの素早さでそれを奪い取った。

ヤスは金をポケットにしまうと、声を落として言った。

「ガイシャの身元はわかってるんでしょう?」

甘糟は苦笑した。

「あのね、刑事ドラマじゃないんだから、ガイシャなんて言葉は使わないんだよ。俺たち、マル害って言うんだ」

ヤスは言い直した。

「マル害の身元はわかってるんですよね?」

「わかってる。多嘉原連合のアキラから聞いた」

「へえ……。アキラさんから……。そういや、アキラさん、いろいろと調べていたな……」

ヤスのほうがはるかに年上のはずだが、彼はアキラに「さん」づけだ。それがヤスの立場を物語っている。

暴力団の周辺にいるとあぶく銭の恩恵にあずかることがある。ギャンブラーのヤスは、そういう金を当てにするしか生きる術《すべ》がないのかもしれない。

甘糟は尋ねた。

「何か聞いてない？」

「そうねえ……。ガイシャ……、いやマル害が、殺される前日に、アキラさんとこの若いのと睨み合っていたという話を聞きましたよ」

「それは知ってる。俺もその場にいたからね」

「え、それは初耳だなあ」

「あんたの情報網も、たいしたことないね」

「そう思ったら、朝っぱらから電話かけてこないでくださいよ」

「早起きして働くことを考えたらどうなの？　早起きは三文の得って言うじゃない」

「小銭しか得しないんだったら、寝てたほうがましですよ」

人々が金を稼ごうとしなくなったら、景気が停滞すると、誰かが言っていた。経済というのは、そういうものらしい。実にわかりやすい。

「その他に、知ってることは？」

ヤスは、さらに声をひそめた。

「じゃあ、ダンナ、噂の男を見たんですか？」

「噂の男？」

「ええ。白いスーツを着た……」

「ああ……。見たよ」

「アキラは、その男を探しているらしいですよ」

「なぜだ？」

「さあ……。その男が、殺人犯だと思っているからじゃないですかね」

　殺したのが自分のところの準構成員ではないとしたら、当然白いスーツの男が怪しいと考えるだろう。

　甘糟もアキラの話を聞いて、そう考えていたのだ。警視総監の顔を見るまでは……。

　甘糟は質問を続けた。

「でも、その白いスーツの男が殺したわけじゃないだろう。誰が犯人なんだ？」

　ヤスが怪訝そうな顔をした。

「警察じゃ、その白いスーツの男を疑っていないんですか？」

「いや、そういうわけじゃないんだが……」

　ヤスが真剣な表情になって言った。

「その男、けっこうやばいかもしれませんよ」

「やばいって、どういうこと？」

「都内のあちらこちらに出没しているらしいです」

「へえ……」

　もちろん、甘糟はそのことを知っている。だが、こういう場合は知らないふりをしたほうがいいことを、これまでの経験から学んでいた。

「目的がわからねえんですよ。どこの組の人たちも首を傾げている。もしかしたら、関西から来た刺客なんじゃないかって言う人もいます」

「いや、それはないいな……」

「どうしてです？」

「いや、なんとなくだよ」

「でも、チンピラを殺したんですよ」

「殺されたのは、どこにもゲソ付けしていないチンピラだっていうじゃないか。関西の刺客がどうしてそんなやつを殺さなけりゃならないのさ」

「最近の半グレってのは、暴力団よりもタチが悪いですからね。仲間を殺されたとなれば、相手が多嘉原連合だろうが何だろうが、嚙みつくでしょう」

「あ、アキラはそれで、真犯人を見つけようと……」

「そう。だから、白いスーツの男を捜しているわけです」

甘糟は訳がわからなくなってきた。

「白いスーツの男が殺したっていう証拠は何もないんだろう？　目撃者でもいるの？」

甘糟が尋ねると、ヤスはあきれたような顔になって言った。

「それを調べるのが警察の仕事なんじゃないですか」

「だから、こうして情報を入手しようとしているんじゃない」

「俺だってそんなことは知りません」

「アキラだって知らないんだろう」

「どうでしょう。アキラさんなら、何か知っているかもしれません」

「アキラが何を知ってるっていうの？」

「俺にはわかりませんよ。アキラさんに直接訊いてみたらどうです？」

十二時になり、そろそろ店が混み始めた。甘糟は、店を出ることにした。

ヤスが言った。

「じゃあ、俺はこれで……」

「何かわかったら、また知らせてよ」

「そうですね。今度はすき焼きがいいなあ……」

「贅沢していると、成人病になるよ」

ヤスは、にやにやと笑いながら歩き去った。甘糟は、これからどうしようか考えていた。郡原は、まだパチンコ屋にいるのだろうか。

アキラが、白いスーツの男のことを探していると、郡原に報告すべきだろうか。それを知ったら、郡原も、白いスーツの男の正体を知りたがるに違いない。いつまでも郡原に秘密にしている自信はなかった。

郡原だけではない。アキラに追及されたとしても、黙っていることはできないかもしれない。拷問されたら、すぐにしゃべってしまうだろう。

捜査一課では、白いスーツの男の身元を洗って、身柄を引っ張る方針だと言っていた。捜査一課の誰かに訊かれた場合も、シラを切り通すのは難しいと思った。

ああ、なんて面倒くさいんだろう。

甘糟は思った。

こうなったら、できるだけ誰にも会わないようにして、上がりの時間に、そっと捜査本部に戻ろう。捜査会議ぎりぎりに戻れば、郡原にあれこれ尋ねられることもないだろう。

そう決めたら、少しだけ気分が楽になった。郡原がさぼっているのだから、俺だってさぼってもいいはずだ。甘糟はそんなことを思いながら、通りをぶらぶらと歩いていた。

「甘糟さん」

声をかけられて、顔を上げた。

「あ、アキラ……」

「こんなところで会うなんて、奇遇ですね。昼飯ですか？」

誰にも会いたくないと思ったとたんに、アキラに出っくわす。なんてついてないんだ……。甘糟は、心の中でぼやいた。

「あんた、いつも車で移動しているじゃないか。今日はどうしたんだ？　お供も連れずに……」

「昼飯を食うときくらい、歩いて出かけますよ。それに、俺が出歩くときは、たいてい一人ですよ」

「そう、昼飯か。邪魔しちゃ悪いよね。じゃあね……」

「ちょっと待ってくださいよ」

「なんだよ。俺、急いでるんだよ」

「そうは見えませんでしたけど……」

「なんだよ。いつから俺に気づいていたの？」

「ヤスといっしょに、鰻屋から出て来たところをお見かけしまして……」

甘糟は、しかめ面になった。情報屋といっしょのところは、見られたくなかった。

「ほんと、急いでるんだよね」

「うかがいたいことがあるんですよ」

「言っとくけど、捜査情報は絶対に洩らせないからね」

アキラは、こちらの言うことにはおかまいなしに質問を始めた。このあたりが、ヤクザの押しの強さだ。

「犯人の目星はついているんですか？」

「だから、そういうことは話せないんだってば」

「甘糟さんが、ヤスから情報を仕入れているということは、まだホシ割れしてないってことですね」

「勝手にそういうこと言わないでよ」

「でも、容疑者は絞られているんでしょう？」

「俺、何もこたえないからね」

「甘糟さんも、例の白スーツの男を気にしていたじゃないですか」

初めてあの人を見かけた翌日も、アキラに彼のことを尋ねたのだ。あれは失敗だったかもしれない。

だが、今さらそんなことを言っても始まらない。

「そりゃ、あんたのところの半ゲソや半グレ相手にあんなことされりゃ、どこの誰か気になるじゃない」

「それで、どこの誰かわかったんですか？」

「わからないよ。別にもう、知りたくもないし」

「どうしてです？　警察は、彼のことを疑っているんでしょう？」

「誰がそんなことを言ったのさ」

「刑事さんたちが、あちらこちらで、あの男のことを訊いて回ってるそうじゃないですか」

白いスーツの男の正体を暴いて、身柄を引っ張るというのが、当面の捜査本部の方針だ。当然、捜査員たちは彼について聞き込みをする。

「でも、俺は興味ないんだ」

「また、そんなことを……」

アキラは苦笑したが、本当のことだ。警視総監が殺人犯のはずがない。だとしたら、他に犯人がいる。

「本当だよ。ねえ、犯人のことは警察に任せてくれない？」

「うちの半ゲソが疑いをかけられたりしちゃ迷惑なんでね。それに、シマ内で人を殺されたとあっちゃ、黙っていられませんよ」

「え、あのあたり、おたくのシマなの？　日村んとこのシマかと思っていた」

日村と聞いて、アキラが渋い顔になった。

「そういうことは、微妙なんですよ」

「もし、本当に犯人を見つけたいのなら、白いスーツの男のことなんて調べてちゃだめだよ。見当外れだからね」

甘糟がそう言うと、アキラがにっと笑った。

「その手は桑名《くわな》の焼きハマグリですよ」

「あんた、古い言い回し知ってるね」

「警察が、あの男のことを調べているのは事実なんです。今さら、眼をそらせようとしても無駄ですよ」

「そういうんじゃないんだけどなあ……。本当に、彼は関係ないと思うんだ」

アキラは、ふと真剣な顔になって尋ねた。

「もしかして、甘糟さんはもう、あの男の素性を知っているんですか？」

甘糟は慌てた。

「そんなはずないだろう。捜査一課の捜査員たちですら知らないことを、俺が知っているはずがない」

「どうでしょうね……。甘糟さんは、なかなか油断ならない方のようですからね……」

「そんなことないよ。俺は、ぜんぜんダメな刑事なんだ」

「本当にダメなやつは、自分のことをダメだなんて言いませんよ。本当に、あの白いスーツの男の素性を知らないんですか？」

「本当に知らない」

アキラは、しげしげと甘糟を見つめた。ヤクザ独特のねちっこい目つきだ。甘糟は落ち着かない気分になった。

やがて、アキラが言った。

「わかりました。何かわかったら、教えていただけませんか」

「それは、警察の台詞だよ。なんで、俺があんたに捜査情報を教えなけりゃならないのさ」

「持ちつ持たれつじゃないですか」

「あのね、マル暴刑事は、暴力団とそういう関係になるのが一番危ないんだよ」

アキラは、にやりと笑って歩き去った。

まずいよなあ……。

甘糟は言った。

捜査一課も、アキラも、殺人犯が白いスーツの男だと考えているようだ。それを、警視総監に知らせておいたほうがいい。だが、どうやって連絡を取っていいのかわからない。

警視庁本部に電話をかけて「警視総監を」なんて言ってもつないでくれないだろう。

これは聞いた話だが、警視総監の名刺には連絡先が一切書いていないらしい。それくらい、総監と連絡を取るのは難しいということだ。

白いスーツの男と言葉を交わしたのが、そもそもの間違いだった。正体を知らずにいれば、甘糟があれこれ気を揉むこともなかった。

なんか俺、損ばかりしてるよなあ……。

甘糟は再び、とぼとぼと歩きはじめた。勤め人たちが、どこかで昼食を取ろうと、通りを行き交っている。

さて、どこで時間をつぶそうか。

そんなことを考えていると、携帯電話が鳴った。番号は非通知だった。

誰だろう。甘糟は、取りあえず出てみた。

「はい、甘糟」

「栄田《さかえだ》だ」

偉そうな口調だ。

「え、サカエダさん？　どちらのサカエダさん？」

「栄田と聞いてわからんのか」

どこかの親分だろうか。

そこまで考えて、甘糟は、あっと思った。

「総監……」

栄田光弘《みつひろ》警視総監だ。一瞬、頭の中が真っ白になった。何を話していいのかわからない。

「今、話せるか？」

甘糟は、歩道で呆然と突っ立っているのに気づいた。

「は、はい。だいじょうぶです」

歩き出して、少しでも落ち着いて話せる場所を探そうとした。小さな公園があったので、そこに入った。会社員風の人たちが、ベンチでくつろいでいた。

甘糟は、ベンチから離れた場所に立ち、会社員風の人たちに背中を向けた。

警視総監が言った。

「俺のことは、誰にも言ってねえだろうな」

例の伝法な口調だ。

「もちろんです」

「しゃべるんじゃねえぞ」

「あの……」

「何だ?」

「捜査本部や、地元のマルBが、白いスーツの男のことを追っているんです」

「もちろん、知っている。そのことで、いろいろと相談があるんだ」

「自分に、ですか」

「ああ。今夜会えるか?」

甘糟はびっくりした。総監が直々に会おうと言っている。現実とは思えなかった。甘糟が黙っていると、警視総監はこちらの都合はおかまいなしといった調子で言った。

「そっちの管内だと、何かと問題がある。銀座まで出て来てくれ」

「銀座ですか」

警視総監は、店の名前と住所を言った。甘糟は慌ててメモをした。

「じゃ、今夜」

「あ、あの……」

「何だ?」

「自分は電話番号をお教えした覚えはないのですが……」

「俺を誰だと思ってるんだ。おまえの電話番号を調べ出すくらい、朝飯前だぜ」

電話が切れた。甘糟は、あまりのことに、しばらくその場に立ち尽くしていた。

9

時間というのは、欲しいときには足らなくて、早く過ぎて欲しいときほどなかなか進まない。甘糟は時間をつぶそうとしたのだが、なかなか時間がたってくれない。昔ながらの喫茶店は、今ではすっかり見当たらなくなり、カウンターで飲み物を買って安っぽい席に持っていくタイプのチェーン店ばかりになってしまった。

あちらの店で一時間、こちらの店でまた一時間と、コーヒーを飲んで時が過ぎるのを待ったが、捜査員の上がり時間である、午後八時までは、まだまだたっぷりと時間があった。

三軒目のカフェを出たときは、まだ四時を過ぎたばかりだったので、絶望的な気分になった。

甘糟は、さきほど総監と電話で話をした公園にやってきた。ベンチがあいていたので、腰かける。

世の中には、天才的に時間をつぶすのがうまい人がいるのだという。天才的というか、性格の問題だろうと、甘糟は思う。

だいたい、ぼうっとしていれば、時間は早く過ぎて行くような気がする。何もせずに、公園のベンチに座っているのは、甘糟にとっては苦痛だが、それを何とも思わない人もいるのだ。

甘糟にしてみれば、それが不思議でたまらなかった。例えば、失業してすることがないからベンチに座っているという人は気の毒だ。だが、そうでない人々がいる。

用事があるのに、ぼんやりとベンチに座っていられる人がいる。

甘糟には、それができない。別に、特別せっかちというわけではない。気が弱いせいだと、自分では思っている。

つまり、やるべきことをやってしまわないと、気になって仕方がないのだ。他人に何か言われるのが、おそろしく苦手なのだ。

寮の仲間に小言を言われるのも嫌だし、郡原のような先輩や、係長などの上司に叱られるのはもっと嫌だ。

だから、やるべきことはさっさと片づけてしまいたいのだ。

仕事をさぼって時間をつぶすなどというのは、甘糟にとって最も苦手な事柄かもしれない。もっと若い頃から、いろいろな人に用事を言いつけられ、時間に追われていたような気がした。考えてみれば、釣りなどもあまり好きではないので、やはり気が長いほうではないのだろう。

五時になろうとする頃、甘糟はついに音を上げて郡原に電話してみた。

「おう、何の用だ?」

周囲はそれほど騒々しくない。すでにパチンコ屋は出たようだ。

「情報屋に当たってみましたが、たいしたことはわかりませんでした」

「おいおい、たいしたことだの、そうでないことだのって、おまえが判断することじゃないだろう」

「はあ。詳しく話をしましょうか?」

「言ってみろよ」

「電話じゃまずいでしょう」

「今どこにいるんだ？」

甘糟は、公園の名前を言った。

それを聞いた郡原が言った。

「公園だ？　そんなところで何をしてるんだ？」

甘糟は、しどろもどろになった。

「いえ、あの……。他人から話を聞かれない場所から電話をしようと思いまして……」

「この季節なら、公園のベンチも悪くないな。そこにいろ。これから行く」

「わかりました」

それから、たっぷり二十分は待たされた。だが、際限なく時間をつぶさなければならないことに比べれば、これくらいはどうということはない。

郡原は、ベンチの甘糟の隣にどっかと腰かけると、挨拶もなしに言った。

「……それで？」

「情報屋と、アキラに会いました」

「なんだ、けっこうちゃんと、仕事をしてるじゃねえか」

アキラにはばったり会っただけだとは言わずにおくことにした。

「アキラがいろいろと探っているようですが、まだ犯人を特定できていないようですね」

「ふん。いくらマルBの情報収集能力がすごいといったって、警察以上の捜査ができるはずがない」

「でも、自分らも知らない事情を知っているかもしれません」

「そんな様子があったのか?」

「いえ、一般論です」

「日村んとこに動きはない」

「え……」

「なにびっくりしてるんだよ。俺だって聞き込みくらいするんだよ」

「あ……。てっきりパチンコってのは、出ているところを潮に引きあげるのがいいんだ。そのまま調子に乗っていると、必ずすっちまう」

「五万ほど稼いだところで、腰を上げたよ。パチンコ屋だと……」

「あの……、それで、日村のところは……」

「まったく動きはなし。今回の件に関しては、関わりなしを決め込んでいるようだな」

「アキラが、事件現場を自分のところの縄張りだと言っていました。あそこは、日村たち阿岐本組の縄張りでしょう?」

「うーん、微妙なところだよなあ」

「アキラもそう言ってました」

「あそこ、ガード下だろう。そのあたりは、非武装中立地帯というか、緩衝地帯というか……。そういう一帯なんだ」

「そうなんですか」

「そうなんですかって、おまえ、所轄のマル暴だろう。そんなことも知らないのか」

「すいません。縄張りとかの事情は、しょっちゅう変わるので……」

「だから所轄が大切なんだ。そういう細かい情報をしっかり把握しているのは所轄だけだ。本部や警察庁《サッチョウ》の連中は、そういうことをわかっていない」

「はあ……」

郡原は、警視庁本部や警察庁が嫌いだ。いずれ自分が警視庁本部に行くことになるかもしれないのに、と甘糟は思う。

郡原は、そういうことはまったく考えないようだ。おそらくコンプレックスなのだろうが、特に捜査一課の連中には常に反感をむきだしにする。

「例の白いスーツの男はどうした?」

できるだけその話題には触れたくなかった。

「さあ、どうなったんでしょう」

「こら。他人事みたいに言うな。おまえが素性を明らかにするんだよ」

「自分がですか?」

「俺たち北綾瀬署の中で、本人の顔を見たのはおまえだけだ」

「それはそうなんですが……」

郡原は、思案顔になって言った。

「俺たちが、その白いスーツの男の正体をいち早くつかめば、また土井のやつの鼻を明かしてやれるかもしれねえ」

そのいかにも真剣そうな顔が妙におかしく、甘糟は笑い出しそうになった。

なにせ、その白いスーツの男に、今夜呼び出されているのだ。笑わずにはいられない。

笑ったりしたら、何をされるかわからない。必死に笑いをこらえていると、郡原が言った。

「何だ、妙な顔をして」

「いえ、何でもありません」

「とにかく、おまえは、白いスーツの男を追いつづけろ」

「その人物については、捜査一課の連中も調べているんでしょう？　勝手なことをしていいんですか？」

「いいんだよ。俺たちは特命だと言われたんだ」

「あの、自分、特命という意味がいまだによくわからないのですが」

「なあに、ちゃんとわかって使っているやつなんていないよ。特命ってのは便利な言葉だから、みんな適当に使っているんだよ」

郡原の言うことは、めちゃくちゃのようで、妙に説得力がある。特命なんて言葉は、所詮そんなものかもしれないという気になってくる。

「あの……、実はその件で、今夜はちょっと出かけたいんですが……」

「出かける？」

「九時に銀座で人と会う約束があります」

「銀座だと？　相手は何者だ？」

「それは、自分独自の情報源なので、ちょっと……」

「てめえ、偉くなったもんだな」

「わあ、すいません」

「まあいい。九時だな。捜査会議が終わったら行ってくればいい」

「はい。それで、これからどうします？」

「これから？」

「上がりの時間までは、ずいぶんありますよ」

「そろそろ、夕飯の時間じゃないか」

午後五時半を過ぎたところだ。

「いくらなんでも、夕飯には早過ぎませんか？」

「日本人は食事にかける時間が短すぎるんだ。フランス人とかを見ろ。ワインを飲みながら、会話を楽しんで、たっぷり時間をかけて食事をするんだ」

「はあ……。もともと自分はせっかちだし、初任科の寮生活で、すっかり早飯になってしまいました」

「たまには、のんびりと食事をするのも悪くねえ」

相手が郡原でなければなあ……。

そんなことを思ったが、もちろん口には出さない。

六時前に、行きつけの小料理屋に入った。夜は酒のつまみ中心だが、頼めば定食も出してくれる。

のんびりと食事をする、などと言っていたくせに、郡原もさっさと定食を平らげてしまった。

酒が飲めないのだから、どうしても早飯になってしまう。

甘糟も、さっさと食事を片づけてしまった。そうなると、どうにも間が持たない。

六時半頃、郡原が言った。

「本部に戻るか……」

「まだ早いですよ」

「なに、パソコンに向かっていれば、文句を言われることはない」

「はあ……」

実際に郡原の言うとおりにした。捜査本部に戻ると、甘糟と郡原は、並んでパソコンを開き、モニターを睨んでいた。

実際には甘糟は、ポータルサイトのニュースを眺めていただけだ。郡原が言ったとおりに、そうしていると、誰にも何も言われなかった。

午後八時近くなると、続々と捜査員たちが戻って来て、講堂内が賑やかになってくる。そして、八時十分頃、夜の捜査会議が始まった。警視総監も刑事部長も臨席していない。彼らは超がつくほど多忙なので、常に捜査本部に顔を出すことなど不可能なのだ。

会議では、係長らが報告したが、めぼしい情報はいまのところなかった。会議は十五分ほどで終了した。甘糟は、会議が長引いたらどうしようと思っていた。警視総監を待たせるわけにはいかない。

幸い、八時半には署を出ることができた。タクシーを飛ばせば約束の時間に間に合うはずだ。

本当に総監にサシで会うのかな……。そう思うと、さすがに、甘糟は緊張していた。

偉い人との待ち合わせというのは、ひどく緊張する。先方よりも先に、待ち合わせ場所に到着したい。

時間に遅れるなどもってのほかだ。だが、捜査会議を放り出すわけにもいかなかった。こうなれば、道が混んでいないことを祈るばかりだ。

信号で止まるたびにいらいらする。運転手に文句を言っても仕方がないことは十分に承知している。だが、つい何か言いたくなる。

銀座に到着したのは、約束の時間の五分前だ。普通の待ち合わせなら、充分に時間の余裕があるといえる。だが、相手が警視総監となると、まったく事情が違ってくる。

タクシーを下りて、呆然とした。自分がどこにいるのかわからない。通りの両側に飲食店の看板がぎっしりと並んでいる。

どの通りも似通って見える。甘糟は、一瞬パニックを起こしそうになった。

きょろきょろと周囲を見回していると、黒いスーツを着た客引きが声をかけてきた。

「どうですか？　飲むところ、決まってますか？」

銀座に客引きがいることに、甘糟は驚いた。イメージが結びつかない。銀座はもっと、気取ったところかと思っていた。

見栄も外聞もない。甘糟は、その客引きに待ち合わせ場所の住所を告げて、道を訊いた。幸い、そこからすぐ近くだった。

看板を頼りにようやく指定された店を見つけた。クラブのようだ。甘糟は、おそるおそるドアを開けた。

すぐに黒服がやってきてにこやかに言った。

「いらっしゃいませ。お一人ですか？」

「あ、待ち合わせなんですけど……」

甘糟は、警視総監の名前を告げる。

「栄田様ですね。うかがっております。こちらへどうぞ」

「あの……、けいし……、いや栄田さんは？」

「まだいらしていません」

甘糟はほっとした。黒服に、店の奥の席に案内される。衝立《ついたて》があり、他の席からは見えない席だ。すでに栄田のボトルが用意されていた。ボーイがやってきて尋ねる。

「水割りでよろしいですか？」

「あ、いや、えーと、連れが来るまで待ちます」

「かしこまりました」

時計を見た。九時三分だ。総監は少し遅れている。自分が先に到着してよかったと、甘糟はほっとしていた。

「おう、待たせたな」

押し殺すような声が聞こえ、甘糟は顔を上げた。

白いスーツの栄田警視総監がやってきた。甘糟は慌てて立ち上がった。

「楽にしろ。カイシャじゃねえんだ」

カイシャというのは、警察官が自分の勤め先を言うときの符丁《ふちょう》だ。

楽にしろと言われても無理だ。甘糟は、そう思った。

栄田警視総監は、どっかと腰を下ろした。

「突っ立ってねえで、座れ」

「はい……」

すぐにホステスがやってきた。

「あら、サカちゃん。いらっしゃい」

サカちゃん……。

ホステスは、どう見ても二十代後半だ。若い女性が警視総監を「ちゃん」呼ばわりだ。

銀座ってすげえ……。

甘糟は感心していた。

ホステスが水割りを作る。栄田総監が言った。

「まずは乾杯だ」

「あの、自分はこの後、捜査本部に戻らなければなりませんので……」

ホステスが言う。

「あら、こちらもご同業？」

栄田は顔をしかめる。

「てめえは無粋なやつだな。水割りの一杯や二杯、どうってことねえだろう」

警視総監に言われて断るわけにはいかない。

「はい。いただきます」

栄田は、ホステスに言った。

「ちょっと、二人きりで話がしたいんだ」

「わかった。用が済んだら、声をかけて」

彼女が席を立つと、栄田は言った。

「捜査のほうはどうだ？」

「総監に疑いがかかっています」

「詳しく話せ」

「正確に言うと、白いスーツの男が重要参考人です。被害者といっしょにいるところを目撃されていますから……」

「その場にはおまえもいた。白いスーツの男が犯人なはずがないことは、おまえがよく知っているはずだ」

「あの……。率直に申し上げてよろしいでしょうか」

「あたりめえだ。そのために呼んだんじゃねえか」

「自分が、それを知っていたところで、どうしようもないんです。捜査本部で、白いスーツの男は犯人じゃないと発言したとしますよね。すると必ずその根拠を尋ねられます。ですが、その理由を説明するわけにはいかないのでしょう？」

「説明しちゃなんねえ」

「じゃあやっぱり、どうしようもないです」

「頭を使って、なんとか理由を考えられないのか？」

「無理です」

「こら」

「はい」

「俺に向かって、無理です、とか言うな。まったく、今どきの若い者はすぐに、無理だとかできないだとか言うんだ」

なんだか、ずいぶんと理不尽なことを言われているような気がした。郡原も理不尽だが、偉さが違う。パワハラのパワーが違うのだ。

だが、逆らうわけにはいかない。甘糟は言った。

「すいません」

「そして、謝れば済むと思っている。簡単に謝るんじゃない」

「すいません」

こういうところも郡原に似ている。

警視総監は、ふと眼を伏せて言った。

「しかしまあ……、おまえの言うことも、もっともだ」

「ですよね」

「それで、捜査本部はどの程度、白いスーツの男に迫っているんだ?」

「まだ、手がかりもなしです。……というか、我々マル暴が頼りといったところでしょうか……」

「なら、おまえのさじ加減でどうにでもなるだろう」

「無理ですよ」

「無理とか言うなと言っただろう」

「あ、すいません」

「すぐに謝るな」

「はい」

「無理ってどういうことだ」

「自分と組んでいる先輩は、なかなか厳しくってですね、自分がいい加減な仕事をしていると、ただじゃ済まないんです」

「そういう警察官がいるというのは、いい話だ」

ただ、後輩に仕事を押しつけて、自分はパチンコをやっていたりするのだが……。それは言わないでおくことにした。

「ですから、自分が情報をコントロールすることなんてできないんです」

「なんとかしろ」

「いや、そう言われましても……」

「何とかできるはずだ」

「むしろ、捜査本部よりもやっかいなのは、マルBです」

「マルB？　どこの組だ？」

「多嘉原連合です。そこの唐津晃というやつが、白いスーツの男の情報を追っているんです」

栄田総監の眉間にしわが寄った。

「なんで暴力団員が……」

「路上で被害者たちと睨み合っていたのが、そのアキラの身内なんです」

「あのときの……」

「へたをすると、自分たちが疑われかねないと考えているのだと思います。それに、アキラとして、シマ内に現れた怪しい男の正体を知りたいのだと思います」

「おまえ、俺をつかまえて、よく怪しい男だなんて言えるな」

「あ、すいません」

「だから、すぐに謝るなって言ってるだろう。それで、そのアキラってやつは、俺の正体に迫ってきているのか？」

「いえ、まさか警視総監だとは、誰も思わないと思います。どこかの組の幹部クラスだと考えているようです」

「ふん、俺がマルBだってのか……」

「夜の街で、チンピラ同士の喧嘩を買って歩いておられるのです。しかも、そんな服装で……」

「おう、この服装のどこがいけねえ？」

「ええと……。ちょっと目立ちすぎます」

「そうかな……」

自覚がないのか、この人……。

「はい。その服装で街へ出られた翌日は、必ず噂になっているようです」

栄田総監の顔に満足げな笑みが広がった。

「そうかい。噂になっているかい……」

「あの……。とても危険だと思うのですが……」

「危険？　何がだ」

「まず、総監ご自身の危険です。相手はチンピラです。何をするかわかりません」

「俺はな、チンピラごときにやられるような、半端な鍛え方はしてねえんだ。術科が大の得意だったのよ。柔道、剣道、逮捕術……。その上、大東流と空手もやっている」

「はあ……。でも、弾かれたら終わりですよ」

「充分注意をしてる。心配するな」

「もう一つは、ご身分が世間にばれる危険です。警視総監が夜な夜なチンピラと喧嘩をして歩いている、なんてことが世間に知れたら大問題でしょう」

「そこもうまくやってるよ」

うまくやっているのだろうか。

たしかにこれまで、正体がばれていないのだから、それなりにうまく立ち回っていたといえる。

だが、すでに白いスーツの男の噂は広まりつつある。危険なのはこれからだと、甘糟は思った。

「一つ質問してよろしいですか？」

「何だ？」

「なぜ、夜の街に出られているのですか？」

栄田総監は、にやりと笑った。

「俺はな、好きなんだよ」

「何がですか？」

「『遠山の金さん』とか、『暴れん坊将軍』とかがな」

いやあ、だからといって、自分で実行しなくても……。

甘糟はそう思ったが、黙っていた。栄田総監はさらに言った。

「もともとは、現場のことをよく知りたいと思って、こっそりと所轄の係員たちの仕事ぶりを眺めていたんだ。そのうちに、血が騒ぎだしてな……。一度、飲み屋で暴れている半端なヤクザ者を懲らしめたことがあるんだ。実はそれが病みつきになってな」

「はあ……」

「側近が付けたあだ名が、『暴れん坊総監』だ」

あ、マル暴総監のマル暴は、暴力団ではなく「暴れん坊」の暴だったのか……。

10

「あの……。いつまで続けられるのですか？」

「続ける？　何をだ？」

「『暴れん坊総監』です」

「『遠山の金さん』は、長く続いたよなあ」

「はあ……。いろいろな人が金さんをやりましたよね」

「『暴れん坊将軍』はずっと松平健《まつだいらけん》だったが、水戸黄門も、いろいろな人がやった長寿番組だった。俺もあやかりたいもんだな」

「ずっとお続けになるという意味ですか」

　ふと、栄田総監は、淋しげな顔になった。

「そうもいくめえな。おめえが言うとおり、あまり話題になると、リスクが大きすぎる」

「おまえ」がいつの間にか「おめえ」になっている。総監の口調がますます時代がかってきた。おそらく、気分が乗ってきたのだろう。

「そうです。すぐにおやめになることをお勧めします」

「そう言われると、やめたくなくなるな」

「え……」

「どうせ、総監なんて長くやれるわけじゃねえ。いいとこ、三、四年。みじけえと、二年だ。その間は、好きなことをやらしてもらいてえな」

いや、周囲が迷惑するから……。

甘糟はそう思ったが、とても口には出せなかった。

「自分のように、白いスーツの男が総監だということに気づく者が、この先も出てくるはずです。いちいち口止めされるおつもりですか？」

「そうだな……。洩らしたやつは、どんどんクビを切っていくとかな……」

うわあ、暴君だ。

甘糟が口をあんぐりあけると、栄田総監は顔をしかめた。

「冗談だよ。本気にするな。警察官に目撃されるようなヘマはやらねえよ」

「事実、自分は目撃してしまいました」

「まさか、あんな時間に私服がうろついているとは思わなかったんだ。おめえ、なかなか仕事熱心だよな」

郡原に命じられて現着したことは言わないでおくことにした。

「捜査本部が出来て、捜査員は不眠不休で歩き回ってますよ。捜査員に目撃される恐れがあります」

「おめえ、街中で見かけたとき、すぐに俺だってわかったか？」

「あ……、いいえ、わかりませんでした」

「ほらな。俺の顔を知ってるやつなんて、限られているんだ」

「いや、そんなことはないと思いますよ。広報とかでお顔を拝見しますし……。どこかでお会いしたことがあると思っていました」

「だが、気づかなかった。そうだろう」

「それはそうですが……。捜査本部ではすぐに気づきました」

「たまたま出っくわしたやつが、捜査本部でいっしょになる……。そんなことがしょっちゅうあるわけじゃねえ」

何を言ってもやめないつもりだな。

甘糟は、そう思った。

リスクは認めながら、それでも自分はだいじょうぶだと思っている。犯罪者心理と変わらない。

甘糟は尋ねた。

「自分を呼び出されたのは、捜査の進捗状況を把握されたいからですか？」

「そんなの、明日会議に出ればわかるだろう。だがな、管理官や課長の報告はまどろっこしくていけねえ。それに、肝腎《かんじん》なことはオブラートに包んだりする。悪いことは報告したがらねえんだ」

それはそうだろうな。

誰だって叱られるのは嫌だ。自分はちゃんと仕事をしているということをアピールしたいのだ。

「じゃあ、自分に何をお訊きになりたいのでしょう」

「ぶっちゃけ、どうなのか訊きたい」

「ぶっちゃけ……」

「犯人の目処《めど》はついているのか？」

「いいえ、それはまだだと思います。申しましたように、捜査本部では白いスーツの男を重要参考人と考えているようでして……」

「ばかだなあ。俺がチンピラを殺すわけないのに……」

いや、ばかなのは捜査本部じゃなくて、夜な夜な目立つ恰好でチンピラに喧嘩を売って歩いているほうだと思うけど……。

栄田総監が、続けて言った。

「マルＢのほうは、どうなんだ？　俺を追っかけているっていうやつは……」

「多嘉原連合のアキラですね」

「本当は、そのアキラがチンピラを殺しておいて、俺に濡れ衣を着せようって魂胆《こんたん》じゃねえのかい」

甘糟は考えた。

もし、そういうことであれば、アキラが熱心なのも説明がつく。

また、多嘉原連合の誰かが殺害し、アキラがその尻ぬぐいを命じられている、ということも考えられないではない。

理屈ではそうだ。だが、甘糟は、どうもそうではないような気がしていた。

アキラの態度を見ていると、殺人に関わっているとは思えない。

その感想を率直に言ってみることにした。

「アキラは、殺人には関与していないと思います」

「どうしてそう思う」

なんとなく……。

そんなこたえでは、総監は納得しないだろう。甘糟は、なんとか頭を絞った。

「アキラの供述にはまったく矛盾がありません。それに、被害者はどこにもゲソ付けをしていないチンピラです。アキラがそんなやつを殺害する理由はないんです」

「殺害する理由？　マルBがチンピラを殺すのに理由なんているのか？」

「理由はありますよ。どんなに兇悪《きょうあく》そうに見えるマルBでも、理由のない殺しはやりません。それに、殺害現場は、多嘉原連合と阿岐本組の縄張りの境界線ともいえるあたりで、微妙な一帯です。そこでアキラが殺しをやるとは思えません」

「なぜだ？」

マル暴にとって常識でも、それ以外の人々にはそうではないのかもしれない。甘糟は、説明した。

「えーと……。シマ内でいざこざを起こしたというだけで、上の者からはきつく叱られます。ましてや、他団体の縄張りとの境界線みたいな面倒な場所で問題を起こしたら、何を言われるかわかりませんよ」

栄田総監はしばらく考えてから言った。

「言いたいことはわかった。だが、そのアキラが殺人に関与している可能性は排除するな」

警視総監にそう言われたら、逆らうわけにはいかない。

「わかりました。調べてみます」

「おめえはたしか、捜査本部の中では特命班扱いだよな」

「はい」

「もう一人いたな」

「ＰＳで自分と組んでいる先輩です。郡原といいます」

ＰＳはポリスステーションの略で、警察署のことだ。

「そいつにも、俺のことはばれてねえだろうな」

「それなんですが……」

「何だ？」

「郡原に白いスーツの男が総監だと、教えるわけにはいかないでしょうか」

「どういうことだ？」

「自分は、日常的に郡原にいろいろなことを命じられています。逐一報告をしなければなりません。嘘や隠し事をしていると、ばれたときにひどい目にあわされます」

総監は即座に言った。

「だめだな。秘密を知っている者は、少ないほどいい」

「しかし、自分一人では判断に困ることもあり、そんなときに郡原に相談できるといいのですが……」

「困らないように判断力を身につけろ」

「あ、いや……」

「どうしても困ったら、俺に言え」

「え……」

「これが、ケータイの電話番号だ」

総監は、名刺サイズのカードを差し出した。甘糟は両手でそれを受け取った。

「話は以上だ」

総監はそう言って、ホステスを呼び戻した。

甘糟は言った。

「では、自分は引きあげます」

「こら、もう一杯飲んでいけ」

「ですが……」

「一人で飲んだってつまらん」

「女の子がいるじゃないですか」

「クラブってのはな、そういうもんじゃねえんだよ」

「はあ……」

甘糟は、もう一杯だけ飲んで帰ることにした。


帰りは地下鉄だった。独身寮に帰ろうかとも思ったが、捜査本部に郡原がいるかもしれないので、そちらに戻った。

やはり郡原が、甘糟を待ち受けていた。危ない危ない。独身寮に帰ったりしたら、電話がかかってきて、くどくどと文句を言われるところだった。

「白いスーツの男のこと、何かわかったか？」

いきなりそう尋ねられて、甘糟はしどろもどろになった。

「あの……、いえ、別に……」

「なんだよ。白いスーツの男について、情報収集に行くって言わなかったか？」

「あ、そうなんですが……。それが、肩すかしでして……。素性がどうのという話じゃなかったんです。単なる目撃情報で……」

「ふうん。どこで見かけたって？」

「え……？」

「目撃情報なんだろう」

「ええと……。銀座です」

「そう言えばおまえ、銀座で人に会うって言ってたな」

「はい」

「野郎、銀座にまで出没してやがるのか」

「はあ、そのようです」

「銀座で何をしていたんだ？」

「は……？」

「白いスーツ野郎だよ。他の場所じゃ、チンピラに喧嘩を売って歩いているんだろう？　だが、銀座にチンピラがうろうろしているとも思えねえ」

「クラブで飲んでたらしいです」

「何だと？　クラブで飲んでやがっただと？　とんでもねえやつだ」

自分も今までクラブで飲んでいたなどと言ったら、郡原はぶち切れるかもしれない。

「あの……。野郎とか、あんまり言わないほうが……」

「なんでだ？　そいつの正体、知ってんのか？」

「いえ、知りません」

「じゃあ野郎で充分だよ。白スーツ野郎だ。他に何かわかったことはないのか？」

「いえ、別に……」

「じゃあ何か？　おまえは、白スーツ野郎が銀座で飲んでたって話を聞くためだけに、わざわざ銀座に出かけたってわけか？」

「すいません」

郡原はあきれた顔になった。いつまでシラを切れるだろう。甘糟は不安になっていた。


郡原は自宅に引きあげ、甘糟は独身寮に向かった。

捜査本部に詰めている大半の捜査員は、柔道場に敷かれた煎餅蒲団《せんべいぶとん》にもぐり込む。自分の寝床で眠れるのは、所轄の捜査員の特権だ。ただし、所轄の捜査員でも、自宅が遠い者は署に泊まり込むことになる。

郡原と別れて一人になると、甘糟は今日の警視総監との会見を思い出していた。

総監は、はるか雲の上の存在だった。……というか、今でも雲の上の人だ。その総監と二人きりで話をした。酒もおごってもらった。

そして、携帯電話の番号まで教えてもらったのだ。

今になって、緊張と興奮を覚えた。

俺、かなりやばいことになってないか……。

総監自身でも言っていたとおり、任期はたいてい三、四年。短ければ二年だ。もし、『暴れん坊総監』のことが明るみに出れば、その瞬間に任期は終わるだろう。

警察官人生も終わるかもしれない。そんなリスクを冒してまで、チンピラを成敗して歩く意味があるのだろうか。

甘糟は、心底不思議に思った。

総監一人が、どんなに頑張ったって、街の治安がよくなるわけでもないのだ。白いスーツの男の噂が広まるにつれて、地回りなどが眼の色を変え、かえって剣呑《けんのん》な雰囲気になる恐れだってあるのだ。

警視総監がチンピラに喧嘩を売って歩くなんて、どう考えても理屈に合わない。

まあ、理屈じゃないんだろうなと、甘糟は思った。

やってて気持ちがいい。それが最大の理由なのだろう。ならば、甘糟があれこれ考えても仕方がない。

もし、世間にばれたとしても、自業自得だ。甘糟が迷惑を被ることはないだろう。

それよりも、総監は、アキラが事件に関与している可能性を排除するな、と言っていた。それについては、よく考えなければならないと思った。

甘糟は、アキラが殺人に関わっているとは、最初から思ってもいなかった。総監にもそう言った。

だが、本当にそうなのだろうか。

総監にああ言われると、なんだか自信がなくなってきた。本人と直接話をしていると、アキラが犯人だという気がしない。

だが、相手は若いとはいえしたたかなヤクザだ。もしかしたら、自分はうまいことだまされているのかもしれない。

そんな気もしてきた。

アキラが半グレを殺害し、その罪を自分に着せようとしているのではないかと、総監は言っていた。また、誰か組の者が殺害し、アキラがその後始末をやらされている可能性についても、先ほどちょっと考えてみた。

どちらもあり得る話だ。

アキラが白いスーツの男を捜しているのは、もしかしたら、本当に罪を着せようと考えてのことなのかもしれない。

白いスーツの男を捜し出してどうするつもりなのだろう。最も可能性があるのは、白いスーツの男を殺害して、半グレ殺害の罪をなすりつけるというものだ。つまり、死人に口なしというわけだ。

ひゃあ、冗談じゃないぞ。そうだとしたら、アキラは総監の命を狙っていることになる。

甘糟は、慌てた。

ベッドにごろりと横になっていたが、思わず跳ね起きてしまった。

アキラが総監に手を出したら一大事だ。総監もアキラもただでは済まないことになる。

総監のことは仕方がない。甘糟ごときが総監を諫《いさ》めることはできない。せめて、アキラが無茶なことをしないように気をつけていなければならない。

明日、またアキラに会いに行ってみよう。

甘糟はそう思った。眼を離していると何をしでかすかわからない。

同時に、なんとか捜査本部の方針を変えさせる手はないものかと思った。

白いスーツの男を追っかけていても、事件は解決しない。真犯人にみんなの眼を向けさせなければならない。

だが、それも甘糟ごときにできることとは思えなかった。

俺の知ったことではないな。総監が自分でやればいいんだよ。

甘糟は、そんなことを思っていた。だが、それもなかなか難しいことはわかっていた。いくら警視総監といっても、捜査そのものに口出しはできないだろう。

意見を言うことはできる。だが、捜査方針を変えさせることは難しいはずだ。そのためには、ちゃんとした理由を説明する必要がある。

ああ、何で俺は総監を目撃してしまったんだろう。

甘糟は、心の中で嘆いて、またベッドに寝転んだ。

あの日、甘糟ではなく、郡原が現場に駆けつけていたら、今の自分の悩みはすべて郡原のものとなっていたわけだ。

いや、あの人のことだから、悩んだりはしないか……。

白いスーツの男が総監だと気づいたら、それを利用して総監にすり寄っていたかもしれない。

銀座に呼び出されたりしたら、喜んで飛んでいったのではないだろうか。

捜査本部の方針については、郡原とまた話をしなければならないと、甘糟は思った。

俺って、けっこう真面目だよなあ。

天井を見つめて、甘糟はそう思った。

こうして、仕事のことで悩んだりしてるんだもんなあ。

甘糟は、そんな自分も悪くないなと感じていた。


翌朝の捜査会議に、再び警視総監が臨席した。総監が来るので刑事部長も来ている。両者が連日のように顔をそろえるなんて、おそらく北綾瀬署始まって以来のことなのではないだろうか。

甘糟の眠気はいっぺんに覚めた。他の捜査員たちも同様だった。だが、隣の席の郡原は、寝起きのような顔で言った。

「ふん、何を入れ込んでいるか知らないが、面倒くせえな……」

この人は、実はたいしたものなのかもしれないと、甘糟は思った。

総監の訓辞もなく、会議は淡々と進んだ。夜の間に新たにわかったことはなく、昨夜の捜査会議の確認だけで終わった。

それなら会議なんてやる必要ないだろうと、甘糟はいつも思うのだが、警視総監や刑事部長が臨席しているのだから、やらないわけにはいかないのだろう。

郡原の台詞ではないが、まったく面倒臭い。

会議の終わりに、総監が言った。

「その白いスーツの男だが、その人物を被疑者とする根拠は？」

突然の発言に、捜査一課長と管理官は慌てた様子だった。こそこそと耳打ちしあってから、捜査一課長がこたえた。

「目撃情報が根拠です。現時点では、その人物の他に疑うべき人物が見つかっておりません」

まるで、国会の答弁を聞いているようだと、甘糟は思った。捜査一課長は、細かな事情を知らない。だから管理官に頼るしかない。

「もっと他の可能性も考慮すべきなんじゃないのかね？」

この総監の言葉に、捜査一課長は明らかにうろたえた。まさか、総監から捜査方針についてクレームがつくとは思わなかったのだろう。

多くの捜査員たちも同様の様子で、講堂内はざわついた。

動揺する捜査一課長に助け船を出したのは、刑事部長だった。

「捜査本部では、一つの方針に従って、集中的に捜査することが肝要かと存じます。もちろん、多角的な目配りは必要ですが、きちんと方針を決めないと、せっかくの態勢が分断されて実力を発揮できないことにもなりかねません。ここは一つ、集中的に白いスーツの男を追うことが第一だと思います」

栄田警視総監は、何度かうなずいてから言った。

「君の言うとおりだ。捜査一課を中心とした捜査員たちは、集中的に白いスーツの男を追ってくれ。ただし、やはり私は他の可能性も無視できないと思う」

「いえ、それは……」

刑事部長が反論しかけたのを、右手で制して、栄田総監は続けた。

「多人数で集中的に捜査をするという、本来の捜査本部の目的に反しないように、ごく一部の人員で、他の可能性を探ろうと思う。特命班がいたな?」

捜査一課長がこたえる。

「はい。所轄のマル暴です」

栄田総監がうなずいた。

「その二人に任せよう」

刑事部長が捜査一課長と、ひそひそと話し合い、その後、捜査一課長と管理官が耳打ちをし合った。

やがて、捜査一課長がこたえた。

「了解しました。では、特命班に、白いスーツの男以外に被疑者がいる可能性を探るように指示します」

「おい……」

郡原が小声で言った。「所轄のマル暴って、俺たちのことだよな」

「そうですね……」

「なんだか、どんどん面倒なことになるじゃねえか。どうなってるんだ」

「さあ……」

栄田総監は、彼なりに考えて、捜査本部の方針を変えさせようとしたのだ。だが、その結果、甘糟たちに丸投げとは……。

捜査会議が終わり、警視総監と刑事部長、北綾瀬署長が退出する。捜査員全員が起立してそれを見送る。

偉い人たちが出て行くと、捜査本部内の空気が弛《ゆる》んだ。まだ捜査一課長がおり、普通ならば、彼がいるだけで充分に緊張感があるのだが、こういうのは比較の問題だ。

総監や刑事部長に比べれば、やはり捜査一課長は身近に感じられる。

栄田総監が、特命班に白いスーツの男以外の被疑者を捜せと命じたのは、甘糟にとってはたしかに都合がよかった。

郡原に、どう話そうかずっと迷っていたのだ。甘糟は、おそるおそる郡原に話しかけた。

「あのう、総監の命令ですから、白いスーツの男のことはいったん忘れて、事件を見直す必要がありますね」

「なんだか、はずれくじを引かされたような気がするんだがな……」

「わかりませんよ。自分らが大金星を挙げる可能性だってあるじゃないですか」

「何か心当たりはあるのか」

「いえ、そういうわけじゃないですが」

「だったら、いい加減なことを言うんじゃねえよ」

うわあ、怖い。でもここでひるむわけにはいかない。

「とにかく聞き込みを続けようと思います。アキラが何か知っているかもしれませんし……」

郡原はしばらく考え込んでいたが、やがて言った。

「じゃあ、ぐずぐずしてないで行って来たらどうだ」

甘糟は、即座に立ち上がった。

11

署を出たものの、どうしていいかわからなかった。時計を見ると、午前九時四十分。郡原のようにパチンコをやろうにも、まだ開店していない。

それに、パチンコをやりたいわけではない。足が自然に公園に向いた。公園のベンチでぼうっとするくらいしかやることが思いつかない。

この時間に、公園にいる連中は、健全なんだかそうでないのか、よくわからない。まっとうな人々なら、仕事をしていたり、学校に行ったりしているはずだ。

赤ん坊を連れたママ連中が井戸端会議をしている。公園デビューが話題になって、どれくらい経っただろうか。ママ友になるのもなかなかたいへんなのだ。

差別やいじめの構造は、いついかなる場所にもある。すべての人がそういうものと戦っていかなければならないんだなあ……。

甘糟はぼんやりとそんなことを考えていた。

もちろん、甘糟はどちらかというと、いじめるほうではなく、いじめられるほうだ。だが、幸いにしてこれまであまり、いじめを経験したことがなかった。

できるだけ目立たぬように……。それが、甘糟のモットーだった。だから、いじめを免れることができたのかもしれない。

小学校・中学校でも、甘糟は目立たない子供だった。高校に入ると、ますます目立たなくなった。

その目立たなさは、もう忍者級と言ってもよかった。目立たないどころか、存在感がまったくないのだ。

目立たないことをモットーとしていたので、級友たちに相手にされないことなど、まったく気にならなかった。むしろ、それが当然で、注目されたりすると、実に居心地が悪かった。

世の中は、シカトだのハブだのと騒ぐが、甘糟にとっては、無視されている状態が普通だった。

警察学校でもそうで、同期の連中は、術科の腕を競い合ったり、班ごとに成績を争ったりしていたが、甘糟はできるだけひっそりと過ごした。

おかげで、教官にほめられたことなど一度もないが、代わりに叱られたこともなかった。

子供連れのママたちを見て思う。仲間に入ることがそんなに大切なことだろうか。友達なんて、必要ないんじゃないだろうか。

社会生活を送っていれば、嫌でも仕事の上での付き合いがある。カイシャには、気に入った人もいれば、近づきたくない人もいる。

そういう関わりだけで、一年なんてすぐに終わってしまう。その上、個人的な付き合いに時間を取られるなんて、甘糟はまっぴらだと思った。

別に厭世《えんせい》的なわけではない。誰かに呼び出されれば飲みにもでかける。寮の仲間で花見もやれば、バーベキューだってやることがある。

だが、積極的に自分から誰かにはたらきかけるということはない。それでけっこう忙しいし、別に不満はない。

俺って、おかしいのかなあ……。

甘糟がそんなことを思ったとき、声をかけられた。

「あれ、甘糟のダンナ」

顔を上げると、情報屋のヤスが立っていた。そう、こういうやつとの付き合いもあるのだ。

「なんだい、こんな時間から起きてるの？」

「見くびらんでください。俺だって、早起きすることはあるんです」

「あれ、早起きして三文しか儲からないんだったら、寝てたほうがましだって言ったの、誰だっけ？」

「やることがあれば、早起きしますよ」

「早起きして、何してるの？」

「まあ、普通はパチンコ屋の開店待ちで並んでいるんですけどね」

パチンコマニアやパチプロたちは、いい台を見つけようと、行列を作る。その情熱が甘糟にとっては信じられなかった。

「じゃあ、並びに行きなよ。そろそろ開店だろう」

「いやあ、今日はちょっと気分じゃないんで……」

もしかしたら、軍資金がとぼしいのかもしれない。だとしたら、甘糟がいいカモだと思われている可能性がある。

「隣いいですか？」

ヤスは、ベンチの空いているところを指さした。

嫌だとは言えない。そして、別に嫌ではなかった。

「ああ、いいよ」

ヤスは腰を下ろすと言った。

「白いスーツの男のこと、何かわかりましたか？」

「それは、もういいんだ」

「もういいって、どういうことです？　他に容疑者が見つかったってことですか？」

「そうじゃないよ」

ヤスに事情を説明する義理はない。だが、もしかしたら有力な情報を持ってきてくれるかもしれない。

甘糟は、当たり障りのない説明のしかたを考えた。

「白いスーツの男のほうは、警視庁本部捜査一課が中心になって所在を追っている。俺と郡原さんは、その他の可能性を追うことになったんだ」

「その他の可能性……」

「だからさ、白いスーツの男の情報はもういらない」

自分以上にその情報を知っている者はいないだろうからな……。甘糟はそう思っていた。

「つまり、白いスーツの男が犯人じゃなかったら、と仮定して考えればいいんですね？」

「まあ、そういうことだよね」

ヤスが、いかにも狡猾《こうかつ》そうな顔になって言った。

「俺は、てっきり白いスーツの男が本命だと思っていたので、その他の情報は金にならないとあきらめていたんですが……」

「なんだい？　何か知ってるの？」

「この先は、ビジネスですね」

金をよこせということだ。

甘糟は、ポケットから財布を取り出した。決して豊かなわけではない。今日一日の生活を思い描き、それに必要な金額を素速く計算した。

その上で、甘糟は五千円札を抜き出した。それをヤスの右手のあたりに持っていった。ヤスは、正面を向いたまま金を受け取った。

ちらりと手もとを見て、ちょっと渋い顔になった。一万円札でないのが不満なのだろう。

甘糟は、五千円以上払う気はなかった。

札をポケットにしまうと、ヤスは言った。

「多嘉原連合の半ゲソ二人と睨み合ったとき、被害者たちは、三人組だったでしょう」

「ああ、そうだったね」

「あとの二人の行方を知ってますか？」

「いや、知らない。考えたこともないね」

「警察では調べてないんですか？」

どうだろう。当然、参考人として鑑取りの対象にはなっているはずだ。だが、捜査員が二人に会ったかどうかは知らなかった。

だが、ここで知らないと言ったら、ヤスを優位に立たせることになる。

「もちろん調べの対象になっているよ。その二人がどうしたのさ」

「どうも、行方をくらましてるらしいんです」

甘糟は怪訝に思った。だが、何食わぬ顔で尋ねた。

「行方をくらましているって、どういうこと?」

「そのままですよ。いなくなっちまったんです」

「それがどうかしたの?」

「どうかしたのって、それだけですよ」

「ちょっとお。五千円返してよ」

「何でですか。有力な情報じゃないですか」

「三人組のうちの二人の姿が見えないってだけだろう?　そんなの情報でも何でもない」

「ただの二人じゃないでしょう。殺人の被害者とつるんでいた二人ですよ」

甘糟は、その言葉について考えてみた。

「まあ、たしかにそうだけど……。もともと地元のやつじゃなさそうだし、このあたりから離れたってだけのことだろう」

「足跡がたどれないらしいですよ」

「誰がそんなことを言ったんだ?」

「何でも、日村さんがその二人を探していたって……」

「阿岐本組の代貸が……」

そうなれば、少しばかり話が違ってくる。

「日村は、なんでその二人に関心を持ったんだ？」

「知りませんよ。ダンナが訊きにいったらどうです？」

「日村には、一度話を聞きにいってるんだ」

「警察って、必要があれば何度だって同じ人を訪ねるじゃないですか」

「まあ、そうだけどね……」

たしかに、警察は世間体だの常識だのは気にしない。また、相手の迷惑とか、どう思われるかなんてことも考えない。

そんなことを気にしていたら仕事にならないのだ。ヤスが言うとおり、必要なら何度だって会いにいくし、電話もかける。

甘糟は、ヤスに言った。

「他にないの？」

ヤスは、肩をすくめた。

「白いスーツの男以外の容疑者ですね。何か小耳に挟んだら連絡しますよ」

そう言うと、彼は立ち上がった。甘糟からせしめた五千円を軍資金に、パチンコ屋に向かうのだろう。

ヤスが立ち去ってからしばらく、甘糟はベンチで考え込んでいた。やがて、彼は立ち上がった。

しょうがないな……。日村に話を聞きに行くか。

心の中でそうつぶやくと、阿岐本組の事務所に向かった。阿岐本組長の自宅兼事務所のビルだ。

十分ほどで到着した。インターホンのボタンを押すとすぐに返事がある。

「はい、どちら様で?」

「北綾瀬署の甘糟だけど」

「お待ちください」

事務所のドアが開いた。若い組員が頭を下げる。

「ご苦労さんです」

真吉《しんきち》という組員だ。甘糟は尋ねた。

「日村さん、いる?」

「はい、おります。どうぞ、お入りください」

事務所に入ると、その場にいた組員たちが「ご苦労さんです」と挨拶する。

日村は、応接セットのソファに腰かけていた。甘糟は、彼に近づいて言った。

「ちょっと、訊きたいことがあるんだけど、いいかな」

「もちろんです。お座りください」

甘糟は、日村の向かい側に腰かけた。

日村はくつろいだ様子だ。それなのに妙な威圧感がある。さすがに代貸ともなると、貫禄が違う。

甘糟が腰を下ろすと、ほどなく真吉が茶を運んでくる。

「お茶なんていらないって、いつも言ってるだろう」

日村が言う。

「客に茶の一つも出さないとあっちゃ、私ら世間に顔向けできません」

いつものやり取りだ。甘糟は、茶に手を付けずに言った。

「半グレの二人を探しているんだって？」

甘糟の問いに、日村は表情を変えない。何を考えているかわからないので不安になってくる。ただマルＢがそばにいるだけで、落ち着かない気分になる。それを狙っているマルＢも少なくない。大声を出したり、傍若無人に振る舞うことでプレッシャーをかけるようなやつらもいる。彼らは常に絡む相手を探している。それが金になる可能性があるからだ。

ああ、嫌だと、甘糟は思う。マジで、こういう連中とは関わりになりたくない。だが、それでは仕事にならないのだ。

日村は言った。

「何のことでしょう」

思っていたとおりの反応だ。はなから、素直に質問にこたえてもらえるとは思っていない。

「火曜の夜のことだよ。アキラんとこの若いのと、半グレ三人組が睨み合っていただろう。その三人組の一人が、水曜の夜に遺体で発見された。その残りの二人を、あんたが探しているっていう話を聞いたんだ」

「誰からそんな話を聞いたんです？」

日村のような連中は、素直に質問にこたえないだけでなく、逆に聞き返してくることが多い。

こちらがちゃんとこたえられずにいると、そこにまた質問をかぶせてくる。そして、向こうが優位に立ち、こちらはしどろもどろになる。

それがわかっていながらも、つい追い込まれそうになる。

「警察官はね、そういう質問にはこたえないんだよ。ねえ、質問をしているのはこっちなんだよ。ちゃんとこたえてよ」

「もし、私がその二人を探しているとしたら、何か法に触れるんでしょうか」

また質問だ。

「法に触れたら、すぐに検挙するよ。どうして、その二人をあんたが気にしているのか訊きたいんだよ」

「別に理由はありませんね」

「理由もないのに、手間暇かけて行方を追っているというわけ？」

「甘糟さんは、なさることすべてにちゃんと理由がおありなんですか？」

「いや、そうとは限らないけど……」

「私も同じですよ。やることすべてに理由があるわけじゃありません」

屁理屈では、この連中に勝てない。なにせ、イチャモンと屁理屈で食っているような輩《やから》だ。

「どうして素直に教えてくれないんだ？　警察に隠し事をするってことは、何かやましいことがあるからだろう」

「別にやましいことなんてありません。あいつらは、このあたりじゃ見かけない顔です。そんなやつらが、地元の半ゲソと一触即発の状態だった。私としては放ってはおけないわけですよ」

「ふうん……。でも、それだけじゃないよね」

「それだけですよ。でも……」

日村の眼差しが鋭くなった。「気になってきましたね。どうして、甘糟さんがわざわざあの二人のことを訊きにいらしたのか……」

「殺人事件を調べているんだから、当然だろう」

「容疑者は、例の白いスーツの男なんじゃないですか？」

「あんた、そう思ってないよね。だから、あの半グレ二人の行方を追ってるんじゃないの？」

「自分は、殺人事件のことなんて、これっぽっちも考えてやしませんよ」

「本当かなあ……」

「……で、容疑者は白いスーツの男じゃないんですか？」

危ない危ない。へたをすると、すべてしゃべらされてしまう。

「殺人事件のことなんて、まったく考えていないんだろう？　だったら、そんなこと気にすることないじゃないか」

「気になるじゃないですか。甘糟さんは、どうやら、白いスーツの男より、あのチンピラの二人を気にされているようだ……」

「そんなこと、言ってないだろう」

「おっしゃらなくても、わかりますよ。わざわざ訪ねてこられて、いきなり二人のことを質問されるんですからね。甘糟さんは、その二人が怪しいと思っておられるのですか？」

甘糟は慌てた。

「いやいやいや、そんなこと思ってないよ。ただね、あんたがあの二人を探しているという話を聞いたから……」

本当にそんなことは考えていなかった。

ただ、捜査本部が被疑者だと考えている白いスーツの男が犯人でないことを、甘糟は知っている。

特命班の甘糟と郡原は、これから被疑者を見つけなければならないのだ。どんな情報にも食いついていかなければならない。

日村が言った。

「白いスーツの男が犯人だというもっぱらの噂ですがね」

「どこからそういう噂を聞いてくるわけ？」

「まあ、自分らは、いろいろなところに伝手《つて》がありますから」

「まさか、警察に内通者がいるって言うんじゃないだろうね」

「警察でお付き合いがあるのは、甘糟さんだけですよ」

「どうだろうね」

「本当ですよ。それで、どうなんです？　犯人は別にいるってことなんですか？」

「そんなこと、こたえられるわけないじゃない」

「世間話ですよ。かまわないでしょう」

「世間話で情報洩らして、クビになったらどうすんのさ」

「白いスーツの男が容疑者じゃないから、姿を消した二人の行方を追っているんでしょう？」

「警察の仕事は、そんなに単純じゃないよ。ありとあらゆることを証明していかなければならないんだ。その二人が、白いスーツの男のことについて、何か知っているかもしれないじゃないか」

日村は、ひたと甘糟を見据えている。ますます、落ち着かない気分になってくる。

「たしかに、そうですね」

そう言ったが、実際には何を考えているのかわかったものではない。甘糟は尋ねた。

「それで、その二人の行方はわかったの？」

日村はかぶりを振った。

「わかりません。すでに、このあたりを離れたのかもしれませんね」

「なら、放っておけばいいじゃないか」

日村は、しばらく間を置いてから言った。

「まあ、そうですね……」

甘糟は、その間が気になっていた。

「身元はわかっているの？」

「あの二人のですか？　名前くらいはわかってますが……」

さすがに日村だ。

「教えてくれる」

「それを甘糟さんにお教えして、自分らに何か得があるんでしょうか」

「あんたらはね、すぐに損だ得だと言うけどね、これは殺人の捜査なんだよ。損得じゃなくて、捜査に協力するのが市民の義務でしょう」

「ほう、自分らを市民だと認めてくれるんですか」

皮肉な口調だ。

「どういうこと？」

「暴力団排除条例では、暴力団員はピザも頼めないことになっています」

「あんたらは暴力団員じゃないって、自分でいつも言ってるじゃない」

「そんな言い分を、警察や世間は認めないでしょう。たしかに自分らは指定団体じゃありません。でも、警察や世間から見れば、ヤクザイコール暴力団なんです」

「そんなこと言ってないで、二人の身元を教えてよ」

日村は、さっと肩をすくめて言った。

「甘糟さんにはかなわないな……。いいでしょう。お教えしますよ。名前は、正木高彦《まさきたかひこ》に、川端哲郎《かわばたてつろう》」

「どういう字を書くの？」

日村が説明し、甘糟はそれをメモした。

「年齢は？」

「二人とも二十四歳だったと思います」

「被害者と同じだね」

「そうですね」

「何者なんだ？」

「ご覧になったでしょう。見てのとおりのチンピラですよ。被害者と同じグループにいました」

まったく、ヤクザの情報網はあなどれない。被害者の身元も、アキラから聞いたのだ。

甘糟は言った。

「ギャングか暴走族上がりの半グレだってことだよね」

「なんでも、江戸川区あたりの暴走族だったようです」

そこまでわかれば、あとは甘糟のほうで調べられる。

ノートを閉じると、甘糟は言った。

「情報提供、感謝するよ」

甘糟が立ち上がると、日村は腰かけたまま言った。

「白いスーツの男は犯人じゃないと考えていいんですね?」

「そんなことは教えられない」

「一方的にこっちから情報を引き出すだけで、何も教えてくれないんですか?」

「知ってるだろう。警察って、そういうもんだよ」

「あいつが何者か、甘糟さん、ご存じなんじゃないですか」

「なんでそんなこと言うのさ。あの白いスーツの男以外の被疑者を見つけるのが、俺たちの仕事なんだ。それだけのことだよ」

「どういうことです?」

「俺と郡原さんは特命班でね。捜査本部の本隊は白いスーツの男を追うけど、俺たちは別の可能性を調べるように言われたんだ」

「へえ……」

日村が言った。「いろいろとたいへんですね」

「そう。たいへんなんだよ。じゃあね」

甘糟は、出入り口に向かった。

その場にいた若い連中が、声をそろえて「ご苦労さまです」と言う。いつものことなので何も言わず、甘糟は事務所を出た。

充分に阿岐本組から離れた場所で、甘糟は郡原に電話をした。

「何だ？」

「被害者といっしょにいたやつらの身元がわかりました」

甘糟は、それを伝えた。郡原は、そっけなく言う。

「わかった。どこからそれを聞いた？」

「阿岐本組の日村です」

「何で、日村が……」

「さあ……。あの二人の行方を追っているということですが……」

「そいつは怪しいな。日村から目を離すなよ」

「はい……」

「さて、これでまた土井のやつを出し抜けるかもしれねえな」

「楽しそうですね」

「捜査一課の係長だって偉そうにしているけど、現場じゃ役に立たねえってことを教えてやらなけりゃな……」

「はあ」

「もっと、どんどんネタを持ってこい」

電話が切れた。

12

郡原に報告をし終えると、甘糟はまた公園に戻った。他に行くところが思いつかない。

それに、すぐに仕事に戻るなんてばかばかしいと思った。郡原はきっとパチンコに行っている。

……でなければ、喫茶店か何かで、競馬新聞でも睨んでいるに違いない。

いや、郡原が競馬をやるかどうかは知らない。あまりそういう話は聞いたことがない。あくまで、イメージの問題だ。

今日も晴れていて気持ちがいい。

甘糟は、さきほど座っていたベンチに、再び腰を下ろした。

今頃、捜査本部の連中は、必死で白いスーツの男の姿を追い、情報をかき集めているに違いない。

ごくろうなことだ。それもこれも、警視庁のトップのせいだ。警視総監の気紛れのせいで、現場の捜査員は無駄な捜査を強いられているのだ。

なんだか腹が立ったが、もちろん甘糟にはどうすることもできない。警視総監に逆らうなどという大それたことは、想像するのも嫌だ。なんとか無事に事件が解決して、元の日常に戻りたい。ただ、それだけを願っていた。警視総監と二人きりで会ったことも、電話番号をもらったことも、早く忘れてしまいたかった。

そういうのを喜ぶ者もいるのだろう。郡原などは、なんとかそうしたコネを個人的に利用しようと考えるに違いない。

だが、甘糟はそうではなかった。何かを利用したときのしっぺ返しが恐ろしい。だから、できるだけ何もせずに静かに暮らしていきたいと思っていた。

最近、銀行の金利が低いからといって、銀行員が証券や保険の商品を売り込みに来ると、ある中小企業の社長が言っていた。

誰もが、ハイリターンを求めると銀行員たちは思っているに違いない。そんなことはないのだ。甘糟はリスクが何より嫌いだ。多少のリターンのためにリスクが高くなるというのなら、リターンなんてなくてもいい。どうせ元手になる大金などないのだ。銀行預金で充分だ。

それが甘糟の生き方だ。

おそらく、ハイリスク、ハイリターンは、肉食獣の世界だ。甘糟は、草食動物のタイプなのだ。

まあ、そんなことを考えていても仕方がない。時間をつぶすのもなかなかたいへんだ。暇を持て余すくらいなら、普通に仕事をしたほうが楽だ。甘糟は、そう気づいた。

頭の中で、江戸川区のマル暴に、誰か知り合いがいないか検索をかけた。二年ほど前に、研修でいっしょになったやつが小岩署にいたのを思い出した。

甘糟とちょうど同じくらいの年齢だ。森野熊三という名前だ。もりの・くまぞうと読むのだが、「もりのくまさん」とも読める。

初対面のとき、親のセンスはどうなっているのだろうと、甘糟は思った。

名は体《てい》を表す、で、森野は熊のように丸顔で毛深い。熊というより、『スターウォーズ』のイウォークのようだと甘糟は思ったのだが、今どき、イウォークと言っても誰も知らないだろう。

そんなことを知っていると、オタクだと思われかねないので、黙っていることにしていた。

実は、『スターウォーズ』は好きで、全エピソードをＤＶＤで持っている。これは、郡原にも秘密にしていた。

甘糟は、携帯電話を取り出し、森野の番号を探した。たしか、登録してあったはずだ。同業者は、いつ何時役に立つかわからないから、できるだけ登録しておくように心がけていた。

見つかった。甘糟は、さっそく電話してみた。呼び出し音三回で相手が出た。

「はい……？」

「森野さんですか……？」

「そうだけど、どちらさん？」

「甘糟だけど、覚えてるかな……？」

「甘糟……？　誰だっけ？」

「あ、あの北綾瀬署の、暴対係で……、二年ほど前に……」

くすくすという笑い声が聞こえた。

「あんた、相変わらずだよな」

「なんだよ。覚えてたんだな」

「当たり前だよ。俺だって刑事なんだよ。一度会ったら忘れないよ」

警察官は、記憶力をトレーニングされる。トレーニング次第でたしかに記憶力は伸びる。記憶力というより、記憶術と言ったほうがいいかもしれない。いろいろとコツがあるのだ。

本人の工夫も必要だ。数字を形で覚えるという人もいるし、語呂合わせで覚える人もいる。

「あのさ、頼みがあるんだけど」

「何だ？」

「そっちのほうを根城にしている半グレについて教えてほしいんだ」

「半グレ……？」

「そう。名前は、正木高彦と川端哲郎……」

それぞれ、どんな字を書くか説明した。

森野が言った。

「年齢は？」

「二十四歳くらいだそうだ」

「そいつら、何をやったの？」

「こっちで殺しがあったの、知ってるよね？」

「ああ」

「被害者とつるんでいたやつらなんだ」

「何だ？　被疑者なのか？」

「どうかな……。事件以来、姿を消しているっていうから……」

「正木高彦と川端哲郎ね……。まあ、調べてみるよ」

「悪いね」

「二十代前半ということは、何年か前まではマル走だったんだよな。交通課にも訊いてみるか

「……」

マル走は、暴走族のことだ。

「頼むよ」

「それで、何かわかったら、何してくれるの？」

「持ちつ持たれつだろう。いつか、こっちが情報提供することになるかもしれない」

「気は心って言うだろう。そういうの、大事じゃないかなあ……」

どうしてみんな、こうやって何かたかろうとするんだろう。いや、みんながみんなそうだとは限らない。甘糟のまわりに、そういう輩が集まってくるのだろうか。

それとも、俺がたかられやすいタイプなのだろうか。

甘糟は、そんなことを考えながら言った。

「何か有力な情報があれば、昼飯くらいはおごるよ」

「本当だな？」

「ああ、本当だよ」

「もうじき十一時だから、今からこっちに向かえば、昼前には着けるね」

「え、今……？」

「何か記録があれば、すぐにわかる」

「記録がなければ？」

「一から調べなけりゃならないってことだろう。そんなことをする義理はないだろう」

熊の縫いぐるみみたいな風貌のくせに、言うことはかわいげがない。だが、どうせどこかで昼飯を食べなければならないのだし、何か有力な情報が手に入るかもしれない。

「わかったよ。これから向かう」

「了解」

電話が切れた。


電車とバスを乗り継ぎ、十一時四十分に小岩署に着いた。大きくて立派な建物だ。刑事組対課を訪ねると、森野が甘糟を待っていた。

二年前より少し太ったかもしれない。ますます熊のようになっていた。

「よう、久しぶりだな」

森野が片手を挙げた。

「ご無沙汰。何かわかった?」

森野は、Ａ４のコピー用紙を差し出した。甘糟はそれを受け取った。正木と川端の資料だった。

「なんだか、すかすかだね」

「下っ端だからなあ……。それくらいしか資料はないね」

「二人とも、高校中退だね」

「たぶん、おたくのニワで殺されたやつも、同じく高校中退だと思う」

「中退するくらいなら、高校行かなけりゃいいのにな。金が無駄だよね。どうせ授業なんて出てないんだろうし、学校に行きゃあ行ったで、他の生徒の迷惑になっただろうし……」

「迷惑?」

「不良とかが学校に出てくると、嫌じゃない」

「俺は別に気にしなかったけどな」

たいていは、そういうやつが警察官になるんだろうな。甘糟は、やはり自分は警察官に向いていないのだろうと思った。

甘糟は書類に眼を戻すと言った。

「暴走行為で補導されてるね」

「マル走だからね」

「他に検挙歴はないんだ？」

「記録にはない。だけど、いろいろやってると思うよ」

「まあ、マル走から半グレになっちまったくらいだからなあ」

「最近は多いよな、半グレ。昔はマル走といえば、マルＢの予備軍だったんだけど、今じゃマルＢになってもうま味がないからなあ」

「暴対法や排除条例で、がんじがらめだからね」

「昔は、銀座や六本木に行って、豪遊もできたのにね」

まるで、自分が暴力団員のような口ぶりだ。

「経歴や実家の住所がわかっただけでも助かったよ」

「じゃあ、飯を食いに行こう。ここ、住宅街のど真ん中で、近くに飲食店とかないだろう。いつも仕出し弁当なんだ」

「仕出し弁当、いいじゃないか。俺、嫌いじゃない」

「たまには、いいもの食いたいんだよ」

「いいものって？」

「鰻なんて、どう？」

また鰻か……。

「鰻とか鮨は勘弁してほしいな」

「行きつけの定食屋があるんだ。そこの、鯖《さば》の味噌煮が、ときどき無性に食べたくなる」

定食屋なら、たいした値段にはならないだろう。

「いいよ。そこにしよう」

「ところでさ、殺害の経緯は？」

「高架下の駐車場で遺体が発見されたんだ。その前日に、揉め事を起こしそうになっていた」

「揉め事？」

「地元の半ゲソと睨み合いになったんだ。喧嘩にはならなかったけど」

面倒臭いので、白いスーツの男の件は省略することにした。

「ふうん。……で、その半ゲソには話は聞いたの？」

「あ、いや、まだ聞いていないな」

そうだ。アキラには話を聞いておきながら、睨み合っていた本人たちからはまだ、事情を聞いていない。白いスーツの男に気を取られていたせいだ。

「まあ、いいや。じゃあ、行こうか」

森野が立ち上がった。

地元に戻ったら、多嘉原連合の半ゲソたちに話を聞こう。甘糟はそう思っていた。

森野に案内されたのは、時代から取り残されたような飲食店だった。色あせた暖簾の奥に、曇りガラスをはめ込んだ引き戸がある。

それを開けると、安っぽいテーブルとパイプ椅子が並んでいた。カウンターに棚があり、そこに、総菜が載った皿が並んでいた。

客が自由にその皿を取り、味噌汁と飯をもらう。それらをトレイに載せて、会計をする。

森野が鯖の味噌煮を選んだので、甘糟もそれにならった。森野が言った。

「マカロニサラダとホウレンソウのお浸しも忘れちゃいけないよ」

「はあ……」

言われたとおり、小皿を二つ追加する。

二人分の会計をしても、鰻一人分と同じくらいだ。これは懐《ふところ》にやさしい。甘糟はほっとしていた。

表面が傷んだテーブルで森野と向かい合い、鯖の味噌煮を味わう。

甘糟は、思わず声を上げた。

「うまい……」

甘すぎず、辛すぎず、味付けが絶妙だ。魚に味噌だれの味がよく染みこんでいる。鯖はほどよく脂が乗っている。濃厚な味わいなのだが、しつこくない。

驚くほどのうまさだった。

森野は、にやりと笑って言った。

「そうだろう」

「いやあ、こんなにうまい鯖味噌は食べたことがないよ。これなら、鰻も顔負けじゃないか」

「そいつは大げさだけどね」

マカロニサラダを試してみる。これも、おお、と声が出そうだった。マカロニのゆで具合がちょうどよく、歯ごたえが心地いい。そして、塩味がたまらない。マヨネーズがよく絡んでいる。さりげないタマネギの風味がまた絶妙だ。

そして、おかかをまぶしてあるシンプルなホウレンソウのお浸しも、見事な歯ごたえだった。

甘糟は感心した。

「これはすごい。癖になる味だな」

「そうだろう。ご飯のお代わりは自由だからね」

「やばいなあ。太っちまうよ」

警察官はたいてい大食いで早食いだ。術科や訓練でよく体を動かすうちはいいが、それほど運動をしなくなっても食生活はなかなか変わらない。

そうなれば、太るのは当たり前だ。甘糟も、最近ちょっと太り気味なのを気にしていた。

森野が言った。

「楽してんじゃないの？　マル暴って、楽しようと思えば、けっこうできちゃうからね」

たしかに郡原は、楽をしているかもしれない。

「俺は、苦労が絶えないんだよ」

「まあ、がんばってよね」

腹八分目にしておこうと思いつつ、ついお代わりをしてしまった。

満腹で小岩をあとにした。


綾瀬に戻ると、甘糟は多嘉原連合に向かった。殺害された牛尾ら三人と睨み合っていた半ゲソたちに話を聞こうと思ったのだ。

仕事なのだが、マルBの事務所に近づくと、気が重くなってくる。途中で引き返したくなる。

嫌だなあ……。

心の中で、ぶつぶつ言いながら事務所に近づいて行くと、出入り口付近で立ち話をしている二人組に気づいた。

若い男たちだ。間違いない。あのとき、半グレ三人組と睨み合っていた二人だ。

ちょうどよかった。甘糟はそう思い、声をかけようとした。

片方が甘糟に気づいた。その様子を見て、もう一人も甘糟のほうを向いた。

「あの……」

甘糟がそう言った瞬間、二人は駆け出した。

「あ、待て……」

反射的に甘糟は彼らを追おうとした。だが、二人は別々の方向に走っていた。こういうことに慣れているのだ。決して二人そろって同じ方向に逃げたりはしない。

甘糟は、咄嗟《とっさ》に左側に走っていったほうを追った。人間の習性で、何かあると大半の人が左側に向かおうとするのだ。

たちまち息が上がった。満腹がこたえていた。

「おい、待てよ」

逃げ足が速い。追跡対象者と甘糟の距離はどんどん開いていく。脇腹が痛みはじめた。

こりゃ、鍛《きた》え直さなけりゃダメだな……。走りながら、甘糟はそんなことを思っていた。

相手の姿が見えなくなったとき、甘糟はついに追跡をあきらめた。立ち止まり、膝《ひざ》に手をついてぜいぜいと息をついた。

立ち止まると、汗が噴き出してきた。

「まったく何だよ、あいつら……」

そもそも、どうして俺はあいつらを追っかけたんだろう。

甘糟はそんなことを思っていた。

二人が多嘉原連合の半ゲソであることはわかっているのだ。事務所に行って、二人に話を聞きたいと言えばいいだけのことなのだ。

アキラか誰かにそう言えば、彼らを呼び戻すだろう。

逃げたやつを追うというのは、警察官の習性だ。だが、逃げられてしまっては元も子もない。

甘糟は、多嘉原連合の事務所に引き返した。

アキラが甘糟に言った。

「おや、このところ、よくお会いしますね」

甘糟は汗びっしょりだった。

「あのさ、半グレ三人組と睨み合っていた半ゲソの二人を呼び戻してよ」

「呼び戻す……？」

「あ、あいつら、俺の顔を見て逃げ出したんだ」

「あ、それを追っかけていらしたんですね? なるほど、それで汗をかいておられるんですね」

「いいから、早く呼び戻してよ」

「あの二人に、何かご用ですか？」

「話を聞きたいんだよ。半グレ三人組と睨み合いになった経緯を詳しく聞きたいんだ」

「それなら、俺が説明したじゃないですか」

「本人から聞きたいんだよ」

「その必要はないでしょう」

　おや、と甘糟は思った。

「ひょっとして、あんた、俺とあいつらを会わせたくないって思ってるの？」

「別にそんなこと、思ってやしませんよ。ただですね、あいつら何もしていないのに、警察と関わりになるのは、かわいそうじゃないですか」

「話を聞くだけだよ。彼らは、被害者と直接関わっているんだから」

「そうやって、罪もない若者に濡れ衣を着せるつもりでしょう」

「びっくりしたなあ。俺、そんなこと考えてないからね。いつも人を疑っているから、そういう考え方をするようになるんだよ」

「それ、刑事さんに言われたくないですよ」

たしかに刑事もヤクザも五十歩百歩だろう。いや、もしかしたら、刑事のほうが疑り深いかもしれない。人を疑うのが仕事だ。

「とにかく、呼び戻してよ。話を聞かなきゃ。俺の顔見て、突然逃げ出したんだよ。普通、それだけで引っ張るよ」

アキラは、苦笑を浮かべて携帯電話を取り出した。

二人組のどちらかにかけるのだろう。甘糟が待っていると、しばらくしてアキラが携帯電話をしまって言った。

「すぐに来ます。こちらでお待ちください」

いつものソファをすすめられた。走ってくたびれていたので、甘糟はすぐに腰を下ろした。お茶が出てくる。

甘糟は、手を伸ばして茶碗を取り、茶をすすった。ぬるめのお茶で、一気に飲み干していた。

アキラが言った。

「今日は、お茶をお飲みいただけましたね」

「あ、しまった。喉が渇いていたので、つい……」

「それでいいんですよ。今後は、遠慮なく召し上がってください」

「いや、そうはいかないよ。今日は特別だからね。もう手を付けないよ」

「そんなにかたくなになることないじゃないですか。たかが茶ですよ」

「あんたらのやり方はわかってるんだ。お茶の次はお茶菓子が出てくる。その次には食事だ。そして、金や女をあてがって、気がついたら抜き差しならなくなっているんだ」

「考え過ぎですよ。俺たちはそんなに暇じゃないです」

「いや、あんたらは、他人の隙をいつも虎視眈々《こしたんたん》と狙っているんだ。油断も隙《すき》もあったもんじゃない」

アキラは、肩をすくめた。

そこに、さきほどの二人が戻ってきた。叱られた子供のような表情をしている。二十歳になるかならないかといった年齢だが、どちらもすさんだ兇悪な顔つきをしている。

甘糟は、こういう若者を嫌というほど見てきた。だが、慣れることはなかった。

ツッパリとかヤンキーとか呼ばれる連中を見るたびに、うんざりとした気分になる。そして、暴走族や半ゲソのやつらを見て、憂鬱《ゆううつ》になるのだ。

できればこういう連中と関わらずに済む人生を歩みたかった。

この世にどうして不良がいるのだろう。甘糟はそんなことを思う。ある社会学者は、一定の逸脱行動があるのが当然だと言う。

中学や高校でグレるやつらは、環境に恵まれていないのだということは理解できる。親が離婚していたり、極端に貧しかったり……。

だが、そういう境遇の少年がすべてグレるわけではない。

差別が反社会的な勢力を生み出すことは事実だ。だが、貧困などと同様に、差別を受けている人たちがすべて犯罪者になるわけではない。

では、不良や暴力団は、なぜこの世に存在するのだろう。考えても考えても結論は出ない。

半ゲソたちは、二人とも髪を短く刈っていた。一人は、剃《そ》っているのか眉が極端に薄い。もう一人は、生意気に口髭《くちひげ》を生やしている。

一昔前なら、髭を生やした半ゲソなどいなかった。みんな短髪でジャージ姿だった。時代が変わったようだ。

甘糟は、口髭のほうに言った。

「別々に話を聞くからね。まずは君からだ」

甘糟は、彼を向かい側のソファに座らせた。その隣にアキラが座ろうとした。

「あんたは、向こうに行っててよ」

「こいつらはまだ半人前なんで、俺は保護者代わりですよ」

「警察の事情聴取に、保護者は立ち会わないの」

アキラは、しぶしぶその場を離れていった。もう一人も後に続いた。

甘糟は改めて、口髭の若者に尋ねた。

「名前は？」

ぶっきらぼうにこたえる。

「レイジ」

「フルネームを教えてよ」

「橋本礼治《はしもとれいじ》」

「年齢は？」

「二十歳」

「どうして逃げたんだ？」

そう尋ねると、レイジはちらりと、離れた場所にいるアキラのほうを見た。何か言い含められているな。甘糟はそう思った。

13

「別に逃げたわけじゃないっすよ」

レイジが眼を合わせずに言う。ふくれっ面だが、ふてくされているわけではなさそうだ。刑事を相手にして、どういう態度をとったらいいかわからないのだ。警察官の質問に、素直にこたえてはいけないと信じているようだ。不良少年時代からの習慣に違いない。

警察官に迎合するのはもってのほかだ。とはいえ、反抗的な態度を取るほどの度胸はない。その結果、ふてくされたような態度になってしまうのだ。

「いや、俺の顔を見て逃げた。なぜなんだ？　別に悪いことをしてなければ、逃げる必要なんてないだろう」

「悪いことなんてしてませんよ」

そこでまた、ちらりとアキラのほうを見る。

甘糟は、プレッシャーをかけることにした。

「素直に話してもらえないんだったら、署まで来てもらうよ。取調室で話をすれば、いろいろなことを思い出すかもしれない」

「任意同行には応じませんよ」

「あのね、任意というのはたてまえで、俺たちは必ず引っ張っていくんだよね」

「それ、違法でしょう」

「裁判になったら問題にされるかもしれないね。でもね、裁判以前の問題だから。どうしても事情を聞かなければならないときは、絶対に署に来てもらう」

レイジは落ち着きをなくした。

もう一押しだと、甘糟は思った。

「署に来てもらったら、この件だけじゃない。過去のことを洗いざらいしゃべってもらうよ。いわゆる余罪の追及ってやつだ。何か罪が明らかになったら、起訴することもあるからね」

こういう連中は、必ず脛《すね》に傷を持っている。余罪の追及と聞くと、不安でたまらなくなるはずだ。

「本当に、何もしていないですよ。ええ、逃げましたよ。たしかに、逃げました。警察官《マッポ》を見たら逃げるのは、条件反射なんて難しい言葉知ってるんだ」

「へえ、条件反射みたいなもんです」

「パブロフの犬でしょう?」

半ゲソもあなどれない。今どきは、大学出のヤクザも珍しくないのだ。レイジが大学に行っているとは思えないが、それなりに教養はありそうだ。

「つまり、警察官の姿を見たら、反射的に逃げちゃうってこと?」

「ええ、そうです。追っかけてこられたら、ますます本気で逃げますよ」

「逃げたら追っかけるの当たり前だろう」

その点、警察官は犬のようなものだと、甘糟は思っている。逃げる獲物は必ず追う習性がある。

「追っかけられたら怖いじゃないですか」

怖いというタマか。おまえらの相手をするこっちのほうがよっぽど怖い思いをしているんだ。

甘糟はそんなことを思いながら、さらに質問した。

「アキラに何か言われてるんじゃないの？」

とたんに、レイジはさらに落ち着きをなくした。わかりやすいやつだ。

ふんと鼻で笑って言う。

「何のことです？」

「俺の姿を見たら、何か訊かれる前に逃げろ、とかなんとか言われてたんじゃないの？」

レイジは、またアキラのほうを見た。

甘糟は振り返って、アキラを見て言った。

「ちょっと来てくれる」

アキラが言う。

「やっぱり、保護者が必要ですか」

近づいてきたアキラに、甘糟は言った。

「やつらに、何か言って聞かせてるよね？」

「そりゃ、いろいろと躾《しつけ》はしてますよ」

「俺の姿を見たら逃げろとか言ってるんじゃないの？」

アキラが笑いを浮かべる。

「どうしてそんなことをおっしゃるんです？」

質問に質問を返すのは、こたえに困っているときだ。

「やっぱりそうか。こいつら、何か理由があって、あの半グレたちと睨み合っていたんだな？」

アキラの顔から、次第に笑いが消えていった。

「さすが甘糟さん。やっぱりあなどれないですね」

「おだてたって、大目に見たりはしないからね。ちゃんと説明してよ。どうして、俺を見て二人は逃げたんだ？」

アキラは渋い顔でしばらく何事か考えていた。やがて、彼はレイジに言った。

「かまわねえから、お話ししろ」

レイジが驚いたようにアキラを見た。それから甘糟のほうに視線を向けた。

「自分とヒロシは、目撃したんです」

「目撃した？　何を？」

「あいつら、うちのシマで、クスリをさばいていたんです」

「クスリ？　覚醒剤か？」

「いわゆる危険ドラッグです。やつらがさばいていたのは、バスソルトタイプですね」

危険ドラッグは、法の網《あみ》の目をくぐるために、いろいろなカムフラージュをされて売られている。お香や、アロマオイル、バスソルト、ハーブなどの形で売られることが多い。見た目がおしゃれなので、抵抗感が少なく、若者たちの間に広まった。

一時期合法ドラッグなどと呼ばれていたが、とんでもない。むしろ、麻薬や覚醒剤よりも危険性が高いものがある。

危険ドラッグは、麻薬や覚醒剤の化学構造を少しだけ変えたものだ。だから吸収するのと同じような効果が得られる。

だが、無理やり合成したようなものもあるので、人体にきわめて有害だ。

甘糟は眉をひそめた。

「そういうのって、ネットや店舗販売が中心だろう？　売人がさばいたりしないんじゃないの？」

レイジが顔をしかめた。

「知りませんよ。どういう事情か、やつらは、うちのシマ内で商売してたんです。そりゃあ、放っておけねえでしょう」

「それで、声をかけたんだね」

「声をかけた」

アキラが笑った。「ずいぶんと上品な言い方ですね」

「ええと、つまり下品なやり方で声をかけたんだね？」

レイジがこたえた。

「そんときは相手は一人だったんですけどね。ふざけんな、何やってんだって、言ってやりましたよ」

「……で、相手は？」

「当然、何だとこのやろう、って返してきますね」

「それで揉めてたんだね」

アキラが言った。

「俺たちとしては、当たり前のことをやったんですけどね」

「まあ、危険ドラッグの販売を阻止したんだからなあ……」

いかんいかん。やつらの言い分を真に受けてはいけない。

「最初の衝突のときは、たまたまおたくの地域課がすぐに駆けつけて来て、ばらけたんですけど、レイジたちがスナックで飲んでいるところに、半グレが仲間を二人連れてやってきて、睨み合いになった……。そこに、甘糟さんがいらしたというわけです」

「どうして、あのとき、危険ドラッグのことを言わなかったの？」

「自分も、後で事情を知ったもので……」

本当かな……。

「じゃあ、俺に何か訊かれる前に逃げろ、なんて二人に指示したのは、なぜだ？」

「余計なことをしゃべるなと言っただけです。こいつらが、過剰反応しただけですよ」

「余計なことをしゃべるな？」

アキラは肩をすくめた。

「いいことをしたときほど、沈黙を守るべきですよ」

「たまげたな。いいことって、何さ」

「レイジたちは、危険ドラッグの販売をやめさせたんですよ。社会への貢献でしょう」

「まさか、あんたらもドラッグの販売をやってるんじゃないだろうね」

アキラは苦笑した。

「ほらね。それが嫌だったんで、黙ってろって言ったんですよ」

「それ……?」

「自分らが、ドラッグの話をすると、刑事さんは必ずそういうことを言うじゃないですか。自分らは、ドラッグなんかに関わっていないのに……」

この言葉は信じていいだろうか。たしかに、多嘉原連合が薬物に関わっているという情報は、いまだに入手したことがない。

だが、暴力団のことだ。裏で何をやっているかわかったものではない。

「まあいい」

甘糟は言った。「もう一人にも話を聞いてみるよ」

「ヒロシですね」

「フルネームは?」

「丸山浩《まるやまひろし》です」

彼を呼んでもらった。甘糟はアキラに言った。

「保護者は、もういいよ」

アキラが離れていき、甘糟はヒロシに、レイジのときと同じ質問をした。

ヒロシが戸惑っている様子なので、甘糟は言った。

「アキラがね、しゃべっていいって言ったんだよ」

ヒロシは、重たい口を開き、質問にこたえはじめた。

結局、アキラやレイジが言ったことと、ヒロシの供述は矛盾しなかった。

これだけの仕事をすれば、もう捜査本部に戻って、休んでいてもいいだろう。書類を作らなければならない。刑事は、聞き込みで得られた情報をすべて書類にするのだ。パソコンのキーを叩いていれば、誰も文句は言わないはずだ。

「邪魔したね」

甘糟は、アキラたちにそう言うと、多嘉原連合の事務所をあとにした。

捜査本部に郡原がいて、甘糟はちょっと驚いた。

「パチンコじゃないんですか?」

郡原は周囲を見回して言った。

「人聞きの悪いことを言うな」

「すいません」

でも、行ってたくせに……。

「どこをほっつき歩いていた」

甘糟は、小岩署と多嘉原連合事務所に行っていたことを話した。

「……これ、姿をくらましている半グレたちの資料です」

郡原は、それを受け取り、眉間にしわを刻んで見つめた。

「正木高彦と川端哲郎か……」

「やつらは、管内で危険ドラッグを売っていたらしいですよ」

「何だと……」

郡原が睨んだ。

「わあ、すいません」

「なんで謝るんだ」

「いや、なんとなく……」

「それ、いいネタじゃねえか。また、土井のやつに恥をかかせてやれる」

まだそんなことを考えているらしい。

午後八時から、夜の捜査会議の予定だ。

隣の席の郡原は、なんだか機嫌がいい。おそらく、捜査一課の土井係長が知らない情報を握っているという思いがあるからだろう。

土井より優位な立場にいることがうれしくてたまらないらしい。

甘糟は、そんな郡原に半ばあきれて言った。

「会議なんて、無駄ですよね……」

「なんだと……」

ふと郡原を見ると、甘糟をぎろりと睨んでいる。それを見て、甘糟は椅子の上で五センチほど飛び上がった。

「わあ、すいません」

「会議が無駄だって？　どういうことだ？」

「だって、捜査本部の捜査員なんて、所詮将棋の駒でしょう？」

郡原がうなるように言う。

「おめえ、本気でそんなこと思ってるのか？」

「いえ……。幹部はそう考えているんだろうなって思いまして……」

「たしかに、最近はそういうことを言う幹部が多い。捜査員は、言われたことだけを、何も言わず調べてくれればいいと考えているんだ」

「でも、それが一番効率がいいんじゃないですか」

「効率だと？」

「わ、ごめんなさい……」

「たしかに、効率だけ考えている捜査幹部はいる。そういう連中は、捜査員がかき集めてきた情報をすべて管理官のもとに集めればそれでいいと思っている。だから、最近は、捜査会議をやらない捜査本部も増えている。管理官が情報を集約して、捜査幹部が方針を決めて、捜査員たちはロボットのようにそれに従って走り回る……」

「それでいいんじゃないかと思いますが……」

「捜査情報の共有ができねえじゃねえか。捜査会議の目的は、すべての捜査員が情報を共有することなんだ。まあ、もっとも、それが必要ないと考えている捜査幹部も増えているがな……」

「自分もそう思いますよ。捜査情報をすべての捜査員で共有する必要なんてないでしょう。管理官が把握していればそれでいいんです。そのための管理官でしょう」

「刑事ってのは、そういうもんじゃねえ。兵隊じゃねえんだ。言われたことだけを、ただ黙ってやってるだけじゃだめだ。自分で考えなけりゃな」

「捜査員が好き勝手やってたら、とんでもないことになるじゃないですか」

「言われた仕事をきっちりやるのは当たり前のことだ。その上で考えるんだ。自分の分担が、捜査全体の中でどういう意味を持っているか……。そういうことを考えるんだよ。でなけりゃ、一人前の刑事なんて育たねえ。だからさ、最近の若い刑事はみんな使えねえんだ」

「すいません……」

「謝んなくていいから、ちゃんとしてくれよ」

「最近は捜査会議をやらない捜査本部が増えていると、郡原さん言いましたけど、ここは毎日きっちりと会議をやりますね」

郡原は、顔をしかめた。

「ここの場合は、ちょっと事情が違うな……」

「どうしてです……」

そのとき、「起立」の声がかかった。全員、立ち上がり気をつけをする。

警視総監と刑事部長、そして北綾瀬署署長が入室してきた。

郡原はそっと言った。

「理由はあれだよ」

「なるほど……」

警視総監が臨席するので、そのために会議を開くのだ。いわば、デモンストレーションのようなものだ。

警視総監が来るから、刑事部長も臨席せざるを得ない。総監や部長がいなければ、会議は省略していたかもしれないと、甘糟は思った。

郡原が、正面のひな壇を眺めながら言った。

「しかし、総監が捜査本部にこんなに顔を出すなんて異常だよな」

「はあ……」

「裏で政治家でも絡んでいるのかな」

「さあ、どうでしょう」

「じゃなきゃ、警視総監が捜査本部に続けて臨席するなんて、考えられないだろう」

「そうですね」

甘糟にも、総監の気持ちなどわからない。ただ、総監は白いスーツの男に対する捜査がどうなっているかを知りたいのだろう。

もしかしたら、自分に捜査の手が伸びるかもしれないのだ。犯罪者の心理を味わっているかもしれない。

捕まるかもしれないという思いは、一種の麻薬のようなものらしい。人は、スリルを求めるのだ。

ギャンブルもそうだ。必ず外れるとわかっていたら、ギャンブルなどをやる人はいないだろう。逆に、必ず当たるものなら、誰も夢中になりはしないはずだ。

外れるかもしれないというリスクがあるから、人はギャンブルにはまるのだ。

犯罪者心理も似たようなものだ。ばれたら捕まると思いながら、犯罪行為をする。そのスリルがたまらないのだ。

総監が、そうしたスリルのために、病みつきになっているのではないか。今度、会うことがあったら訊いてみようか……。

そこまで考えて、甘糟は、はっとした。

いつのまにか、俺、総監と会うことを前提で考えているじゃないか。もう二度と二人きりで会いたくはない。また、そんなチャンスはそうそうあるものではない。

そうだよな。

甘糟は思った。もう、総監と二人きりになることなどないだろう。そして、甘糟と郡原の二人は、白いスーツの男のことを考えなくてもいいのだ。

すでに会議は始まっており、捜査員たちは、聞き込みの結果を報告するが、めぼしい情報はない。

ただ、白いスーツの男の目撃情報は、それなりに集まってくる。飲み屋の従業員や、近所に住む常連客が、その姿を見かけていた。

捜査員の一人が報告した。

「白いスーツの男の足取りがつかめません。目撃者はいずれも、彼がどこから来て、どこに消えたのか知りませんでした。おそらく、近くに停めた車両で移動していたものと思われます」

捜査一課長が尋ねる。

「不審車両の目撃情報は？」

「不審車両といえるかどうか……」

「何だ？」

「黒塗りの車が、路地のそばに路上駐車していたという情報があります」

「黒塗りの車……。やっぱり、マルB関係かな……」

「それが、白ナンバーだったという目撃情報もありますから、少なくともハイヤーとかではないと思いますね」

「では、その車両についても当たってくれ」

「了解です」

うわあ、もしかしたら、総監用の公用車じゃないのか。

甘糟は驚いた。

だとしたら、総監は公用車で出かけて、地回りの真似事をしているということなのか。なんと大胆なのだろう。いや、何も考えていないのだろうか。まったく総監の神経を疑う。そう思ったとき、捜査一課長が言った。

「特命班のほうはどうだ？」

甘糟は、ちらりと郡原を見た。彼はすぐには返事をしようとしない。甘糟は、はらはらしていた。

やがて、おもむろに郡原が立ち上がった。

「被害者といっしょにいた二人ですが、身元が判明しています。正木高彦に、川端哲郎……」

それを遮るように、土井係長が言った。

「そんなことは、とっくに調べはついているんだ。時間の無駄だ」

「じゃあ、半グレたちが、管内で危険ドラッグを売っていたらしいという話は？」

土井が言葉に詰まった。

郡原は、にやりと笑って言った。

「被害者を含めた三人の半グレは、事件の前日に多嘉原連合の準構成員と睨み合いをやってます。その原因が、実は半グレたちの危険ドラッグの販売なのかもしれません」

捜査一課長が管理官を見た。

管理官は眉をひそめている。もちろん、彼も初耳だろう。

郡原は、ますます気分よさそうな顔になった。

「ドラッグの販売に関わるトラブルは、裏社会の連中にとっては充分に殺人の動機となり得ます」

「アメリカなどでは、売人同士の殺し合いなどはよくある話だ」

捜査一課長が言った。「だが、日本ではあまり例がないように思えるが……」

「絶対数の違いですね。それほど頻繁《ひんぱん》にあるわけじゃないですが、マルB同士の傷害事件やコロシの動機としては、珍しいことじゃありません」

「では、この事案でも、薬物が絡んでいるかもしれないということか？」

「その可能性は、おおいにあり得ると思いますね」

「では、白いスーツの男も、ドラッグの売買に関わっているということか？」

郡原はかぶりを振った。

「それはわかりません。こちらがつかんだ情報は、あくまで、縄張りの中で危険ドラッグを売っていた半グレに、多嘉原連合の準構成員が文句をつけた、ということだけです」

刑事部長が郡原に尋ねた。

「だが、ドラッグの売買に関わるトラブルは、充分殺人の動機になり得るんだな？」

郡原は、少しだけ姿勢を正した。捜査会議の席上であっても、普段、刑事部長と言葉を交わすことなどない。

さすがの郡原も緊張した様子だった。

「はい。そのとおりです」

刑事部長が捜査一課長に言った。

「今回の捜査で、初めての動機についての言及だな」

「はい。そういうことになりますが……」

「そういうことになるが、何だ？」

「白いスーツの男と、ドラッグの関わりについてはまだ、まったく情報がありません」

「きっと関わりがあるはずだ。もしかしたら、白いスーツの男が、このあたり一帯に麻薬・覚醒剤の販売ルートを持っているのかもしれない。そうなれば、彼の販売エリアで、殺された半グレたちが商売をしたということになる」

「なるほど……」

捜査一課長は考え込んだ。「だとしたら、白いスーツの男が牛尾を殺害したこともうなずけますね」

刑事部長が勢いづく。

「そうだ。白いスーツの男と薬物の関係を洗えば、殺人の動機も明らかになる」

捜査一課長が捜査員たちに命じた。

「その線を、優先的に洗ってくれ」

間違った筋読みというのは、こういうことなんだな。甘糟は、まるで他人事のように、そんなことを思っていた。

郡原はまだ立ったままだった。座るタイミングを逸していた。そのとき、警視総監が郡原を見て言った。

「ちょっと、いいかね」

とたんに郡原は、ぴんと背を伸ばした。

14

気をつけをしている郡原に、警視総監が尋ねた。

「白いスーツの男が、このあたりに、薬物の販路を持っているという情報は、入手しているのかね？」

「いえ。そのような情報はありません」

「君は、管内の暴力団やそれに類する者たちの動向には詳しいんだね？」

「はい。日々、情報収集につとめておりますので……」

「では、もし誰かが、管内に薬物の販売ルートを持っていたら、それを知らないはずはないね？」

「ええ。まあ、そういうことですね」

「今、刑事部長が、白いスーツの男と薬物の関係を洗えば、殺人の動機も明らかになると言ったが、君がそれを知らなかったということは、関係はないということなんじゃないのかね？」

なるほど、そう来たか。甘糟は、そんなことを思いながら、ひな壇を眺めていた。

刑事部長と捜査一課長が慌てている。

郡原がどうこたえるかで、彼らの面子が丸つぶれになる可能性がある。

警視総監も人が悪い。刑事部長と捜査一課長が恥をかくかどうかを、郡原に預けたわけだ。

だが、警視総監としても黙って捜査会議の成り行きを見ているわけにはいかなかったのだろう。

このままでは、自分が薬物の卸か売人にされかねないし、そうでなくても、捜査が間違った方向に進むことになる。

郡原がこたえた。

「白いスーツの男が、関係しているかどうかは不明ですが、殺人に薬物が関わっていることは間違いないと思います」

警視総監がさらに質問した。

「ほう……。それを断言できるのかね?」

「断言できますね」

郡原は強気だった。「三人の半グレが、多嘉原連合の半ゲソ二人と睨み合いになったのは、危険ドラッグの販売が原因でした。そして、そのことと殺人は無関係ではないと思います」

「なるほど……。それに白いスーツの男はどう絡んでくるのかね?」

「絡んでこないと思います」

「絡んでこない……?」

「ええ。白いスーツの男は、半グレ三人組と、多嘉原連合の二人の睨み合いに、割って入ったんです。つまり、どちらの側でもない、第三者と見るのが正しいと思います」

甘糟は、ぽかんと口をあけて郡原を見上げていた。

この人は、パチンコばかりやっていると思っていたら、驚くほど的確な状況の分析をやってのける。

やはり、ただ者ではない。

警視総監は、郡原のこたえに満足そうだった。

「では、白いスーツの男は薬物の販売には関与していないということだね？」

「いえ、それはまだわかりません。刑事部長や捜査一課長が言われたように、確認する必要はあると思います」

分析が正しいだけではない。こうして、うまいこと追及をすり抜け、刑事部長や捜査一課長の面子も守ってやった。たいしたものだと、甘糟は思った。

「こういうことは考えられないかね？」

「は……？」

「白いスーツの男は、実は正義の味方で、危険ドラッグの販売を阻止しようとしていたとか……」

「いえ、それはないですね」

郡原は、言下に否定した。「彼にそれほどの思慮があるとは思えません。揉め事に首を突っ込んだだけでしょう」

「そうか……」

警視総監は、少しばかり傷ついたような顔をした。

刑事部長が咳払いをして、警視総監に言った。

「では、白いスーツの男と薬物の販売の関係については、確認を取るということでよろしいですね？」

警視総監は鷹揚《おうよう》にうなずいた。

「いいだろう。ただし、その所轄の捜査員が言うように、白いスーツの男は、事件には関与していない可能性もある。それを忘れないように」

刑事部長がうなずいた。

「わかりました」

ようやく捜査会議が終わった。全員起立で、幹部たちの退席を見送り、捜査員たちは解放された。

郡原のもとに、土井係長が近づいてきた。

「被害者の仲間が、危険ドラッグを売っていたという話、本当なんだろうな」

郡原は、面倒臭そうにこたえる。

「間違いねえよ」

「どうして会議の前に、俺に教えてくれなかったんだ？」

「そんな義理はねえ」

「所轄が本部の者に情報を上げるのは当然のことじゃないか」

「だから、そんな義理はねえって言ってるんだ。何のための捜査会議だ？　会議で発表すればいいんだ。まあ、もっとも、捜査一課の連中は、めぼしい情報を発表できずにいるわけだけどな……」

また挑発してる。甘糟は、はらはらしながら二人のやり取りを聞いていた。

土井が悔しそうな顔をした。

「必ず白いスーツの男の尻尾をつかまえてやるさ」

郡原が、驚いた顔をしてみせる。

「会議で何を聞いていたんだ。白いスーツの男は、薬物の販売には関与していないかもしれない。そして、殺人にも関わっていないかもしれないんだ」

「そういう話じゃなかったな。刑事部長と捜査一課長は、白いスーツの男が薬物販売に関わっていなかったかどうか、確認しろと言ったんだ」

「関わっていないことを確認するというニュアンスだと思ったがな……」

「それこそ、勝手な解釈だ。白いスーツの男が薬物の販売に関わっていたとしたら、それが殺人の動機になりうるんだ」

「好きにしな」

郡原が言った。「どうせ、俺たちは白いスーツの男とは別の線を追うことになっているんだ」

「外れくじを引いたな」

「どうかね……」

「どうかねって、どういうことだ？　おまえらは、半グレのことを調べているだけじゃないか。やつらの身元がわかったから何だって言うんだ」

「多嘉原連合の縄張りの中で、危険ドラッグを売っていた」

「何だって……？」

「薬物の販売は、殺害の動機になりうるんだよ」

「……犯人は、多嘉原連合だということか？　だが、おまえたちは、やつらは関係ないと言ってなかったか？」

「たしかに、こいつはそんなことを言っていたがね……」

郡原は、甘糟を見て言った。「当初は俺も、こいつの言うことを真に受けていた。だが、ドラッグが絡んでいるとなれば、話は変わってくる」

甘糟はそれを聞いて、ちょっと慌てていた。

「いや、しかしですね……」

郡原が甘糟を睨んで言った。

「おまえは、黙っていろ」

「あ、はい……」

土井係長が、郡原に尋ねた。

「ドラッグ販売を巡るトラブルが動機だというんだな?」

「今は、それしか考えられねえ」

土井はしばらく考え込んだ。郡原が自信たっぷりなので、少しばかり不安になってきたに違いない。

彼は、やがて言った。

「ふん。どうせそっちは、空振りだ。本命は白いスーツの男だよ。俺たちはあくまでもそっちを追う」

「それでいいんじゃねえか」

郡原が言うと、土井はくるりを背を向けて歩き去った。

「まったくよ……」

郡原が言った。「ああいうやつには、会議なんて必要ねえな。情報を共有しようとしても、事実をちゃんと見ようとしねえんだ。上から言われたことを鵜呑《うの》みにしやがる」

「あの……。多嘉原連合の件ですが……。自分はやっぱり殺しには関与していないと思うんですが……」

「アキラは関与してねえだろうよ」

「え……？」

「おまえは、アキラを信じたんだろう？」

「ええ……」

「多嘉原連合にだっていろいろなやつがいる。アキラの言い分が、多嘉原連合のすべてじゃねえんだ。アキラの知らないところで、何かが起きていても不思議はねえ」

そう言われてみると、アキラが半ゲソ二人に口止めしていたというのが、どうも怪しく思えてくる。

あの二人は、半グレが危険ドラッグを売っていたのを目撃したと言っていた。そして、それをアキラに口止めされていたので、甘糟の姿を見て逃げたのだ、と……。

本当にそれだけだろうか。

そう言えば、事件が発覚した日、翌日朝一番で、多嘉原連合の半ゲソ二人を任意同行して話を聞けと、金平係長に言われていた。

総監が捜査本部に現れ、廊下に呼び出されたり、郡原と甘糟の二人が特命班を任命されたりとばたばたで、それがうやむやになってしまっていた。

あのとき、すぐに二人を引っ張っていれば、違った話を聞けたのではないだろうか。

そして、アキラは本当に関係ないのだろうか。アキラは、白いスーツの男のことを探している。

それはなぜなのだろう。

上の命令なのだろうか。

「何だよ、情けない顔して……」

郡原に言われて、甘糟はこたえた。

「いえ……。今まで信じていたものが、信じられなくなったような気がして……」

郡原は、しかめ面をした。

「何言ってんだよ。自分の眼と耳を信じねえでどうする」

あの、信じられなくなったのは、郡原さんのせいなんですけど……。

郡原がさらに言った。

「そういうときは寝ちまうに限る。さあ、俺も帰って寝よう」

「え、仮眠所じゃないんですか？」

「柔道場の煎餅布団は真っ平《まっぴら》だよ。じゃあな……」

郡原は帰宅した。甘糟も独身寮に帰ることにした。


疲れていたので、風呂に入るとすぐに眠ってしまった。

電話の音で起こされた。

「ふぁい、甘糟……」

「寝ぼけてんじゃねえぞ」

郡原の声だった。とたんに目が覚めた。時計を見ると、午前零時を過ぎたところだ。

郡原がさらに言った。

「白いスーツの男が出たぞ。捜査一課のやつが追っている」

15

郡原がいたのは、駅近くの飲食店街で、先日多嘉原組の半ゲソと、半グレ三人組が睨み合っていた現場のすぐ近くだった。

甘糟が駆けつけると、郡原が言った。

「土井も来てるぞ。入れ込んでやがるな」

薄笑いを浮かべている。

見ると、路地の端で土井が捜査員たちから報告を受けている様子だ。

「白いスーツの男はどうなったんです?」

「姿を消したようだ。今、捜査一課の連中が中心になって行方を探している」

「自分らは、どうすればいいんですか?」

「捜査一課の連中が必死になっている姿を眺めて笑ってやろうと思ったが、それも芸がねえ」

「芸ですか……」

「俺たちが先に見つけると、土井のやつはまた悔しがるだろうな」

郡原は、くくくと笑った。

まったく、この人は……。

「自分たちはもう、白いスーツの男には関わらなくていいんじゃないんですか?」

「関わらなくてもいいさ」

郡原はあっさりと言った。「だが、関わるなと言われているわけじゃねえ」

「はあ……」

この人は何を考えているのだろう。普段はやる気がなさそうに見えるのに、こうして、やらなくてもいい仕事に手を出そうとしている。

「白スーツ野郎は、荒川方面に逃走したという情報がある。探しに行け」

「わかりました。あの……」

「何だ？」

「郡原さんは、どうされるのですか？」

「俺は帰って寝る」

やっぱりな……。

顔が赤い。酒を飲んでいるのだ。

おそらく彼は、白いスーツの男が現れたという情報を聞いて駆けつけたわけではない。このあたりで、飲んでいたのだ。たまたま、情報を聞きつけたに過ぎないのだろう。

帰って寝るなどと言っていたが、帰宅途中で気が変わったのか、それとも、はなから帰るつもりなどなかったのか、それは甘糟にはわからない。

ともあれ、そういう経緯で甘糟を呼び出したのだ。そして、彼は、土井を出し抜くためだけに、白いスーツの男を探せと言っているのだ。

いい迷惑だが、郡原の言うことには逆らえない。

「わかりました。荒川方面ですね」

「頼んだぞ。じゃあな」

郡原は、のんびりと歩き去った。

甘糟は、溜め息をついてから、一度綾瀬駅の前へ出て、それから線路伝いに荒川の方向に歩きはじめた。

まったく、総監はどういうつもりなのだろう。捜査員やマルBたちが血眼《ちまなこ》で探しているのだ。しばらくおとなしくしているべきだろう。

どうしても、遠山の金さんや暴れん坊将軍の真似事がしたいのだったら、別の管内でやってほしい。

そんなことを考えながら、甘糟は歩いていた。本気で探す気にはなれない。どうせ、総監はすでに、公用車で管内を離れているに違いないと思った。

正面に高速道路が見えてきた。視界を横断している。高速道路に沿って綾瀬川が流れており、その向こうに荒川がある。

T字路に差しかかったとき、背後から走ってきた車が、甘糟を追い抜いて停車した。黒塗りの車だ。ハザードを出した。

白ナンバーだ。まさかと思い、甘糟はその車に近づいた。

後部座席の窓が開き、声が聞こえた。

「おう、酒粕《さけかす》だったたっけ？」

白いスーツを着た警視総監だった。

「甘糟です」

「乗れよ。停車していると、捜査一課の連中が嗅ぎつけてくる」

「総監のお車にですか？」

「気にするな。話があるんだ。早くしろ」

「は、はい。失礼します」

甘糟は、後部座席に乗り込んだ。総監の隣だ。さすがに緊張した。

甘糟が乗ると、車はすぐに出発した。どうやらこのあたりを適当に流しているようだ。

「あの……」

甘糟は尋ねた。「管内で何をなさっておられるのですか？」

「俺なりにいろいろと調べてみようと思ってな……」

「そういうことは、現場の捜査員に任せていただきたいのですが……」

「もちろん任せるよ。だが、俺独自の情報ってやつも持っておきたい」

「遠山の金さんでも、暴れん坊将軍でも、必ず市井《しせい》の密偵がいて情報を持ってくるじゃないですか。金さんや将軍が直接調べるわけじゃないでしょう」

「だからさ、おめえにその役をやってもらいてえわけよ」

甘糟はびっくりした。

「いや、自分は捜査本部の仕事だけで手一杯ですから……」

「わかってるよ。だからよ、おめえの上司だか先輩だかに報告するのと同じことを、俺に囁《ささや》いてくれればいいわけよ」

「それが何の役に立つんです？　捜査本部でちゃんと発表されることばかりですよ」

あんたが毎回臨席するから、捜査会議を開かなけりゃならないんだ。甘糟は、そう思ったが、そんなことは口が裂けても言えない。

栄田警視総監がこたえた。

「一次情報が欲しいんだよ。会議で管理官や課長が俺に報告することは、連中に都合のいいことばかりだ。現場じゃまずいことだって起きているわけだろう？　中間管理職の連中は、そういう事柄を俺の耳に入れまいとするわけだ」

そうかもしれない。

「でも、現場で起きていることをそのままお聞きになったら、混乱されるのではないですか？」

「そんなにヤワじゃねえよ。じゃあ、さっそく教えてくれ。犯人の目星はついているのかい」

「捜査本部では、白いスーツの男が犯人かもしれないと考えているんです。それはもう充分にご存じのはずです」

「だからさ、さっき捜査会議で遠回しにそうじゃねえって言っておいたじゃねえか」

「あまり効き目はないようですよ。捜査一課の土井係長などは、いまだに白いスーツの男が本ボシだって考えているようです」

栄田警視総監は、顔をしかめた。

「頭の固いやつだ……」

「真面目に上の方針に従っているだけだと思いますけど……」

「上って何だよ。俺が一番上だろうが」

「あ、そうでした。すいません。管理官や捜査一課長って意味です」

「あいつらも、頭が固いよなあ……」

あんたが、柔らかすぎるんじゃないの。

「白いスーツの男は、課長や管理官にしてみれば正体不明なわけですし、被害者や事件の関係者と関わりがあることは間違いないんです。当然、調べの対象になりますよ」

「少し頭を使えば、俺が事件に関係してねえことくらいわかりそうなもんだ」

「事件に関係していないという証明が必要なんです」

「おめえが証明してくれよ」

「あ、いや、それは……」

総監は、くすくすと笑った。

「冗談だよ。おめえ、すぐ本気にするんだな。おもしれえやつだ」

「総監に言われたら、本気にしますよ」

「それで、おめえの相棒が言っていたことは本当なのか？　このコロシには薬物の売買が絡んでいるって……」

甘糟はかぶりを振った。

「確証があるわけじゃないんです。先輩は郡原といいますが、彼が言ったことも、多分に憶測が含まれておりますので……」

「憶測か……。そいつはいけねえな」

「はい」

「でもよ、筋読みは大切だ。そうだろう?」

「そうですね」

「その郡原ってやつは、頼りになるのかい」

「ええと、そうですね……」

甘糟は、しばらく考えなければならなかった。「いざというときは、頼りになると思います」

「あてにしていいってことだな?」

「ええ、そう思います。場合によりますが……」

「じゃあ、そいつの筋読みも、あてになるってことだ」

甘糟は、また考え込んだ。たしかに、郡原の判断は正確だ。少なくとも、管理官や土井係長に比べれば、まともなことを考えていると言える。

「そうだと思います」

「半グレたちが、薬物を販売していたってのは、本当のことなのか?」

「少なくとも、三人のうち一名が売っていたことは間違いないと思います」

「三人のうち一名……。どういうことだ」

「多嘉原組の半ゲソ二人から聞いた話です。彼らは、半グレの一人が薬物を売っているのに気づいたのです。それをとがめたことで、最初の衝突が起きました。そのときは、地域課の係員がすぐに駆けつけたので、喧嘩とかにはなりませんでした。その後、半グレの一人が仲間二人を伴って、多嘉原組の半ゲソ二人に文句をつけに行き、睨み合いになりました。それが、総監もご覧になった場面でした」

警視総監はじっと甘糟の話を聞いていた。

「その薬を売っていた一人というのが、殺された牛尾なのか?」

「いや、それはまだ確認していません」

「それを確認すべきだろう」

「すいません。半ゲソ二人の身元がわかったのも、半グレたちの一人が薬物を販売していたことがわかったのも今日のことでして……」

「日付が変わったから、正確には昨日のことだろう」

「はい……」

「まあ、いい。早急に確認してくれ」

「わかりました」

そうこたえながら甘糟は、現場のことは現場に任せてほしいなあ、と思っていた。

「じゃあ、俺も帰宅することにするよ。明日も早い」

「あの……。捜査員がたくさんいるというのに、どうしてその服装なのですか? 目立つじゃないですか」

「俺のポリシーだ」

そういうの、ポリシーって言うのかなあ。そんなことを思ってると車が停まった。甘糟は「失礼します」と言って車を下りた。

公用車はすぐに走り去った。

甘糟は、やることがなくなり、駅のほうに引き返した。途中で、捜査一課の刑事たちに出っくわした。三人組で、その中の一人が土井係長だった。土井が甘糟を見て言った。

「お、甘酒だっけ?」

「甘糟です」

「ここで何してる?」

「白いスーツの男を見かけました。あっちに行きました」

公用車が走り去ったのと逆方向を指さすと、土井係長たちは、そちらにばたばたと駆けて行った。

警視総監のためとはいえ、仲間を欺《あざむ》くのは心苦しかった。後々、嘘がばれるようなことがあったら、甘糟の立場は面倒なことになる。

まったく、それもこれも総監のせいだ……。

甘糟は、そんなことを思いながら寮に向かって歩いていた。時刻は、午前零時半を過ぎたところだ。

寮に戻れば、少しは眠れる。

郡原はもう寝ただろうか……。そんなことを思ったとき、携帯電話が振動した。郡原からだったので驚いた。

「はい、甘糟です」

「わかってるよ。おまえにかけたんだからな」

「あ、でも、自分の携帯を自分が持っているとは限らないでしょう」

「声を聞けばわかる。そんなことはどうでもいい。白スーツ野郎はどうなった？」

シラを切ることにした。

「わかりません。自分が現着したときには、すでに姿が見えませんでした」

「……ということは、土井たちもまだやつを捕まえていないということだな？」

「そうですね」

そんなことになったら、エラいことだ。

「目撃情報は？」

「さあ……」

「さあって、おまえ、現場で何してたんだ？」

「白いスーツの男を探してたんですよ。荒川方面に逃走したという情報があったでしょう」

「それで、何か見つかったのか？」

「いいえ。煙のように消えましたね」

「荒川方面ということは、都心方面だな……」

「ええ。都心に向かったと思います」

総監の自宅は知らないが、公舎は千代田区一番町にある。帰宅すると言っていたから、公舎に向かったのだろうと、甘糟は思った。

「白スーツ野郎は、いったい何をしていたんだろうな……」

「あの、その呼び方、やめたほうがいいと思いますよ」

「何でだ？　呼びやすくていいだろう」

「はあ……」

「殺人事件があった管内にやってきて、やつは何をしようとしていたんだろうな……」

「さあ……。たまたまじゃないですか」

「おい、刑事がたまたまなんて言ってんじゃねえ」

「わあ、すいません」

「何か目的があるはずだ。だいたい、半グレと多嘉原連合の半ゲソの間に割って入った目的もわからない」

「あの時は目的なんてなかったと思いますよ。ただ、目の前で喧嘩が起こりそうなんで止めに入っただけでしょう」

「ただの出しゃばりだってのか？」

「今どき、チンピラの喧嘩を止めようなんて、奇特な人じゃないですか」

「奇特だと？　ふん。ただのばかだろう」

「ですから、あまりそういう言い方をしないほうが……」

「さっきから、何だよ、おまえ。ずいぶん白スーツ野郎の肩を持つじゃねえか」

「いえ、そういうつもりじゃないんですが……。正体がわからないので、慎重になるべきだと思いまして」

「どうせ、どこかの物好きなマルBだよ」

「はあ……」

「とにかく、だ。やつだって、ニュースなんかで殺人事件のことは知っているはずだ。のこのこ現場付近に現れたのには何か理由があるはずだ。それを探るんだ」

「え、今からですか?」

「鉄は熱いうちに打てって言うだろう。白スーツ野郎は、誰かと会ったかもしれないし、どこかを訪ねたかもしれない。情報を集めろ」

「わかりました」

「頼んだぞ」

電話が切れた。

聞き込みをやったって、情報が集まるはずはない。もし、目撃情報が得られたとしても、そんなものは何の役にも立ちはしない。

甘糟は真相を知っているのだ。

つまり、話を聞いて歩くのは無駄なので、さっさと帰って寝たほうがいいということだ。郡原にどう報告するかは、明日考えればいい。

そう決めると気が楽になった。

そして、甘糟は決めたとおりに、寮に戻るとすぐにベッドにもぐり込んだ。


朝、捜査本部に顔を出すと、郡原に尋ねられた。

「昨日はどうだった?」

甘糟は、あらかじめこたえを用意していた。

「目撃情報は、ほとんどありませんでした。白いスーツの男は、ずいぶん慎重に行動していたようです」

「そうか？　俺がちょっと聞いて回ったら、やつが荒川方面に逃走したって情報がすぐに入手できたんだがな……」

甘糟はちょっと慌てた。

「それは郡原さんが、聞き込みの名手だからですよ。自分にはなかなか真似はできません」

「ふん。おまえ、本当に聞き込みをやったんだろうな」

「やりましたよ」

これ以上、追及されるとやばいな……。

甘糟は思った。

ありがたいことに、郡原は何も言わずに考え込んだ。そして、捜査会議が始まった。

今日は、総監も部長も臨席していない。それはそうだよなあ。あんな忙しい人たちが毎日やってくるはずがない。

甘糟がそんなことを思ったとき、「起立」の声がかかった。

警視総監が入室してくるところだった。北綾瀬署の署長もいっしょだ。捜査一課長や刑事部長の姿はなかった。

郡原が小声で、独り言を言うようにつぶやいた。

「これで、三日連続の臨席じゃねえか……。総監は、何を考えてるんだ……」

甘糟はそれにこたえる気はなかった。郡原の口調はこたえを求めているようではなかったし、どうこたえていいかわからなかったからだ。

総監と署長の着席を待って捜査会議が再開された。会議では、白いスーツの男が、北綾瀬署管内に現れたことが話題に上った。

管理官が土井係長に尋ねた。

「昨夜……、というか未明のことだが、捜査員を動員して、白いスーツの男の行方を探したんだな？」

土井係長は起立していた。

「はい。捜査員十数名で、所在をつかもうとしました」

「見つけたらどうするつもりだった？」

「任意同行を求め、身柄を引っ張るつもりでした」

「だが、空振りだった……。そうだな？」

「はい」

土井係長は、悔しそうだった。「せっかく目と鼻の先に現れたというのに……」

「わざわざ現場の近くに現れたということは、やはり殺人に関与していた疑いが強いということだな？」

土井係長は、管理官の言葉にうなずいた。

「犯罪者は、必ず現場に戻ってくると言いますからね。白いスーツの男が犯人だということもあり得ます」

甘糟は、総監の顔を見た。ポーカーフェイスだった。

だが、おそらく発言したくてうずうずしているはずだと、甘糟は思った。

昨日の会議で、白いスーツの男は事件とは関係ないという印象を捜査員たちに与えようとした。

だが、それがあまりうまくいかなかったようだ。

土井係長は、相変わらず白いスーツの男を追いつづけている。

管理官が言った。

「では、引き続き、白いスーツの男を追ってくれ」

土井係長が着席した。

「何か、ありますか?」

管理官が、警視総監と署長に尋ねた。形式的な質問だ。管理官は、そのまま会議を終了するつもりだったに違いない。

署長は、かぶりを振ったが、警視総監が発言した。

「特命班が、白いスーツの男以外の線を追っているんだったな。そちらはどうなんだ?」

管理官は、郡原と甘糟のほうを見て言った。

「特命班、どうだ?」

郡原は反応しない。甘糟は慌てた。

「あ、あの……」

ややあって、郡原がおもむろに立ち上がった。

「管内のマルBが、きっと何かを知っているはずです。聞き出しましょう」

警視総監が言った。

「郡原君だったかな」

郡原は、背筋を伸ばしてこたえた。

「はい、そうです」

「昨日君は、白いスーツの男が、殺人には関与していないだろうと言ったね」

「いえ、そうは申しておりません。被害者たち半グレと、多嘉原連合の半ゲソの対立は、おそらく薬物の販売が原因ですが、白いスーツの男はそれには関与していないと申し上げただけです」

警視総監は、少しばかり失望したような顔になった。

「では君は、白いスーツの男が、殺人に関わっていると考えているのかね？」

郡原は、きっぱりと言った。

「いえ。おそらく関係ないと思います」

「ほう……」

とたんに総監の機嫌がよくなったように見えた。「では、白いスーツの男を追うことは、あまり意味がないと思っているんだね？」

この発言に、署長、管理官の二人がうろたえた。土井係長も眉をひそめている。

郡原はこたえた。

「いえ、その人物の身柄を押さえることは意味があると思います」

「なぜだね？」

「彼は、何か事情を知っているに違いありません。だからこそ昨夜、彼は現場に戻ってきたのだろうと思います」

そりゃ、事情は知っているよなあ。

甘糟は思った。こうやって、会議に出て捜査員たちの話をすべて聞いているんだから……。

総監が言った。

「わかった。それは、土井係長たちに任せて、君たちは、何か知ってそうな、管内の暴力団員から情報を引き出してくれ」

「了解しました」

総監は、管理官を見て言った。

「以上だ」

管理官が言った。

「では、会議を終了する」


郡原がうれしそうに言った。

「警視総監が、俺の名前を覚えていたぞ」

甘糟は、それにはこたえず、質問した。

「昨日は、帰って寝ると言って、どこかで飲んでましたね？」

「駅まで行く途中に、ちょっと一杯だけと思ってな」

「何か知っているはずの、管内のマルBって誰のことです？」

「知らねえよ。おまえが調べるんだよ。じゃあな」

郡原は立ち上がり、出口に向かった。

16

「おまえが調べるんだよ、か……」

甘糟は、独り言をつぶやいていた。

郡原はどこへ行ったのだろう。トイレだろうか。あるいは、署の外に出かけていったのかもしれない。

まだ十時には間があるから、パチンコ屋ということはないだろう。いや、ギャンブラーたちは、早くから店の前に行列を作っているから、郡原がその列に混じっていても不思議はない。

甘糟が溜め息をついたとき、携帯電話が振動した。非通知の相手だ。甘糟は慌てて出た。「はい、甘糟です」

「おう、今いいか？」

やっぱり総監だった。

甘糟は思わず立ち上がっていた。

「はい」

警視総監に「今いいか」と尋ねられて、「今はちょっと」などとこたえる者はいないだろう。

どんな用事だろうが、放り出して警視総監の話を聴くべきだ。

「会議の俺の話、どうだった？」

甘糟は電話をかけながら、廊下に向かった。他の捜査員に、電話の内容を聞かれたくなかった。

「いや、どうだったと言われましても……」

「捜査の流れが、白いスーツの男から、別の容疑者に変わってくれるといいんだけどな。郡原が、はっきり言ったな。白いスーツの男は、殺人には関係ないだろうって。あれで、少しは流れが変わるんじゃないか？」

「いえ、それはないと思います」

「なぜだ？」

「郡原があ言ったことで、捜査一課の土井係長は、今まで以上に白いスーツの男を追いはじめるんじゃないでしょうか」

「だから、それはなぜかと尋ねているんだ」

「郡原が、ガッコウ時代に土井係長をいじめていたからです」

「何だ、そりゃあ……」

「さらに郡原は、入手した情報をわざと土井係長に知らせないで、会議で発表するようなことをしていました」

「何のために？」

「土井係長に恥をかかせるためだと思います」

「どうして郡原が会議で発表すると、土井が恥をかくんだ？」

「所轄が知っているようなことを、本部の係長が知らないというのは、やっぱりまずいんじゃないでしょうか」

「だが、そのために会議をやっているんだろう」

「郡原は事前に土井係長に知らせておくべきじゃないでしょうか」

「根回しか……」

総監は苦い声を出した。「無駄なことだ。会議で情報を共有すれば済むことだ。郡原がやっていることは、別に間違ってはいないと思うが……」

誰のためにわざわざ会議を開いていると思っているんだ。

甘糟はそう思ったが、もちろんそんなことは口には出せない。

「はあ……。やっていること云々《うんぬん》よりも、郡原の土井係長に対する態度が問題だと思いますが……」

「土井がわからず屋なんだろう。郡原が、殺人と関係ないと言ってるのに、土井は白いスーツの男を容疑者にしたがっている」

「被害者と関わったり、現場近くに再び姿を現したりしたら、誰だって関与を疑いたくなりますよ」

「関与はしているからなあ……」

「え……?」

「妙な声出すなよ。関与ったって、いろいろあるだろうが。俺は捜査という形で、犯罪に関与しているということだ」

「あ、なんだ、そういうことですか」

「管内の暴力団員が、何か事情を知っているということだな?」

「ええと……」

郡原のはったりだとは言えない。「そうですね。郡原は何か心当たりがあるようですが……」

「おめえは知らねえのか？」

「情報源については、仲間内でも秘密だったりしますから……」

「ふうん……。そういうもんなんだ。おめえには、何か特別な情報源はないのかい」

「まあ、ないこともないんですが……」

「俺はな、おめえら特命班に期待してるんだぜ。土井たちは頭が固い。本ボシの情報をなんとか入手してくれ」

「努力します」

「努力じゃだめだ。刑事は結果を出すんだよ」

「はい」

「じゃあな」

電話が切れた。

甘糟は追い詰められた気分だった。

郡原が会議で、調子のいいことを言うから、総監が妙な期待を抱いてしまった。

責任取れよ、と郡原に言いたい。だが、そんなことを言えるはずもなく、結局甘糟が苦労をすることになる。

甘糟は、また溜め息をついて考えた。

さて、誰から何を聞き出したものか……。

そのときふと、阿岐本組の日村が、正木と川端の二人の半グレを探していたという話を思い出した。

二人の名前は日村から聞き出したのだ。

日村は、薬物の売買のことを知っていたのだろうか。

これまで二度話を聞きに行っているが、もう一度会いに行ってみる必要があるかもしれない。

甘糟はまた、阿岐本組を訪ねることにした。


組事務所に近づくと、やはり憂鬱な気分になった。

仕事なのだから仕方がないが、暴力団の事務所なんて行きたくはない。

事務所を訪ねると、いつもの応接セットのソファに案内された。そして、茶が出てくる。甘糟は手を付けない。いつものセレモニーみたいなものだ。

応接セットの向かい側に座った日村に尋ねた。

「その後、正木と川端は見つかった？」

日村はかぶりを振った。

「そんなやつのことは忘れてましたね」

「ほんと？」

「本当ですよ。自分らも、そんなに暇じゃないんで……」

「やつらが、どんな目的でこのあたりにやってきたか、知ってる？」

「いや、知りませんね」

「そうか……。あんたなら、何か知ってるんじゃないかと思って来たんだけど……」

「それで……?」

日村のほうから質問してきた。「あの二人がこのあたりにやってきた目的を知って、どうなさるおつもりですか?」

「どうするか、なんてわからないよ。でも、調べなきゃね。仕事だから」

「なるほど……」

「ねえ、何か知ってたら教えてほしいんだ。俺、板挟みで困ってるんだよ」

「板挟み? 何と何の板挟みですか?」

警視総監の話をするわけにはいかない。適当に言葉を濁すことにした。

「郡原が、事情を知っているマルBが管内にいると、会議で大見得を切ってさ。捜査幹部が妙に期待しちゃったんだよ」

日村が眉をひそめる。

「そんなの、郡原さんに責任を取ってもらえばいいじゃないですか」

「あんたね、郡原は先輩だよ。自分のことを考えてごらんよ。あんた、兄貴分とかオジキなんかに、責任を取れ、なんて言える?」

日村はちょっと考えた。

「そりゃまあ、自分らの場合は言えないですね。そういう世界ですから」

「警察だって似たようなもんだよ」

「ほう、警察と自分らの世界が似ていると……」

「日本の組織って、多かれ少なかれ、似たようなもんじゃないの？　目上の人には逆らえない。年功序列というか、長幼の序というか……」

「そういうのは、いい面もあると、自分は思っているんですがね……」

「どんなことにもいい面と悪い面があるさ」

「郡原さんの尻ぬぐいを、甘糟さんがなさるということですね？」

「それしかないだろう」

「どうもわからないんですが……」

「何が？」

「容疑者は、白いスーツの男なんでしょう？　だったら、どんなに二人の半グレのことを調べたって無駄なことでしょう」

甘糟は、考えた。

ある程度の情報を与えなければ、相手から聞き出すことはできない。呼び水が必要なのだ。

「白いスーツの男は犯人じゃないよ」

日村が一瞬、言葉を呑んだ。

彼は表情を変えない。ポーカーフェイスだ。だが、明らかに戸惑っている様子だった。

おそらく、いろいろな筋から、捜査本部が白いスーツの男の行方を追っているという情報を得ているのだろう。

当然、白いスーツの男が容疑者と考えているはずだ。

日村は、ポーカーフェイスのまま言った。

「捜査本部が彼を追っているのは、カムフラージュか何かですか？」

「何のためにカムフラージュなんかが必要なのさ」

「たとえば、マスコミの眼を欺くためとか……」

「そんな必要ないよ。半グレ一人殺害されたって、マスコミはそんなに注目しないからね」

ニュースバリューというのは不思議なものだと、甘糟は思う。どんな人でも殺害されたら大事件だ。にもかかわらず、被害者によって、あるいは加害者によって記事の扱いが変わってくる。

マスコミは彼らなりの判断基準で、命の軽重を決めているかのようだ。

日村がさらに尋ねる。

「断言されましたね。白いスーツの男が犯人じゃない、と……」

「うん」

「本当の犯人を知っているということですか？」

「いや、そうじゃなくて、白いスーツの男が犯人じゃないことを知っているわけ」

「どうしてです？」

「それは言えないけど、間違いない」

「理由を教えてもらえますか」

「それは言えないんだってば。実は、捜査本部の連中にも言っていない。郡原にも言ってない」

日村はしばらく無言で甘糟を見つめていた。ヤクザのこういう眼差しは恐ろしい。値踏みするような眼だ。

甘糟は帰りたくなった。だが、ここで逃げ出すわけにはいかない。

やがて、日村が言った。

「警察にも、いろいろと事情がおありのようですね」

「言っただろう。板挟みなんだって」

「それで、自分に何をお訊きになりたいんでしたっけ？」

「正木と川端の二人のことだ。やつらが、薬物を売っていたって、本当？」

日村は、どうこたえたらいいか迷っている様子だ。甘糟は返事を待つことにした。

「その話、どこで聞きました？」

日村は、しばらく考えていたが、やがてそう言った。甘糟は、こたえた。

「捜査情報だよ。そういうことはしゃべれないんだよ」

「そちらはしゃべらずに、こっちから一方的に話を聞こうってのは、虫がよくはないですか？」

「警察の捜査だからね。そんなもんだよ」

「板挟みでお困りなんでしょう？　私から半グレたちのことをお訊きになりたいのですよね？」

「そうだよ」

「だったら、そちらもそれなりに腹をくくっていただかないと……」

「どうしてあんたらは、そうやって人にプレッシャーをかけたがるわけ？」

「別にプレッシャーをかけているわけじゃないですよ。私は、ごく当たり前の話をしているだけです」

この連中の、こういう言い方そのものが脅しになっている。だいたい、彼らが実際に一般市民に暴力を振るうことはそれほど多くはない。

たいていはこうした脅しによって利益を得ようとするのだ。彼らは暴力をにおわすだけでいい。ヤクザに凄まれて平気でいられる一般人などいない。それで結局、彼らの言いなりになってしまうのだ。

暴対法や排除条例があるから、彼らはますます堅気に手を出しにくくなっている。だからといって、なめていたらえらいことになる。

見せしめが必要だと判断したら、やつらは、何年か刑務所に入るのを覚悟の上で暴力を振るう。時には人を殺すこともある。

たった一回の暴力で、百回の脅しが有効になるという仕組みだ。もちろん彼らの見た目も役に立っている。

おそろしい見かけは伊達《だて》ではない。その恰好のおかげで脅しが利く。つまり、金になるわけだ。

「刑事から捜査情報を聞き出そうなんて、無茶だよ」

「私は記者じゃないんで、別に詳しい話が聞きたいわけじゃないんです。薬物販売の話を誰から聞いたか知りたいだけなんです」

それくらいなら話してもいいかな。

そう思わせるのがやつらの手だ。ちょっとしたことでもしゃべってしまったら、そこからねちねちと攻めてくる。

わかっているが、ここはしゃべらざるを得ないだろうと甘糟は思った。何か話さないと、日村のほうも話してはくれないだろう。

「多嘉原連合の半ゲソだよ」

「半ゲソ？　それは誰です？」

「そんなことを聞いて、どうするわけ？」

「どうもしません。仕事でしてね」

同じ質問に、同じこたえで切り返された。

甘糟は、苦い顔で言った。

「橋本ってやつと、丸山ってやつだよ」

「レイジとヒロシですね」

「やっぱり知ってるんだ」

「同業者ですからね」

「二人に話を聞いたよ。アキラは、二人にあんまり話をさせたくない様子だったけどね」

日村は小さく肩をすくめた。

「まあそうでしょうね。私ら、あんまり警察に話はしたくないもんです」

「正直だね」

「ええ、私はいつだって正直ですよ」

「最初は、一人だったようだよ」

甘糟が何気なく言ったその一言に、日村が反応した。ぎろりと甘糟を見つめた。

「一人だった？　それはどういうことです？」

甘糟はその眼差しにちょっと慌てながら言った。

「橋本と丸山が見つけたときは、一人でドラッグをさばこうとしていたらしいよ。それを橋本たちがとがめたんだ。それで最初の衝突が起きた」

「なるほど……。それはすぐにばらけたんですが、その一人が仲間二人を連れて、橋本と丸山を見つけた。それで、睨み合いになった、と……」

「そういうことだね」

「最初にドラッグを売っていたのは誰なんです？」

「え……？」

「殺された牛尾ですか？　それとも、他の誰かですか？」

しまった、と甘糟は思った。

それを確認すべきだったのだ。今からでも遅くはない。これから、多嘉原連合に行って訊いてみようと思った。

「それは言えない」

甘糟はごまかした。「この先は、重要な捜査情報だからね」

こうしてはったりをかませば、日村が何かをしゃべるかもしれない。そう思ったが、日村はそれほど甘くはなかった。

「甘糟さん、白いスーツの男の正体をご存じなんじゃないですか？」

日村は唐突に話題を変えた。これも、彼らがやる揺さぶりの手の一つだ。

「え、知らないって言ってるだろう」

「白いスーツの男が犯人じゃないことを知っているとおっしゃいましたね。それは、どういうことなんです？」

「とにかく、あの人物は犯人じゃない。それだけのことだ」

「理由を教えてもらえませんか」

「マスコミじゃないから、詳しい話を知る必要はないって言ったじゃないか」

日村がかすかに笑みを浮かべた。

「さすがに刑事さんは、言葉尻をとらえるのがおじょうずですね」

「あんたらほどじゃないよ」

「私らがいくら調べても、白いスーツの男が何者かわかりませんでした。こういうことは珍しいんです」

「へえ、そうなの」

ヤクザは一種の情報産業だ。情報が金になる。だから、彼らは一般人の想像をはるかに超える情報網を持っている。

裏社会の事情に関しては、警察の捜査能力をもしのぐかもしれない。その彼らも、白いスーツの男の正体を探ることはできないというわけだ。

日村が正体を知らないと聞いて、甘糟はちょっと安心していた。彼らが知らないのだから、他のやつは知りようもないと言えるからだ。

「やはり、甘糟さんはご存じなのですね」

「知らないよ」

これ以上ここにいたら、しゃべらされてしまう。そう思った甘糟は、席を立とうとした。

「邪魔したね」

日村が言った。

「まあ、ちょっとお待ちください」

「なんだよ」

「茶が冷えたようだ。いれなおさせましょう」

「茶はいらないって、いつも言ってるだろう」

「もう少し、お話を聞かせていただけませんか？」

「あのね、俺は話をしにきたんじゃないの。話を聞きにきたの。用は終わったから帰るよ」

「唐津さんが白いスーツの男を探しているって話、聞いてますよね？」

甘糟は、浮かせた腰をまた下ろした。

「それがどうかした？」

「唐津さんは、どうやら白いスーツの男が犯人だと考えているようですね」

甘糟は、郡原の話を思い出しながら尋ねた。

「アキラ本人がそう考えているんだと思う？」

「どういうことです？」

「つまりさ、アキラは多嘉原連合の誰かに命じられて、白いスーツの男を追っている、ということもあり得るだろう？」

日村はかぶりを振った。

「いや、上からの命令じゃないですね。上の連中はむしろ、もう事件とは関わらないようにしているようです。まあ、それが普通だと思いますよ」

「でも、半グレがシマ内でドラッグの売買をやったなんて問題だろう。黙ってはいられないんじゃないの？」

「まだ売りつづけているのなら、それは問題ですよ。でも、死人は商売なんかできません」

「なるほどね……。じゃあ、どうしてアキラは事件に関わろうとしているんだろう」

「さあね」

日村は言った。その態度が何か意味深長に思えた。

「あんた、どうしてアキラの話なんかしたの？」

「私も気になるからです。どうして唐津さんは、白いスーツの男を追っているのだろうって……」

甘糟は考え込んだ。

「俺、アキラに話を聞きに行ってみるよ」

今度は日村も止めなかった。

甘糟は、阿岐本組をあとにして、多嘉原連合の事務所に向かった。


組事務所をハシゴするなんて、俺って、仕事熱心だよなあ。そんなことを思いながら、甘糟は、多嘉原連合の事務所までやってきた。

こういう事務所は、どこでも同じような雰囲気だが、やはり個性がある。阿岐本組は昔ながらの雰囲気だが、多嘉原連合は、ちょっとだけ近代的なオフィスといった感じがする。

アキラが言った。

「おや、このところ、よくいらっしゃいますね」

「別に来たくて来てるんじゃないからね」

「歓迎しますよ。どうぞ、こちらへ」

「歓迎しなくてもいいから」

いつもの応接セットに案内される。

「レイジとヒロシだっけ？　半ゲソの二人」

「ええ」

「今日は姿が見えないね」

「ゲソ付けしてるわけじゃないんで、事務所にいるとは限りません」

「そうなの？　でも、いつもいるような気がしてたけど……」

「たまたま甘糟さんがおいでになるときに、いただけのことでしょう」

アキラが向かいの席に腰を下ろした。

「今日はどんなご用で？」

「ちょっと確認したいことがあってさ」

「何でしょう？」

「レイジとヒロシが、ドラッグをさばいている半グレを見かけたんだよね？」

「そう言ってましたね」

「そのとき、相手は一人だった……。そうだね？」

「そうらしいですね」

「そのときの一人って、誰だったんだろう」

一瞬、アキラが警戒心を露《あら》わにしたように感じた。

「殺された牛尾じゃないですか」

「間違いないね？」

「どうして今さらそんなことを……」

「聞いてなかったからさ。そういうことは確認しておかないとね」

「じゃあ、確認が取れましたね」

用は終わったから帰れと言っているようだ。日村とは対照的に、アキラは早く甘糟に帰ってもらいたいようだ。

甘糟は尋ねた。

「レイジとヒロシにも確認したいんだけど、二人の居場所はわかるかな？」

アキラは肩をすくめた。

「さあ、わかりませんね」

二人に連絡を取ろうともしない。その態度に、甘糟は何か不自然なものを感じた。

17

「昨日、ここに来たとき、レイジとヒロシが俺を見て逃げたよね。どうして逃げたんだろう」

甘糟が言うと、アキラは顔をしかめた。

「その話はもうしたじゃないですか。俺が余計なことをしゃべるなと言ったので、二人は過剰反応したんですよ」

「なんかね、あんたは、あの二人を俺に会わせたくないと思っているように感じたんだよ」

「だから、それは甘糟さんの考え過ぎだって言ったでしょう」

「俺だって、そんなに鈍くはないんだよ」

「いやいや、甘糟さんは、なかなか優秀な刑事さんだと思っていますよ」

「そういうおべんちゃらはいいからね」

「本気でそう思ってるんです」

ヤクザにほめられたときは、ことさらに警戒したほうがいい。必ず何か下心がある。

「普通なら、あんたこう言うよね。必要なら呼び出しましょうかって……」

「時と場合によりますよ。甘糟さんはもうあの二人から充分に話をお聞きになったでしょう?」

「いや、充分じゃないから来てるんだよね」

「何がお知りになりたいんですか?　自分がお話ししますよ」

「ほらね」

「何です？」

「二人に会わせたがらないじゃないか」

「そんなんじゃないですよ。あいつら、どこかに遊びに行ってるんですよ。事務所に呼び戻すの、かわいそうじゃないですか。土曜日なんだし」

「え……。今日、土曜日だったの？」

「そうですよ」

「捜査本部なんかにいると、すっかり曜日の感覚がなくなるからなあ……」

「そうでしょうね」

「ヤクザの事務所に土日が関係あるとも思えないけど……」

「レイジとヒロシは、半ゲソですよ。就職の内定みたいなもんです。向こうから断ることだってあるんですよ。土日くらい、遊びに行かせてやらないと、今日びの若い者は、ゲソ付けてくれません」

「そんなもんなんだ」

「そうです。暴走族上がりのレイジとヒロシは、うちの業界では引く手あまたですよ」

「いや、そんな話をしにきたんじゃないんだ。二人を探してくれよ。話を聞きたいんだ」

「だから、話なら自分がしますよ。何が知りたいのか言ってくださいよ」

甘糟は考えた。

できるだけ多くの相手から証言を取るのは鉄則だ。まずアキラから聞き、そのこたえを、レイジやヒロシの供述と照らし合わせることで、確認が取れる。

彼らの証言が矛盾していたら、そこに調べるべき何かがあるのだ。

甘糟は言った。

「半グレの一人がドラッグを売っているところを、レイジとヒロシが見かけたんだよね？」

「そうだと聞いています」

「もう一度訊くけどさ、それは誰だったの？」

「何です？」

「ドラッグを売っていた半グレだよ。三人のうちの誰かなんだろう？」

アキラはふと、不思議そうな顔をした。

「だから、殺された牛尾なんじゃないですか」

「……なんじゃないですか、ってことは、あんたも知らないんだね？」

「いや、当然殺された牛尾だと思っていましたから……」

「レイジとヒロシにも、ドラッグを売っていたのが殺された牛尾かどうか、確認しなきゃならないんだよ」

「自分が責任持って訊いておきます」

「やっぱり怪しいよ」

「怪しい……？　自分がですか？」

「あんたと、あの二人だよ。どうしてすぐに電話かけないの？　ヤクザってさ、何でもすぐに電話するじゃない。上の人に、何かやれって言われて、後でやります、なんて言ったらぶっ飛ばされるんだろう？」

「甘糟さんは、上の人じゃないですから」

「協力してくれないんだ」

「だから、協力しますよ。自分が二人から訊いておくと言ってるじゃないですか」

「ねえ、どうして二人と会わせてくれないの？」

「会わせないわけじゃないですよ。今日はいないと言ってるんです」

「じゃあ、二人の連絡先を教えてくれる？」

アキラは、渋い顔になり何事か考えていたが、やがて、携帯電話を取り出した。そして、それを見ながら、二人の電話番号を言った。

「ああ、ちょっと待って……」

甘糟は手帳を出してメモした。

「電話にメモすればいいじゃないですか。そうすれば、番号をタッチしなくても直接コールできるでしょう」

「俺、そういうのけっこう苦手なんだよね。紙に手書きでメモしたほうが安心なんだ」

そして、携帯電話でまずレイジの電話番号をタッチした。それを見て、アキラが露骨に嫌そうな顔をした。

「ここでかけるんですか……」

「あんたたちがいつもやることじゃない」

呼び出し音が鳴るが、相手は出ない。やがて、留守電に代わった。甘糟は、ヒロシのほうも試してみた。結果は同じだった。

「俺の電話には出ないように言ってるの？」

「だから、考え過ぎだって言ってるでしょう。どこかに遊びに行っていて電話に出られないんじゃないですか？　女のところにしけ込んでいるのかもしれませんね」

「女がいるの？　名前と連絡先を教えてくれる？」

「言葉のアヤですよ。あいつらに女がいるかどうかなんて、自分は知りません」

甘糟は、どうも妙だと感じていた。いつものアキラらしくない。

アキラは、若いのに大物感を持っている。肝が据わっているのだ。だが、このところどうも落ち着きがないように感じられる。

「なんか、隠してない？」

「自分が、ですか？」

「そう。レイジとヒロシのことで、何か隠し事があるんじゃないか？」

「甘糟さん、何か根拠があって、そんなことをおっしゃっているのですか？」

「根拠は、あんたが二人に会わせてくれないことだよ」

「それ、ヤクザのイチャモンといっしょですよ」

「刑事だからね。あんたらと同じくらいにしつこいよ」

「お互いに、堅気から好かれないはずだ」

「隠し事があるなら、今のうちに言ったほうがいいよ。後になってわかったら、俺も黙っちゃいられないからね」

「そういう脅しは下品ですよ」

「あんたらに言われたくないよ。それに、脅しじゃないしね」

「別に何も隠していませんよ。お尋ねの件は、ちゃんと二人に確認しておきますから」

甘糟は、ためしにじっとアキラを見据えてみた。ドラマなんかだと、何か秘密を抱えているほうが眼をそらしたりする。

アキラが見返してきた。凄みのある目つきだった。甘糟は思わず眼をそらしていた。

いやいやいや、午前中からたっぷり仕事しちゃったな。

甘糟は、そんなことを考えながら、捜査本部に戻った。

郡原が椅子に座って、ぼんやりと天井を眺めているのが見えた。

隣の席に腰を下ろして尋ねた。

「何をしているんです？」

「天井を見ている」

「どうしてです？」

「俺が天井を見るのに理由がいるのか」

「わあ、すいません」

郡原が視線を甘糟に向けた。

「どこへ行っていた？」

「阿岐本組と多嘉原連合の事務所に……」

「阿岐本組と多嘉原連合……？」

「日村とアキラに話を聞いてきたんです。日村は、殺された牛尾といっしょにいた半グレを探しているという噂がありましたので……」

「それで、何かわかったのか？」

「日村も二人の行方はつかんでいない様子でした」

「なんだよ……」

郡原が顔をしかめたので、甘糟は慌てて言った。

「日村も半グレがドラッグを売っていたことを知っているようでした」

「まあ、そうだろうな」

「でも、三人のうちの誰がドラッグを売っていたのかは知らない様子でした。逆に訊かれましたからね……」

郡原の表情が曇った。

「そいつは、どういうことだ？」

「あ、あの……。ドラッグを売っていたのは一人だったって、ご存じですよね？」

「聞いてねえぞ」

「半グレは、最初一人でドラッグを売っていて、多嘉原連合の半ゲソ二人がそれを追っ払いました。その半グレは仲間を連れて戻って来て、半ゲソ二人を見つけ出しました。それで睨み合いになったんです。現場に行けと、俺に指示したのは郡原さんですから、当然そういう事情をご存じだと思っていました」

「ばかいえ。ドラッグの話だって、昨夜初めて聞いたんだ。なんで今まで、それを黙っていた」

「ひゃあ、すいません」

「妙な声を出すな。みんなが見るじゃねえか」

「はい……」

「それで、ドラッグ売っていたのが殺された牛尾だということか？」

「いや……。それが確認できていないんです」

「確認できていない？　なぜだ？」

「ドラッグを売っているところを目撃したのは、多嘉原連合の半ゲソ二人ですが、彼らは、それが誰だったのかを俺に言わなかったんです。今日それを確認しようとしましたが、まだ連絡が取れません」

「連絡が取れないだと？　アキラに言えば一発でつかまるだろう」

「それが、のらりくらりと逃げているようなんです」

「なんで、アキラが……」

「一昨日、レイジとヒロシに会いに行ったときも、アキラは話をさせたくない様子でした」

郡原はまた天井を見た。

つられて、甘糟も天井を見上げていた。

「ドラッグを巡るトラブルで消されるのは、売人と相場が決まってるよなあ」

甘糟は視線を郡原に戻した。

「そうですね。ですから、たぶんドラッグ売っていたのは牛尾だと思うんですが、とにかく確認を取ってみないと……」

「さっさとやれよ。捜査一課に先を越されるぞ」

「彼らはまだ、白いスーツの男を追っかけているんでしょう?」

「まあ、そうだが……」

「早く確認を取りたいんですが、アキラが何か半ゲソ二人のことで隠し事しているような気がして……」

「隠し事だ?」

郡原の眼が光った。「どんな隠し事だ?」

「まだわかりません」

「ふうん。何だか面白くなってきたじゃねえか」

何が面白いんだろうと、甘糟は思った。

「さあて、昼飯でも食いに行くか……」

郡原が伸びをして言った。

てっきり捜査にやる気を出したものと思った甘糟は、肩すかしを食らった思いだった。

しかしまあ、郡原がやる気を出したら、甘糟が忙しくなるだけだ。どうせ、あれをやれこれをやれと命令されるだけなのだ。

「お昼なら、仕出し弁当を食べればいいじゃないですか」

「俺たち刑事はよ、飯くらいしか楽しみがねえんだ。弁当なんか食わないで、外でちゃんとしたものを食べるんだよ。それにな、刑事は食事が不規則になりがちなんで、できるだけ栄養のバランスを考えなければならねえ」

「俺、弁当がけっこう好きなんですけど……」

「おまえ、安上がりでいいよなあ」

「今日び、弁当だってそんなに安くはないですよ」

「いいから、何か食いに行こう」

郡原が立ち上がった。出入り口に向かう。

それについて行き、甘糟は言った。

「世の中、土曜日なんですよね」

郡原は甘糟に背を向けたままこたえる。

「別に知ったこっちゃねえよ。刑事に曜日なんて関係ねえ」

「捜査会議に、刑事部長や捜査一課長がいなかったのは、そのせいでしょうかね?」

「そうかもしれねえなあ」

どうでもいい、という口ぶりだった。「でも、総監と署長が来てたよなあ……。まあ、署長は官舎が近くだからわかるけど、総監が来るとは思わなかったな」

「はあ……」

総監には、どうしても来たくなる理由があるのだが、それを郡原に話すわけにはいかない。

「何食う?」

特に食べたいものはない。本当に仕出し弁当でよかったのだ。……というか、むしろ外食より弁当のほうがよかった。

仕出し弁当の焼き鮭だとかきんぴらゴボウだとか、白身魚のフライだとかが、妙に好きなのだ。かき揚げなんかも、水分を吸ってすっかりしんなりしてしまったのがけっこう好きだったりする。

「自分は何でもいいです」

「おまえ、もっと主体性を持てよ」

「え、主体性ってどういうことですか?」

「はっきりとやりたいこととか、やるべきことをやるってことだよ」

「はあ……」

「一事が万事って言うだろう。日常的なことで主体的にならなければ、仕事でも主体的になることなんてできねえんだ。例えばよ、何食べたいとか、休みには何をしたいとか……」

「じゃあ、天ぷらが食べたいです」

「贅沢だな。牛丼にしろ」

結局、郡原の言いなりなのだ。主体的になどなれるはずがない。

栄養のバランスを考えるのなら、牛丼よりも仕出し弁当だよなあ。そんなことを考えながら、甘糟は生卵と味噌汁も注文した。

警察官は、たいてい早飯だ。郡原も例外ではない。甘糟も、どちらかというと早飯かもしれないが、郡原にはかなわない。さっさと食事を済ませると、郡原が言った。

「コーヒー飲みに行くぞ」

「え、コーヒーならカイシャで飲めばいいじゃないですか」

「うまいコーヒーを飲んでリラックスするんだよ。早く食え」

「はい」

慌てて、牛丼の残りをかき込む。

綾瀬駅の近くにある、有名チェーン店のコーヒーショップで、コーヒーを飲んだ。昔は、喫茶店というものがたくさんあり、けっこう時間を潰すのに重宝したという話を聞くが、最近ではチェーン店ばかりだ。

ようやく署に戻ると、郡原が言った。

「多嘉原連合の半ゲソを、なんとかつかまえるんだ」

「電話してみます」

「電話番号、知ってるのか?」

「アキラから聞き出しました」

「かけてみろ」

「はい」

甘糟は携帯電話を取り出して、まずレイジにかけてみた。呼び出し音は鳴るが、やはり出ない。

ヒロシにかけても同様だった。

「出ませんね」

「向こうはおまえの番号を知っているのか?」

「知ってるんじゃないですか。半ゲソとはいえ、マルBですから」

「警察官《サツカン》からの電話なんで、警戒しているんだろうな」

「あるいは、アキラが電話に出ないように言ってるとか……」

「どうしてそう思う？」

「アキラが二人のことで隠し事をしているかもしれないと言いましたよね。もしそうなら、当然二人にも口止めをするでしょう。だから、自分と会ったり、電話で話をしたりしないように命令しているんじゃないかと思うんですが……」

「ふうん……」

郡原が思案顔になった。「被害者といっしょだった半グレ二人の行方もわからないんだな？」

「わかりません」

「阿岐本んとこの日村が、その半グレ二人を探していると言っていただろう」

「もうそいつらのことなんか忘れたと言ってましたけどね。本当かどうかはわかりません。まだ気にしているのかもしれません」

「日村は、どうしてその二人を探してたんだ？」

「よそ者が、地元のチンピラと睨み合っていた……。それだけで日村としては放ってはおけないんだって言ってましたが……」

「そんな単純な話じゃねえだろ」

「二人のことを日村に質問したら、逆にどうしてそんなことを訊くんだって尋ねられて……。自分らが、白いスーツの男以外に犯人がいると思っているんじゃないかって突っこまれましたよ。まったく、日村は油断も隙もあったもんじゃないです」

「余計なことをしゃべってねえだろうな」

「だいじょうぶです」

そう言ってから、ちょっと心配になった。

俺、何しゃべったっけ……。

「ヤクザに捜査情報を洩らしたりしたら、懲戒免職ものだぞ」

「そういうの、気をつけてはいるんですが……」

「日村のやつは、ドラッグの販売について知っていたんだったよな？」

「ええ、レイジやヒロシが見かけたとき、ドラッグを売っていたのが一人だけだったというのは知らない様子でした」

郡原はまたしばらく考え込んだ。やがて、彼は言った。

「その半グレたちと、アキラんとこの半ゲソは、どういう関係なんだろうな……」

「えっ。睨み合っていただけでしょう？」

「本当にそう思うか？」

「それしか考えられないんですけど……。半グレたちの本拠地は江戸川区の小岩あたりだということですから……」

「アキラんとこの半ゲソは？」

「は……？」

「は、じゃねえよ。レイジとヒロシだっけ？　その二人はどこの出身なんだ？」

「確認していません。多嘉原連合の半ゲソですから、当然このあたりが彼らの地元だと思っていました」

「半グレと半ゲソの関わりを調べてみろ」

「え……。どういうことですか？　彼らがもともと知り合いだったということですか？」

「そいつはわからねえ。だが、どっちもどうせマル走上がりだろう？　過去に関わりがあるかもしれねえ」

「そんなこと、考えたこともありませんでした」

「ふん。おまえと俺じゃ、頭のできが違うからな」

まあ、言わせておこう。

「どうして、レイジやヒロシと、正木や川端たちが知り合いだったと思ったのですか？」

「別に、知り合いだと思ったわけじゃねえよ。ただ、アキラんとこの半ゲソ二人の動きが気になってな……。それとアキラも、だ」

「アキラも……？」

「何か隠している様子なんだろう？」

「わかりました。洗ってみます」

「頼んだぞ。じゃあ、俺は消えるから……」

「消えるって、どこへ……？」

「それを言っちまっちゃあ、消えることにならねえだろう」

「またパチンコですか？」

「うるせえよ」

「捜査一課の連中は、必死で捜査を続けているんでしょうね……」

「白スーツ野郎を見つけようと必死なんだろうな」

郡原は、くすくすと笑った。

「何がおかしいんですか？」

「土井のやつ、俺たちが外れくじを引いた、なんて言ってやがったが、どっちが外れくじだかな……」

郡原は、捜査会議でも、白いスーツの男は殺人犯ではないと言っている。何か知ってるのだろうか。

探りを入れてみたくなった。

「郡原さんは、白いスーツの男が、殺人の犯人じゃないと考えているんですよね？」

「ああ、そうだよ」

「その根拠は何です？」

「そいつは、都内のあちらこちらに現れているんだろう？　そして、チンピラと関わっているわけだ」

「はい。そのようです」

「そんな目立ちたがり屋が、人を殺すと思うか？」

「まあ、自分は思ってないですけど」

「勘と言っちまえばそれまでだが……」

「勘ですか……」

たしかに郡原の勘はばかにはできない。

「それにな」

「はい」

「土井のばかが本気になってるんで、白スーツ野郎が犯人じゃなきゃいいなって思ってるわけだ」

なんだよ、それ……。根拠なんてないじゃないか。まあ、それでも闇雲に白スーツの男が犯人だと思い込んでいる土井よりはましかもしれないと思った。

「じゃあな」

郡原は本当に捜査本部を出て行った。

半グレたちと半ゲソの関係を調べろと言われても、どうしていいのかわからなかった。郡原の話はあまりに唐突に感じられた。

そんなことを調べても無駄なのではないだろうか。そう思ったものの、総監が殺人の犯人ではあり得ないので、手がかりは今のところ、半グレと半ゲソしかない。

調べてみるしかない。

しかし待てよ、と甘糟は考え込んだ。

もし、レイジやヒロシが、半グレの誰かと、以前から関わりがあったとしたら、どういうことになるのだろう。

考えてみたがわからなかった。

まあいいや。とにかく、レイジとヒロシを探してみよう。

さっき事務所で会ったばかりだが、またアキラに連絡するしかないな、と甘糟は思った。

18

甘糟は、アキラに電話してみた。

呼び出し音は鳴るが出ない。甘糟は、呼び出し音を十五回まで聞いて電話を切った。

もう一度かけてみる。結果は同じだった。ヤクザ者が電話に気づかないなどということは考えにくい。情報と連絡が彼らの生命線なのだ。

考えられることは一つ。甘糟からの電話と知って出なかったのだ。

ならば、もう一度事務所を訪ねるまでだ。甘糟は捜査本部を出て、多嘉原連合の事務所に向かった。

今日二度目だ。

警察官でなければ、同じ相手を日に何度も訪ねたりはしないだろう。相手の迷惑を考えるからだ。

刑事は相手の迷惑など考えてはいられない。実は、そういうところも自分に向いていないと、甘糟は思う。

甘糟は、なるべく他人に嫌われたくはない。特に好かれようとは思わない。嫌われたり憎まれたりしなければ、それでいいのだ。

だが、刑事は人に憎まれてナンボというところがある。甘糟にとってそれは、とても精神的な負担になるのだ。

多嘉原連合の事務所を訪ねると、アキラの姿がない。

「アキラ、出かけてるの？」

出入り口で尋ねると、当番らしい若いのがこたえた。

「はい。出かけています」

「どこに行ったの？」

「さあ……。自分は聞いていません」

「いつ戻る？」

「わかりません」

「それじゃ留守番の意味がないじゃない」

「すいません」

甘糟には何も言うなと、口止めされているのかもしれない。

帰るまで待とうかと思ったが、おそらくこっそり連絡を取られ、甘糟がいる限り、アキラは事務所に姿を見せないだろう。

何か方策を考えなければならないと思った。とりあえず、捜査本部に引き返すことにした。

レイジとヒロシの電話番号はわかっている。そこから住所をたどることができるかもしれない。

甘糟は、捜査本部に戻ると、さっそくその手配をした。

……と言っても、自分で電話会社に連絡をしたわけではない。鑑識に、そっち方面に詳しい人がいるので頼んでみることにしたのだ。

芳沢光宏《よしざわみつひろ》という名の巡査部長だ。年齢も階級も甘糟と同じだ。警察学校に入ったのが半年違いなので、同期ではないが、それなりに親しい間柄だ。

「よう、どうした。おまえから電話があるなんて珍しいな」

芳沢は言った。

「ちょっと、頼みたいことがあってさ」

レイジとヒロシの電話番号から住所を知りたい旨を告げた。

「あれれー。なんか虫のいいこと言ってない？」

「殺人事件の捜査なんだよ」

「ああ。みんなそういうことを言うんだよね。重要事件だとか、急ぎだとか……」

「調べてくれると、すごく助かるんだけどな」

「もちろん令状なんてないんだよね」

「ないよ」

「令状もないのに、俺に個人情報を探れと言っているわけ？」

「捜査本部で、おまえが協力してくれたこと、ちゃんと発表するからさ」

「捜査本部ねえ……」

「知ってる？　今回の捜査本部、総監が臨席することが多いんだ」

「総監？　マジで？」

「そうだよ。警視総監に、名前を覚えてもらえるかもしれないよ」

「でもさあ、それってなんかずいぶん漠然とした話だよねえ。会議で出る名前を、総監がいちいち覚えているかなあ」

「印象に残るように言うよ」

「それはそれとして……」

「何だよ」

「おまえがよく行っていたキャバクラ、何ってたっけ？」

「キャバクラ？」

「駅の近くのさ」

「ああ、『ジュリア』か」

「顔が利くそうじゃないか」

「そんなことないよ。以前、捜査の必要があって何度か行っただけのことだよ」

「そこがいいな」

「何がだよ」

「おごってくれるなら、すぐに調べるよ」

世の中、こんなやつばかりなのだろうか。

「わかったよ」

「『ジュリア』、楽しみだなあ」

電話が切れた。

これで、レイジとヒロシの住所がつきとめられるかもしれない。

おお、俺、なんかすごく刑事っぽいこと、やってるじゃん。

芳沢からの返事を、ぼうっと待っているのも芸がない。他に何かやることはないか考えてみた。

レイジとヒロシは、マル走上がりだから、交通課か生安課の少年係に何か記録があるかもしれない。

甘糟はまず、交通課に電話をしてみた。

「はい」

返事の声が若い。地域課と交通課は若い署員が多い部署だ。

「刑事組対課の甘糟だけど」

「何でしょう？」

相手が緊張するのがわかった。やはり若い署員のようだ。そうなれば、甘糟だって強気に出られる。

「ちょっと訊きたいことがあって電話したんだ」

「はい、どのようなことでしょう？」

「元マル走と思われる人物について知りたいと思ってね。橋本礼治、丸山浩の二人だ」

甘糟は、二人の名前がどういう字かを伝えた。

「橋本礼治と丸山浩ですね。了解しました。結果はどうやってお知らせしましょう？」

甘糟は、携帯電話の番号を教えた。

「この番号に知らせてよ」

「了解しました」

「あのさ、昼飯をおごれとか言わないの?」

「は? 何のことです?」

「いや、いいんだ」

甘糟は電話を切った。

次に生安課の少年係にかける。

「はあい、少年係」

間延びしたような声だ。聞き覚えがある。間違いなく坂上達之《さかがみたつゆき》だ。郡原と同じくらいの年齢の巡査部長で、郡原と同じくらい面倒な相手だ。

「あ、またかけます」

「待てよ、こら。おまえ、甘糟だろう。何でかけ直すなんて言うんだよ。俺が電話に出たら、何かまずいことでもあるのか」

「いや、そうじゃなくて……」

「何の用があって、少年係に電話してきたの?」

「ちょっと、問い合わせたいことがあって……」

「どんなことだよ?」

「多嘉原連合の半ゲソについて、何か記録がないかと思って……」

「いいよ。調べろって言うんなら、調べるよ」

「あ、いや……。誰か別の人に頼みます」

「別にいいよ。俺だって調べものくらいできるんだよ。でもさ……」

始まった……。甘糟は覚悟を決めた。何か小言を言われるに決まっている。

「はい……」

「そういうことを、電話一本で片づけるわけ？　頼み事をするなら、それなりの態度ってものがあるんじゃないの？」

「すいません。すぐにそちらにうかがいます」

「最初から、そうすべきだったと思わない？」

「あ、思います、思います。すいません、すぐにうかがいます」

電話が切れた。

甘糟は、捜査本部を出て、生活安全課に向かった。

少年係の机の島で、坂上が甘糟を待っていた。腹が出て、頭が薄くなってきた冴えない中年刑事だ。

「多嘉原連合の半ゲソだって？」

「そうです」

「名前は？」

「橋本礼治に丸山浩です」

「これに書いてよ」

坂上がメモ用紙を寄こす。甘糟はそれに二人の名前を書いた。

「……で、こいつらの何を知りたいわけ？」

「過去に何か記録がなかったかどうか……。二人の出身地とか知りたいですね」

「なんで？」

「は……？」

「なんで、そんなことを知りたいの？」

「捜査に必要だからです」

「何の捜査？」

「殺人事件です」

「半グレが殺された件だよね？」

「そうです」

「それってさ、白いスーツの男が犯人なんじゃないの？」

甘糟はびっくりした。

「捜査本部から情報が洩れているんですか？」

「そんな大げさな話じゃないよ。捜査一課のやつが話しているのを、小耳に挟んだんだよ」

うわあ、警察署って、秘密もへったくれもないんじゃないのか……。

もし、坂上が新聞記者だったらえらいことだ。

甘糟はそんなことを思いながら言った。

「捜査一課は白いスーツの男を追っています。でも、捜査っていろいろな可能性を考えるべきでしょう」

「ふうん」

坂上は上目遣いに甘糟を見た。「具体的には、何を探りたいわけ？」

話さないわけにはいかなくなった。ここで、捜査上の秘密だ、などと突っぱねたら、坂上は決して調査をしてくれないだろう。

一方で、坂上だったら何か知っているかもしれないという期待感もあった。ベテランだけに、いろいろな情報に接しているはずだ。

坂上は味方にしておいて損はない。甘糟は腹をくくって話すことにした。

「多嘉原連合の半ゲソ二人と、被害者たち半グレと、過去に何か関わりがあるんじゃないかと……」

坂上が、ちょっと驚いた顔になった。

「いったい、誰がそんなことを言い出したんだ?」

「郡原さんです」

「郡原が……」

坂上は、しばらく思案顔だったが、やがて言った。

「わかった。調べておく」

「何かわかったら、携帯に連絡していただけますか?」

「ふざけるな。そっちからここに聞きに来い」

「ひゃあ、すいません」

甘糟は逃げるように、捜査本部に戻った。

席に戻る途中、電話が鳴った。鑑識の芳沢からだった。

「はい、甘糟」

電話に出ると、鑑識の芳沢が言った。

「住所、わかったよ」

「早いね」

「『ジュリア』がかかってるからね」

鑑識の仕事はキャバクラ次第なのか。

まあ、みんながみんな芳沢のようなやつばかりではないはずだ。

「それで……？」

芳沢は、二人の住所を教えてくれた。

ヒロシのほうは、足立区佐野一丁目。こちらは足立区内だ。地元のマル走上がりだろう。だが、レイジのほうの住所は、足立区ではなかった。

江戸川区篠崎町一丁目だ。

「これ、間違いないよね？」

「失礼だね。俺の仕事に間違いなんてないよ」

「いや、てっきりレイジのほうも、足立区在住だと思ったもんで……」

「在住かどうか、わからないよ」

「どういうこと？」

「これ、携帯電話のキャリアに登録されている住所だからね。免許証とかの身分証に書かれている住所だ。だから、今やつらが実際にそこに住んでいるかどうかはわからない」

「なるほど……」

「とにかく、俺、やることはやったからね。約束は果たしてもらうよ」

「わかってるよ」

「いつ、連れてってくれる？」

「この事案が片づかない限り無理だね」

「連絡くれよ。楽しみにしてるから」

電話が切れた。

甘糟は、二人の住所が書かれたメモを見つめていた。

レイジの住所は江戸川区だ。殺害された牛尾たち三人の半グレの拠点は江戸川区だった。当然、何か関係があると考えなければならない。

郡原の指摘は正しかったのかもしれない。こういうことがあるから、郡原はあなどれない。

毎日遊んでいるようで、時々驚くほど鋭い指摘をする。まあ、たまにまぐれ当たりするだけのことかもしれないけど……。

また携帯電話に着信があった。今度は、署内からの電話だ。

出てみると、先ほどの交通課の若い係員だった。

「丸山浩のほうは、記録がありました。迷惑運転等で、過去に三回、検挙されています」

「それ、少年時代の記録？」

「そうですね」

「行政処分だけ？」

「マル走行為での検挙ですからね。その他の犯罪については、少年係に記録があるかもしれません」

「ああ。そっちも問い合わせているから」

「そうですか」

「橋本礼治のほうは？」

「うちの署には記録はありませんでしたが、データベースを当たってみたら、葛西署管内での検挙歴がありましたね」

「葛西署……？　江戸川区だね」

「そうですね」

「わかった。助かったよ」

「お役に立てて何よりです」

こういうやつにこそ、おごってやりたい。甘糟はそう思いながら、電話を切った。

レイジは、江戸川区あたりのマル走だったということだろう。牛尾たち三人の半グレと関わりがあった可能性が高まったということだ。

こうなれば、直当たりだ。まずは、ヒロシの住所を訪ねてみようと思った。出かけようとしていると、郡原が足早に近づいてくるのが見えた。

険しい表情をしている。

わあ、なんだかおっかないぞ。甘糟は逃げ出したくなった。だが、もう遅い。郡原はすでに目の前までやってきている。

「てめえ、坂上に何か頼み事しやがったな」

「あ、え、いや……」

「どうなんだ？」

「少年係に問い合わせをしたんです。そうしたら、たまたま坂上さんが出て……」

「ちくしょう……」

「あの……。坂上さんに問い合わせをすると、何かまずいことでもあるんですか？」

「あいつに貸しがあったんだ。それをチャラにすると言われた」

「どんな貸しです？」

「そんなこと、どうだっていいだろう。問題は、おまえがやつに頼み事をしたので、そいつがチャラにされたってことだ」

「頼み事をしたのは自分ですよ。なんで、郡原さんの貸しがチャラになるんですか」

「おまえ、俺の名前を出しただろう」

あっと思った。

たしかに、郡原の名前を出した。そのとたんに、坂上は問い合わせについて調べておくと言った。

もしかしたら、郡原に一目置いているのではないかと思っていたのだが、どうやらそうではなかったようだ。

「すいません。成り行きで……」

「ふざけやがって。ヤクザが勝手に兄貴分の名前使ったりしたら、たいへんなことになるぞ」

「あの、自分はヤクザじゃないですから……」

「例えば、の話だ。てめえは、どう落とし前をつけるつもりだ?」

マル暴をやっていると、言動がだんだんヤクザに似てくる。

「落とし前って……、自分はただ仕事をしただけですよ」

「俺の損害はどうしてくれる」

「損害ですか」

「チャラにされた坂上への貸しだよ」

それは知ったことではない。とんだ言いがかりだ。だが、郡原には逆らえない。

「その貸しって、もしかして、自分が代わりに支払えるような額ですか?」

郡原が目を輝かせた。

「おまえが肩代わりするってえのか?」

「坂上さんに頼み事したのは事実ですし……」

内心では、何で俺が、と思っていた。だが、郡原をなだめるためには仕方がない。

「本当におまえが払うのか?」

「いくらですか?」

「百万円だ」

「ひゃあ」

卒倒しそうになった。

「嘘だよ。三千円だ」

「心臓に悪いからやめてください」

「払ってくれるんだろうな」

「三千円って、微妙な額ですね」

「いっしょに飲みに行ったとき、細かい持ち合わせがないってんで、俺が立て替えたんだ」

「へえ、いっしょに飲みに行く間柄なんですか？」

「たまたまいっしょになっただけだよ。それで、どうなんだ？　おまえが払ってくれるのか？」

甘糟は、泣く泣く財布を取り出して、郡原に三千円を渡した。どうして俺は、こうして損ばかりしているんだろう。本当に泣きたくなった。

まあ、情報屋のヤスあたりに金を渡したと思えば諦めもつく。

「坂上さんは、頼りになるんでしょうね」

郡原は三千円を財布にしまうと言った。

「まあな。やることあやるやつだ。おまえ、アキランとこの半ゲソのマエを洗ってくれって言ったそうだな」

「はい」

「なんでそんなことを、坂上に訊いたりしたんだ？」

「え……」

甘糟は驚いた。「郡原さんが言ったんですよ。多嘉原連合の半ゲソたちと半グレたちの関係を洗ってみろって……」

「ああ、そんなことを言ったような気もするな」

適当だな……。

まあ、郡原はそんな人だ。

「それでですね、ヒロシのほうは、地元に住んでるようなんですが、レイジのほうは、どうやら江戸川区あたりから来たようなんです」

「ヒロシとレイジって、アキラんとこの半ゲソだったな」

「そうです」

「半グレたちの拠点が、江戸川区だ」

「はい。つながりがあるかもしれませんね」

「どこからの情報だ？」

「携帯電話の番号から、二人の住所を割り出してもらいました。ヒロシの住所は足立区佐野でしたが、レイジのほうは江戸川区篠崎町でした」

「ほう……」

「それから、交通課にも問い合わせてみました。マル走の情報を当たってもらったんです。すると、ヒロシのほうはうちの署に記録があったんですが、レイジはありませんでした。でも、葛西署で検挙された記録が残っていました」

「なんだ、俺が言ったことが、的中しそうじゃねえか。さすがだよなあ、俺」

こういう性格になれたら、人生楽だろうな。

甘糟はそんなことを思った。

「これから、ヒロシの住所を訪ねてみようと思うんですが……」

「アキラはどうしてる？」

「事務所に行ってみましたが、会えませんでした」

「会えなかった？　居場所を訊いてみたんだろうな」

「留守番の若いのに訊いたんですが、知らないと言われました」

「やろう、とんずらこきやがったかな……。アキラが姿をくらましたってことは、そのヒロシだかレイジだかも消えちまってるかもしれねえな……」

その恐れは充分にあると思った。

「とにかく、ヒロシの住所に行ってみます」

「そうだな。行ってみようか」

「え、郡原さんもいっしょに、ですか？」

「何をそんなに驚いてるんだ。俺たちゃ相棒だろう。いっしょ調べに行くのが当然じゃねえか」

三千円の貸しを肩代わりしたせいだろうか。郡原の機嫌がよくなったようだ。

とにかくいっしょに出かけることになった。署から佐野一丁目までは、徒歩で十分ほどだ。中川の近くの住宅街だ。古いアパートが多い。

町工場なども点在している。何もかもが古びたように見える地域だ。実際は、新しい建物もある。立て替え中の物件も見受けられるのだが、なぜか全体に寂れた感じがする。

ヒロシの自宅は、やはり古い一軒家だった。木造で、玄関ドアが色あせている。窓のアルミサッシは雨風にさらされて白っぽくなっていた。

訪ねていくと、五十歳くらいの女性が出てきた。ヒロシの母親だろう。顔に険があると、甘糟は思った。

何かと苦労が絶えないという顔だ。甘糟は尋ねた。

「ヒロシさんにお会いしたいんですが……」

「いませんよ」

「いない？　お出かけですか？」

「中学出てから、ろくに家に寄りつきゃしませんよ」

「ここに住んでいたわけじゃないんですね？」

「友達のところを点々としてたようだけど、今はどこで何してるのやら……」

「やっぱりな」

郡原がそうつぶやくのが聞こえた。

「あの、ヒロシさんが今どこにいらっしゃるか、ご存じありませんか？」

甘糟が尋ねると、ヒロシの母親らしい中年女性がこたえた。

「さあね」

冷ややかな口調だった。

「暴走族に入っていたようですが……」

「知りませんよ。あんなやつ、どこで何してようが、知ったこっちゃないですね」

吐き捨てるような言い方だった。マルBの肉親などを訪ねると、こういう反応は珍しくない。親は、手を焼いているのだ。グレてしまった子供に、ほとほと疲れ果てている。だから、家を出て行ってくれて、ほっとしているのだろう。

甘糟は、これ以上母親に何かを尋ねても無駄だと思った。質問を切り上げようとしたところに、郡原が言った。

「レイジってやつは知りませんか？　橋本礼治……」

「知りませんね」

「じゃあ、アキラ、唐津晃は？」

「知りませんよ」

「何でも知らないと言ってればそれで済むと思ったら大間違いですよ」

郡原は、マルBのように凄んでいた。

態度を硬化させるかと思いきや、ヒロシの母親は、急におろおろしはじめた。

「思い出しましたよ。レイジって、最近つるんでいる仲間ですね……」

彼女のような人たちは、暴力に対する恐怖が骨の髄《ずい》まで染みているのだ。

郡原がさらに尋ねる。

「最近つるんでいる？　いつごろからです？」

「さあ……。ここ一年くらいだと思います」

「二人が多嘉原連合に出入りしていることは、ご存じですか？」

「知りませんね」

彼女は、眼を背けた。

「そうですか」

郡原はそう言って、甘糟にうなずきかけた。質問は終わりだということだ。

甘糟はヒロシの母親に言った。

「ヒロシさんの居場所がわかったら、ここに連絡をいただけますか」

名刺を渡した。ヒロシの母親は、名刺を受け取ったまま玄関に立ち尽くしている。

警察がヒロシを捜しているということの意味が、いやというほどわかっているのだ。これまでも、ヒロシが警察沙汰になったことがあるに違いない。

子供がグレると親は地獄を見る。だが、子供がグレる理由の多くは親にあるのだ。甘糟は、そんなことを思いながら、ヒロシの自宅を離れた。


「これからどうします?」

甘糟が尋ねると、郡原は言った。

「おまえが考えろ」

「え……。自分は郡原さんについていきますよ」

「半ゲソたちの行方も、アキラの行方もわからねえんだ。どうしようもねえさ」

「捜査本部に応援を頼みましょうか」

郡原が、甘糟をぎろりと睨んだ。

「おまえ、ばかか。捜査本部は、白スーツ野郎を追ってるんだ。半ゲソやアキラのことなんて、探そうとするわけねえだろう」

「ですから、事情を説明して……」

「そんなことしたら、土井のやつにおいしいところを持っていかれるかもしれねえじゃねえか」

「いや、捜査っていうのは、そういうことじゃないと思いますよ」

「てめえ、俺に意見する気か」

「いえ、とんでもないです」

そのとき、携帯電話が振動した。

「ちょっと、失礼します」

相手は、少年係の坂上だった。

くそお、この人のせいで三千円損したのだ。

「おい、甘糟。調べてやったぞ」

「わかりました」

「こら。まず、ありがとうございます、だろう?」

「ありがとうございます」

「話を聞きたきゃ、すぐに来い」

電話が切れた。

甘糟は、郡原に言った。

「坂上さんです。話を聞きたけりゃ、すぐに来いって……」

「あの野郎。マル暴を何だと思ってやがるんだ……」

「どうします?」

「行ってみようじゃねえか」


署に戻ると、郡原はまっすぐに少年係に向かった。甘糟はただその後についていくしかなかった。

「おう、坂上いるか」

少年係の机の島まで来て、郡原は大声で言った。

書類の陰から坂上が顔を覗かせた。

「何だよ。何で郡原が来るんだよ。俺は甘糟に連絡したんだぜ」

「甘糟の用事で、俺の貸しをチャラにしたくせに、何を言う」

「ふん、頼み事してただで済むと思うほうがどうかしてるだろう」

「まあ、その件はもういい」

そりゃいいだろうさ。俺から三千円取り上げたんだからな……。

甘糟はそんなことを思いながら、黙って二人のやり取りを眺めていた。

「やることはやったよ。ちゃんと調べたんだ」

「じゃあ、さっさと何を調べたのか教えろ」

「丸山浩と橋本礼治の件だろう。たしかに、二人はつるんで悪いことやってるな。カツアゲや傷害で補導歴がある」

郡原が尋ねる。

「家裁から逆送は?」

「それはないな。相当にワルだったけど、うまく立ち回っていたようだ。恐喝、傷害だけでなく、強姦もやっていたって噂もあるが、尻尾を出してない」

「二人はいつごろからつるんでいるんだ?」

「二年くらい前じゃないのか。それくらいから書類に名前が出てくる」

「書類って何だ？　起訴状か？」

「いや、報告書とかの類だ。やつらは逆送されていないと言ってるだろう。だから起訴もされていないよ。家裁の処分だけだ」

「二年前ってえと、やつらが十八歳くらいの頃からか……」

「丸山浩が現在十九歳、橋本礼治が二十歳だから、二年前は、丸山が十七歳、橋本が十八歳ってことになるね」

「丸山浩の母親によると、中学を卒業した頃から自宅に寄りつかなかったということだが、それからやつらはどうしてたんだ？」

「マル走だよ。丸山も橋本もマル走に入っていた。族仲間のところに転がり込んでいたんだろう」

彼らの溜まり場になるような家が必ずある。そこが悪事の拠点になる。ヒロシもそういう場所で寝泊まりしていたのだろう。

「二人は同じ族だったのか？」

「どうやら違うらしい。丸山は地元の族だが、橋本は別の土地の族だったようだ」

甘糟は言った。

「橋本礼治は、江戸川区の出身のようです。葛西署で検挙された記録があるそうです」

「なんだよ……」

坂上が顔をしかめる。「俺より詳しいじゃないか」

甘糟は慌てて言った。

「いや、たまたま知っていただけです」

「俺以外の者にも聞き回っているようだな」

「殺人の捜査ですからね。とにかく手がかりがほしいんです」

「橋本が江戸川区でマル走やってたって、どこで調べた？」

「交通課で調べてもらったんですよ」

「交通課だと、せいぜい共同危険行為か……」

「橋本は行政処分だけだと言ってました」

郡原が坂上に尋ねた。

「他に何かあるか？」

「やつらは、多嘉原連合に半分ゲソづけしてるんだろう？　俺たちより、そっちのほうが、資料をたくさん持っているんじゃないのか？」

「資料ってのはな。足していくのが大切なんだ。情報はばらばらに散らばっていても意味をなさない。集めておくことが重要なんだよ」

珍しく郡原がまともなことを言っている。いや、実は郡原は言うことはたいていまともなのかもしれない。やっていることがいい加減なだけだ。

坂上が悔しそうに言った。

「わかってるよ、そんなことは。ところで、何で半ゲソのことなんか調べてるんだ？」

郡原は甘糟に尋ねた。

「何でだ?」

「え……」

突然話を振られて、甘糟は驚いた。「何でって……」

一瞬、どうしてだかわからなくなった。捜査一課は、白いスーツの男が犯人だと考えているようだ。少なくとも、重要参考人扱いだ。

甘糟は、白いスーツの男が犯人ではあり得ないことを知っている。そして、アキラが何かを隠しているように感じた。

だから、二人のことを調べようと思ったのだ。こう考えると、はっきりとした理由はない。

「半ゲソと半グレの関係を調べてみろって言ったのは、郡原さんですよ」

「実際に、何か関係がありそうな雰囲気じゃねえか」

「ええ、たしかに……。半グレの三人組は、もともと江戸川区あたりを拠点にしていたようです。そして、レイジも江戸川区のほうでグレてました」

坂上が言う。

「江戸川区だの足立区だのってのは、マル走みたいな不良グループがごろごろしている。その辺出身のワルは別に珍しくない」

「まあ、そりゃそうだが、事件に関わっているやつが、同じ地域のワルだったたってのは、調べねえわけにはいかねえだろう」

「おまえは真面目だよな」

坂上のこの言葉に、甘糟は天地がひっくり返るほど驚いた。

郡原のどこをつけば、「真面目」なんて言葉が出てくるのだろう。

「それにな、土井のやつが捜査本部にいてでかい顔してるんで、あいつに一泡吹かせてやりてえんだよ」

「土井って、おまえの同期の……？」

「そうだよ」

「おまえはホント、不思議なやつだよな」

何が不思議なのだろう……。甘糟は坂上の顔を見つめていた。坂上が言葉を続けた。

「ガッコウ時代に脱落しかけた土井を、元気づけて救ったのがおまえだっていう話、聞いたことがあるぞ」

ええええええ……。

甘糟は、思わずそんな声を洩らしそうになった。

てっきり郡原は土井たちをいじめていただけだと思っていた。まさが郡原が土井を救っただなんて……。

郡原は苦い顔で言った。

「余計なことは言わなくていい」

いったいどういうことなのか、郡原から詳しく話を聞きたい。甘糟がそんなことを思っていると、携帯電話が振動した。取りだしてみる。

また警視総監からだった。

19

「ちょっと失礼します」

甘糟は、その場を離れて電話に出た。総監が言った。

「おう、その後どうなった？」

「あの……。先ほどお電話をいただいてから、まだ六時間しか経っていないんですけど……」

「六時間も経ってるじゃねえか。現場は何をぐずぐずしてるんだ」

「いや、いろいろ進展はあるのですが……」

「その進展とやらを教えてくんねえか？」

「あの、失礼ですが、ご多忙ではないのですか？」

「ああ？　土曜日なんで、さすがにそんなに忙しかねえよ」

暇なのかよ……。

「今、多嘉原連合の半ゲソ二人について調べていまして……」

「多嘉原連合？　郡原が言っていた、何か事情を知ってそうな暴力団員というのは、そいつらのことか？」

「ええ、まあ……」

「それで、何かわかったのか？」

「二人のうちの一人が、被害者と同じ地域のマル走だったという情報を得ました」

「マル走？　暴走族だな？」

「そうです」

「どうして、刑事ってのは、そういう符丁を使いたがるんだ？　かっこつけてんのか？」

どうしてだろうと、甘糟も思う。

若い世代はあまり使わない。符丁を使うのは圧倒的に年配者が多い。しかも刑事畑の人たちだ。

「たぶん、会話を第三者に聞かれても、内容を把握されないための用心なのだと思います」

「聞かれてまずいことを、まずい場所で話しちゃだめだろう」

「そういう用心がいつの間にか習慣になったんじゃないでしょうか」

何で俺は、刑事の符丁の説明なんかしているのだろう。甘糟はそう思うと、悲しくなった。

「被害者も暴走族だったんだな？　そいつらは、知り合いだったということか？」

「さあ、それはわかりませんが、その可能性は大きいんじゃないでしょうか」

「そいつは妙だな……」

「は……？　何がでしょうか？」

「事件の発端だ。最初、被害者がドラッグを売っていたんだよな？」

「いや……。どうでしょう……」

「どうでしょうって、何だよ？」

「半グレ三人組のうちの一人がドラッグを売っていたことは確かです」

「前にも聞いたが、それが殺された牛尾なのか？」

「そういう話もありますが、まだ裏は取れていません」

「裏が取れてねぇのか？　何でだ？」

「誰がドラッグを売っていたかを知っている人物、つまり、被害者の仲間の半グレ二人と、多嘉原連合の半ゲソ二人が、姿をくらましているからです」

「さっさと見つけろよ」

「努力しているんです」

「もし、殺された牛尾がドラッグを売っていたんだとしたら、半ゲソの一人と知り合いだったというのは、ちょっと妙じゃねえのか？」

「なぜです？」

「それが対立のきっかけになったわけだろう？　知り合いならあんな睨み合いをするか？」

それについては、甘糟もいろいろと考えていた。

「どうでしょう。顔見知りだったから、ドラッグを売っていることに気づいた、ということも考えられますよね」

「どういうことだ？」

「知っているやつだったから、声をかけようと近づいた……。そうしたら、妙なことをやっていたので、頭に来て喧嘩になった……。そういうこともありうるか、と……」

「そいつはどうかな……」

そのとき、郡原の声がした。

「おい、誰としゃべってるんだ。さっさと電話切れよ」

それに便乗するように、坂上が言う。

「女じゃないだろうな。おまえ、いい加減にしろよ」

誰と話してると思ってんだよ。

甘糟は、心の中でつぶやいていた。

「とにかく、半ゲソ二人も、半グレ二人も姿をくらましたままなので、今はまだ何とも言えません」

「捜査本部の組織力を使えば、そいつらを探し出すのは簡単なんじゃないのか？」

「土井係長たちは、あくまで白いスーツの男がホンボシだと思っているです。つまり、捜査本部の主力はそちらの捜査に追われているわけです」

「じゃあ、半ゲソや半グレを探しているのは誰なんだ？」

「自分と郡原の二人です」

「何とかならないのか？」

「土井係長たちに、白いスーツの男の正体をばらしてはいかがですか？」

「それだけはごめんだね。今後の楽しみがなくなっちまうじゃねえか」

個人的な楽しみのために、捜査が間違った方向に進んでもいいのかと思った。だが、もちろん、総監に対してそんなことは言えない。

「とにかく、今報告できることは、それくらいしかありません」

「殺害されたのが、ドラッグを売っていたやつなのかどうか、至急調べろ」

無理ですとは言えない。

「わかりました」

甘糟はこたえた。

「また連絡する」

電話が切れた。

甘糟は、携帯電話をしまって郡原たちのもとに戻った。

「誰からの電話だ？」

郡原に訊かれて、どうこたえようか必死で考えた。

「ちょっとした情報源です」

「情報源だと？　おまえ、逆に捜査情報を教えてなかったか？」

「そんなこと、してませんよ。クビになりたくありませんからね」

「なんだか、事件のことをしゃべってるような気がしたんだけどな」

「そりゃ、情報をもらうために、多少のことは言いますよ。あ、でも、当たり障りのないことばかりですよ」

「それで、何か情報をもらったのか？」

「いえ、今回は……」

「なんだよ。何のための情報屋だよ」

郡原が顔をしかめる。

坂上が言った。

「半グレたちは、かつて江戸川区のマル走で、多嘉原連合の半ゲソの一人と知り合いだったかもしれないと言ったな？」

甘糟はこたえた。

「はい。その可能性は否定できないと思います」

「もし、知り合いだったとしたら、どういうことになるんだ？　なぜ半グレの一人は殺害されたんだ？」

「さあ、わかりません」

甘糟がこたえると、坂上は郡原に言った。

「こいつ、考える気がないんじゃないのか？」

郡原が甘糟に言った。

「坂上にこんなことを言わせてんじゃねえ」

「うわあ……」

甘糟は、二人の理不尽な攻撃に頭をかかえたくなった。

郡原が坂上に言う。

「売人が消されるケースで一番多いのは、商売をやっちゃいけない場所で、商売をしちまった場合だよな……」

坂上がうなずく。

「縄張りを巡る争いは、抗争にまで発展することだってあるんだろう？」

「まあ、たいていは小競り合いだが、マルBは金にうるさいんで、そういう小競り合いが命取りになったりするな」

坂上が、郡原を見て言う。

「今回もそういうケースだろうか……」

「その可能性が一番高いだろうな」

「殺された牛尾は、多嘉原連合の縄張りだと知ってて、ドラッグを売ったんだろうか」

坂上が思案顔でそう言うと、郡原が肩をすくめた。

「今どきの半グレは、マルBの縄張りのことは知ってるだろうよ」

甘糟は、二人のやり取りに割り込んだ。

「ちょっと待ってください。殺された牛尾がドラッグを売っていた人物かどうか、まだ最終的な確認がされていないんです」

坂上が甘糟に、ではなく、郡原に尋ねた。

「どういうこと?」

「甘糟が言ったとおりだよ。ドラッグを売っていたのは、三人の半グレのうちの一人なんだそうだ。そして、それが牛尾だったかどうかを知っている多嘉原連合の半ゲソも、牛尾の仲間の半グレも姿を消しちまった」

坂上が郡原を見て言う。

「まさか、その四人も消されたんじゃないだろうな……」

郡原はかぶりを振った。

「いや、それはない。やつらは、何らかの理由で姿をくらまさなけりゃならなかったんだ」

「どんな理由で?」

「それはわからん。だが、半ゲソの理由と半グレの理由はまったく別だろう」

「どうして、綾瀬なんかでドラッグを売ったんでしょうね……」

ぽつりとつぶやくと、郡原と坂上が同時に甘糟を見た。二人の反応に、甘糟は慌てた。

「あ、いや、ふと疑問に思いまして……。六本木のクラブなんかのほうが、ドラッグはさばけるんじゃないかと思いまして……」

クラブ、は、ブにアクセントのあるほうだ。つまり、女性を侍《はべ》らせて酒を飲む店ではなく、若者がダンスを楽しむ店だ。

郡原が言った。

「半グレの間でも縄張りみてえなものがあるのかもしれねえ。六本木あたりだとメジャーな半グレが仕切っていて、なかなか入り込めないんじゃないのか」

郡原がまともに言葉を返してきたので、甘糟はかえって緊張してしまった。

「それにしても、江戸川区から綾瀬にやってきたのはなぜでしょう？　もっと大きな街のほうがドラッグをさばきやすいんじゃないでしょうか」

坂上が郡原に言った。

「なんだよ、甘糟のやつ、いっちょまえに考えてるじゃないか」

郡原は、坂上に尋ねた。

「管内のガキどもの間に、ドラッグが蔓延《まんえん》している、なんてことはねえか？」

「いや。そういう話は聞かない」

「じゃあ、綾瀬でドラッグが派手に流通しているわけじゃねえんだな？」

「ドラッグの売買の話なんて聞いてない」

郡原は考え込んだ。

「そうなると、たしかに、どうして綾瀬の……、しかも、多嘉原連合の縄張りで商売をしようなんて考えたのか……。そいつは疑問だな」

甘糟は言った。

「どうしてでしょうねえ」

郡原が、甘糟を睨んだ。

「そいつを調べるんだよ」

20

生活安全課を出て、捜査本部に戻ったのは午後四時近くだった。

郡原は考え事をしている。捜査本部の長机に向かって座るまで、ずっと黙ったままだった。

甘糟は、もちろん多嘉原連合の半ゲソ二人や、半グレたちのことが気になっていたが、それよりも、警察学校時代に、郡原が土井を助けたという話が気になっていた。

甘糟は好奇心に勝てず、郡原に尋ねた。

「あのお……」

「何だ？」

郡原は、考え事に集中しているらしく、返事は上の空だった。

「坂上さんが言ってたこと、本当ですか？」

「何のことだ？」

「警察学校時代のことですよ」

「ガッコウ時代の？」

「土井係長を助けたことがあるって……」

郡原が甘糟を睨んだ。

怒鳴られるかと思って、思わず首をすくめた。

郡原は眼をそらして言った。

「坂上のやろう、余計なことを言いやがって……」

甘糟は、怒鳴られないので、ちょっと安心して、さらに尋ねた。

「本当なんですか？　脱落しかけた土井係長を、郡原さんが元気づけたって……」

郡原が、ふんと鼻で笑う。

「土井のやつは、根性がなかったからなあ……。訓練が辛いの、寮生活が性に合わないのと、泣きが入ってたなあ……」

「それを元気づけてあげたんですね。青春ドラマみたいですね」

「ああ、たしかにガッコウを辞めないように説得したよ」

なんだ、いいところもあるじゃないか。

甘糟がそう思ったとき、郡原が続けて言った。

「だって、辞めちまったらつまらねえじゃねえか。新宿署の上小路だってそうだ。あいつらが辞めちまったら、苦しんでひいひい言ってる姿が見られなくなっちまう。やつらには、ちゃんとガッコウが終わるまでたっぷり苦しんでもらいてえと思ってたな」

鬼だ。

やっぱり郡原は、鬼でしかなかった。

甘糟が呆然と顔を見ていると、郡原が言った。

「そんなことより、おまえ、どこかの所轄のやつから、半グレたちのことを聞き出したんだよな？」

「はい。小岩署の森野というやつで、マル暴です」

甘糟は、森野よりもいっしょに食べた鯖の味噌煮を思い出していた。もう一度あの店に行って味わいたいと、切実に思った。

「そいつに電話して、アキラんとこの半ゲソを知らないか、聞いてみろ」

「あ、そうですね」

「あ、そうですね、じゃねえよ。それくらい、すぐに気づけよ」

「すいません」

甘糟は、すぐに携帯電話を取り出して、森野にかけた。

「あ、もしもし、森野さん？　甘糟だけど」

「甘糟？　誰だっけ、甘糟って……」

「あ、だから、この前話を聞かせてもらった……」

「この前……？」

「鯖の味噌煮をいっしょに食べた……」

くすくすという笑い声が聞こえた。

「あ、またやられた」

「おもしろいなあ、あんた。すぐに引っかかるね」

「お互い忙しいんだから、そういう冗談はやめてよね」

「それで、何の用？」

「この前、半グレのこと、教えてもらったよね。彼らと関連があるかどうか、調べてもらいたいやつがいるんだけど……」

「どんなやつだ？」

「多嘉原連合の半ゲソなんだ。出身がそっちのほうでね……」

「ふうん。名前は？」

甘糟は、橋本礼治の名前を告げた。「丸山浩ってやつと、いつもつるんでいるんだけど。そのヒロシは、こっちのほうの出身だ」

「わかった。それで、今度は何をごちそうしてくれるの？」

またかよ……。

「また、あの鯖味噌が食べたいな……」

「うーん。俺はいつでも食えるんだけどなあ……」

「あの味にはなかなかお目にかかれない。鯖味噌ならおごってやってもいいよ」

「安上がりな頼みだなあ」

「何もおごらないよりいいだろう」

「わかった。調べてみる」

電話が切れた。

携帯電話をしまうと、郡原に質問された。

「鯖味噌って、何のことだ？」

「小岩駅の近くの定食屋なんですが、そこの鯖の味噌煮がめちゃくちゃおいしいんです」

「それで森野とか言うやつを買収したわけか」

「買収って、人聞きが悪いですね。お礼ですよ」

「同じこったろ」

「気持ちの問題です。自分は、ちゃんと仕事をやっているだけですから」

郡原は、ふんと鼻で笑ってから言った。

「アキラに電話をしてみろ」

「無駄だと思いますよ」

「それでもやるのが警察なんだよ」

甘糟は、言われたとおりに、アキラにかけてみた。やはり何度呼び出し音が鳴っても出ない。留守番電話サービスに切り替わった。

「だめですね……」

「じゃあ、半グレの二人だ」

甘糟は、まずレイジに、次にヒロシにかけた。結果は同じだった。

彼ら三人は、警察に事情を聞かれるのが嫌で姿をくらましたのだろう。だったら、甘糟の電話に出るはずがない。

郡原もそれはわかっているはずだ。わかっていながら、甘糟に電話をするように命じている。

甘糟は、尋ねた。

「あのう……。出るはずのない相手に電話することに、何か意味があるんですか?」

「出るはずがないって、誰が決めたんだよ」

「あ、いや……。理屈から言えば、そうなるだろうなと思いまして……」

「人間は、いつも理屈通り動くわけじゃねえよ。もしかしたら、相手が出るかもしれねえじゃねえか」

「はあ……」

「警察官はな、可能性が一パーセント、いや〇・一パーセント、〇・〇一パーセントでもあれば、それにかけてみるんだよ」

「そういうもんですかね……」

「それにな。刑事が電話をかけつづけることで、相手にプレッシャーをかけることができる。追い詰められたやつは、思わぬヘマをやるもんだ」

なるほど、郡原なりに理由はあるというわけだ。たしかに、ぼうっと手をこまねいているより、電話でもかけていたほうがずっとましだ。

仕事をしている気にもなれる。

甘糟は、何度かアキラ、レイジ、ヒロシの携帯電話にかけた。

結果は同じだが、電話するだけで意味があると言われると、むなしさをあまり感じないで済む。

郡原は、隣でずっと考え事をしている。何を考えているのか聞いてみたかったが、聞くとがっかりする可能性もある。

今夜の夕食に何を食べるかを真剣に考えているのかもしれない。

突然、郡原が言った。

「多嘉原連合の様子を見に行くぞ」

「え……。今日三回目になりますよ」

「用があれば、何回だって行くさ。それに、俺はまだ様子を見に行っていない」

まあ、それはそうだ。

実は、郡原が様子を見に行くと言い出して、甘糟はほっとしていた。今まで、甘糟一人に任されていた。

何か見逃していることがあるかもしれない。それを郡原に確かめてほしかった。彼なら、事務所の雰囲気から何かを感じ取れるかもしれない。

もともとは、二人一組で訪ねるものなのだ。

二人は、捜査本部を出た。


郡原の姿を見ると、多嘉原連合の若い連中が、ぴりっとするのがわかった。まるで、組の上役が戻って来たときのようだ。

甘糟が顔を出したときとはまるで違う。それがちょっとむかついた。

郡原が言った。

「アキラはどこだ?」

留守番の若いやつが気をつけをしてこたえる。

「まだ事務所にお戻りじゃありません」

郡原は顔をしかめて言った。

「おいおい、言葉遣いはちゃんとしようよ。外の人間と話しているのに、身内に敬語使うのは間違いだろう」

留守番は、言い直そうとして考え込んでいる。

「むずかしく考えるな。まだ戻っておりません、とか何とか言えばいいんだよ」

「事務所に戻っておりません」

「どこにいる?」

「わかりません」

「今ここに、カチコミがあったらどうする?」

「え……?」

「おまえらだけで対処できないようなことが起きたら、どうするって訊いてるんだ」

「いや、そんなことを言われましても……」

事務所内には、三人の若者がいた。いずれも、レイジやヒロシとそれほど違わない年齢だろう。違うのは、彼らがちゃんと組にゲソ付けをしているということだ。

郡原がさらに言った。

「おまえら三人、しょっぴこうかなあ……」

応対している若者の顔が青くなる。

「どうしてですか……」

「暴力団の組員なんだ。叩けば埃《ほこり》くらい出るだろう」

「理由もなく逮捕できないはずです」

「あのな、何のために新暴対法や排除条例があると思っているんだ? あの法律はな、警察が好きなときに暴力団員をしょっ引けるように改正したり作ったりしたものだ」

さすがに相手は気色ばんだ。

「そんなばかな……」

「嘘じゃねえよ。やってみようか」

三人は顔を見合わせた。何を言っていいのかわからない様子だ。郡原が彼らに言った。

「さあ、それが嫌ならアキラに連絡を取るんだ。非常用の連絡先を聞いているはずだ」

そのとき、事務所の奥から声がした。

「郡原さん。それくらいにしてやってください」

すっきりと背広を着こなし、赤いポケットチーフをあしらった、おそろしく粋な老人が姿を見せた。

組長の多嘉原由紀夫だ。

郡原は多嘉原に言った。

「俺はアキラに話を聞きてえんだ」

多嘉原はゆっくり歩み出てきた。

「まあ、立ち話もナンです。お座りになりませんか?」

多嘉原はソファをすすめた。だが、郡原は立ったままその場を動こうとしなかった。

「長話をする気はねえんだ」

「アキラが何か、警察のご厄介になるようなことをしでかしましたか」

「それを本人に会って確かめてえんだよ」

「子供のやったことは親の責任です。アキラのやつが何をやったとお考えなのか、話していただけませんか?」

「警察はな、学校じゃねえんだ。子供がやったことについて、親を呼び出したりはしねえんだよ。本人にきっちり落とし前をつけてもらうんだ」

「アキラがどういう立場なのかくらいは、お教えいただきたいですね」

うわあ、ただ穏やかにしゃべっているだけなのに、この多嘉原の迫力はいったい何なのだろう。

甘糟は、そんなことを思っていた。

郡原はいっこうに気圧《けお》された様子がないので、たいしたものだと、ちょっと感心した。

「俺はな、アキラをしょっ引くと言ってるわけじゃねえんだ。事情が聞きたいって言ってるんだよ。なのに、アキラのやつは姿をくらましたままで、甘糟が電話をしても出ねえときてる。それで、こうしてわざわざ訪ねてきたってわけだ」

「事情をお聞きになりたい……。どんな事情でしょう」

「それはアキラ本人に訊く。そう言ってるだろう」

「高架下でチンピラが死んでいた件ですね?」

「俺たち刑事はな、質問する側なんだ。質問されてもこたえねえよ」

多嘉原はかまわずに続けた。

「まさか、アキラが殺《や》ったなんてお考えじゃないでしょうね?」

どうなんだろう。

甘糟は思った。

アキラが半グレを殺害する理由は今のところ見つかっていない。だが、ないとは言い切れない。

また、アキラが犯人ではないにしても、何か事情を知っているはずだ。その事情というのは、何だろう。

レイジとヒロシが姿を消したことが、すべてを物語っているのではないか。

アキラが二人にそれを命じたのだろう。これ以上警察と接触しないように手を打ったというわけだ。

つまり、アキラが二人を逃がそうとしているということか……。レイジかヒロシのどちらかが犯人だということを知っており、それをかばっているのだろう。

郡原は、それに気づいて、この事務所にやってきたのかもしれない。甘糟は、そう思って、郡原の次の言葉を待った。

やがて、郡原が言った。

「そんなことは考えていない」

「では、何をお聞きになりたいのでしょう」

「聞きてえというより、話してえんだ」

「ですから、何を……」

「アキラが誤解してるかもしれねえんでな……」

「誤解……?」

多嘉原が怪訝そうな顔をした。

現れてから初めて、彼の表情が変わった。

「そうだ」

「どんな誤解ですか?」

「それを話せば、アキラに会わせてくれるのか?」

「まあ、事と次第によりますが……」

郡原は、どかどかと歩を進めて、応接セットのソファにどんと腰を下ろした。甘糟は慌ててその後を追った。

どうしていいかわからず、しばらく立ち尽くしていたが、多嘉原がやってきて郡原の向かい側のソファに座ったので、甘糟も郡原の隣に座ることにした。

郡原が言った。

「半ゲソの二人も、アキラ同様に姿をくらましている。レイジとヒロシと言ったか……」

「申し訳ありません。ゲソをつけてない者については、詳しくは存じておりませんので……」

「知らねえわきゃねえだろ。今回の事件のきっかけはあの二人なんだからな」

多嘉原は、小さく溜め息をついてから言った。

「殺されたチンピラと揉め事を起こしていたことは知っています」

「アキラも当然そのことは知っていた。そして、もしかしたら、と考えたわけだ」

「レイジかヒロシが、チンピラを殺したんじゃないか、と……」

「ああ。ところが、捜査本部は、半グレとレイジたちが睨み合っていた現場に居合わせた、白いスーツの男を追いはじめた。それを知ったアキラも、白いスーツの男のことを調べはじめたわけだ。真相を知ろうと思ってな」

「関わるな、と言っておいたんですがね……」

多嘉原が、聞き分けのない子供の話をするような口調で言った。「アキラはどうしても本当のことを知りたい様子でしたね」

「アキラが追っかけたところで、白スーツ野郎は捕まりゃしねえよ。なんせ、捜査本部が全力を挙げて追っているのに、尻尾がつかめねえんだからな」

「そのようですね」

多嘉原は涼しい顔で言った。甘糟は、底知れぬ恐ろしさを感じた。何もかも心得ているというふうに聞こえたのだ。

郡原は平気な顔で話を続けた。

「そのうち、アキラも気がついたんだ」

「何に気がついたと……？」

「白スーツ野郎は事件とは関係ねえんだってことにだよ」

多嘉原がさらに怪訝な顔になる。

「白いスーツの男が事件とは関係ない……？」

「そうだよ。むしろ、捜査の邪魔だ。いいか？　この事件はな、白スーツ野郎をのぞいて考えれば、ずいぶんとすっきりするんだ」

「すっきりする……」

「半グレと半ゲソ。それだけの事件だ」

「つまり、アキラはそのことに気づいたというわけですね」

「そう。白スーツ野郎なんて関係ねえってことにな」

やはり、郡原はあなどれない。正確な分析だと甘糟は思った。

多嘉原の眼が底光りした。

「じゃあ、やっぱり殺人犯は、レイジかヒロシってことになるわけですね」

「アキラはそう考えたわけだ。それで、二人を逃がし、自分も姿をくらました……」

「まあ、当然そうするでしょうな。半グレの仕返しも警戒しなければなりませんので……」

「そうだよなあ……」

郡原は天井を見上げた。「やつらは、仁義もへったくれもねえからなあ」

「さきほど、誤解とおっしゃいましたね」

「ああ……？」

「アキラが誤解しているかもしれない、と……」

郡原は視線をテーブルの上に落とした。

「まあ、そういうことなんだが……」

「どういう誤解なんですか？」

郡原は、しばらく考えてから、周囲を見回した。

「人に聞かれたくねえ話なんだが……」

多嘉原が、同じように間を取った。

「では、私の部屋で話をうかがいましょうか」

多嘉原は立ち上がった。事務所の奥に向かう。その先にはドアがあり、別の部屋がある。組長の個室のようだ。甘糟はまだ足を踏み入れたことがない。

郡原がおもむろに立ち上がって、そちらに向かった。ふと立ち止まり、振り向いて甘糟に言った。

「何やってんだ」

「は……?」

「おまえも来るんだよ」

「え……?　あ、はい」

慌てて立ち上がる。

てっきり二人きりで話をするものと思い込んでいたのだ。

組長の部屋は、思っていたよりずっとシンプルだった。大きな神棚や提灯《ちょうちん》がなければ、普通の会社の役員室か、警察の幹部室と変わらない。

組長室の応接セットは、事務所のものよりもずっと立派だった。焦げ茶色の革張りだ。座るようにすすめられて、郡原が座った。

甘糟もその隣に座る。

多嘉原は、デスクのほうには行かず、郡原の向かい側のソファに腰を下ろした。

郡原が言った。

「この先は、俺の想像でしかねえんだ。だから、誰にもしゃべらねえでほしい」

「ほう……」

「でねえと、俺のクビが飛ぶ。まあ、俺がクビになろうとどうなろうと知ったこっちゃねえだろうが、アキラのことにも関わってくる」

「しゃべりません」

多嘉原が言った。「郡原さんがいなくなると、なにかと不便なこともございます」

「おい、人聞きの悪いことを言うんじゃねえ。俺があんたらとつるんでいるように聞こえるじゃねえか」

「ここにいるのは、私らだけですよ」

郡原は甘糟に言った。

「この親父はタヌキだからな。だまされるな」

「はあ……」

多嘉原が言った。

「それで、アキラの誤解というのは？」

「牛尾という半グレを殺したのが、レイジかヒロシだと考えていることだ」

「犯人は、あの二人ではない、と……」

甘糟はびっくりした。

白いスーツの男をのぞいて考えれば、この事件はすっきりする。そこまでは、郡原とまったく同じ考えだった。なにせ、白いスーツの男が、絶対に犯人ではあり得ないことを知っているのだ。

すると、自《おの》ずと半グレ対半ゲソの構図が浮かび上がってくる。

つまり、半グレを殺害したのは、半ゲソだという構図だ。

甘糟は、何となくそれを受け容れていた。今のところ、それしか考えられない。だが、郡原は、半ゲソが犯人ではないと言ってるのだ。

甘糟と多嘉原は、郡原を見つめて、彼の言葉を待っていた。

郡原は、さっと肩をすくめて言った。

「いや、はっきりそうとは言い切れねえんだが、俺は違う可能性もあると考えているんだ」

「じゃあ、誰なんです？」

多嘉原が尋ねた。「やはり、白いスーツの男なんでしょうか」

「いや、それはねえな」

「では、いったい……」

郡原は、視線を落としてじっと考えている。やがて顔を上げると言った。

「それを知るためにも、アキラと話すことが必要なんだ。連絡を取ってくれねえか」

多嘉原は、無言で郡原を見つめている。郡原もじっと見返していた。甘糟はどうしていいかわからず、身動きもせずに黙っていた。

息が詰まりそうだった。

やがて、多嘉原が大声で言った。

「誰か」

すぐにドアが開いて、若者が姿を見せた。

「お呼びですか」

多嘉原が即座に命じた。

「アキラに電話しろ」

21

組員がドアの向こうに消えた。

多嘉原は無言だった。郡原も何も言わない。息が詰まるような沈黙だった。

突然、携帯電話が振動して、甘糟は飛び上がりそうになった。

「すいません。小岩署の森野です」

そう言いながら、出入り口に向かおうとすると、郡原が言った。

「ここで出ればいいだろう」

それから、多嘉原に尋ねた。「かまわねえな?」

多嘉原は鷹揚にうなずいた。

「もちろん」

甘糟は、その場で電話に出た。

「はい、甘糟」

「ああ、森野だ。橋本礼治ってやつのこと、調べたよ。少年係の記録にはなかったな」

「そうか……」

「そんなにがっかりした声を出すなよ。少年係の記録には、と言ってるんだ」

「よそに記録があったってこと?」

「交通課にあったよ。執念深くマル走を追っかけている交通課のやつがいてね。そいつが橋本礼治のことを知っていた。彼はたしかにこのあたりのマル走に所属していた」

「いつ頃からだろう」

「橋本礼治が中学三年の頃からだということだ。そして、同じ族に正木高彦がいた」

「正木って、半グレの？」

「そう」

「やっぱりつながったか……」

「これ、どういうこと？　半グレと多嘉原連合の半ゲソは対立していたんじゃないの？　同じ族にいた仲間ってことになるんだけど……」

「俺にもわからないよ。ただ、つながりがあったことは確かだ」

「まあ、俺は言われたことを調べただけだから、その先のことは知ったこっちゃないけどね。鯖味噌定食、おごってよ」

「ああ、わかってるよ」

「じゃあな」

「助かったよ」

電話が切れた。甘糟はすぐに郡原に報告した。

「レイジと半グレの正木ってやつがつながりました」

「ほう……」

「小岩あたりのマル走でいっしょだったようです」

「なるほどな……」

「でも……」

甘糟は疑問に思って言った。「殺された牛尾とつながったわけじゃありません」

「それでいいんだよ」

「どういうことです？」

郡原がこたえる前に、ドアをノックする音が聞こえた。

多嘉原がこたえる。

「入れ」

「失礼します」

ドアが開いて、先ほどの組員が顔を出した。「アキラさんが出ておられます」

多嘉原は、机上の電話のボタンを押して受話器を取った。

「俺だ。今、ここに郡原さんと甘糟さんがお見えだ。おまえに話を聞きたいとおっしゃっている。すぐに来い」

多嘉原は、そう言うとそのまま受話器を置いた。相手に何か言う隙を与えない。アキラは、ここに来るしかないのだ。

多嘉原が郡原に言った。

「しばらくお待ちいただくことになるかもしれません」

「いくらでも待つさ」

多嘉原の言葉とは裏腹に、十分ほどでアキラがやってきた。彼は、神妙な顔をしていた。組長に呼ばれたからなのか、それとも何か他に理由があるのか、甘糟にはわからない。

アキラは、ドアのそばに立ったままだ。多嘉原が郡原に言った。

「さて、アキラを呼びましたよ。何でも訊いてください」

郡原はアキラを見て言った。

「おまえ、半ゲソの二人をどこに隠している」

アキラは、郡原から眼をそらして多嘉原を見た。それから、郡原に視線を戻すと言った。

「それは、何の話ですか?」

「しらばっくれるんじゃねえ。二人を隠すか逃がすかしただろう」

「自分は、しらばっくれてなんかいませんよ。半ゲソの二人って、レイジとヒロシのことですね? お二人はヒロシの自宅をお訪ねになったそうですね。自宅にいませんでしたか?」

郡原は、大きく溜め息をついた。

「なあ、アキラ。俺はおまえの勘違いを正そうと思っているんだ。嘘や隠し事はなしにしようぜ」

「勘違いって、何のことです?」

「おまえ、牛尾を殺したのが、レイジかヒロシだと思っているんだろう?」

アキラはまた、ちらりと多嘉原を見た。

多嘉原は何も言わない。身動きもしなかった。

アキラは、不敵な笑みを浮かべて言った。

「郡原さん。誘導尋問にはひっかかりませんよ。あの二人が、殺人ですって? そんなばかな」

「だからよ。俺はそんなことは考えていねえんだ。そう考えているのはおまえだ。だから、二人が警察に余計なことを言わないように、箝口令《かんこうれい》を敷いた。だが、それでも危険だと考えたおまえは、二人に身を隠すように言った。そういうことだろう？」

アキラの笑みは消えない。

「その手には乗りませんよ。そうやって二人に罪を着せるつもりなんじゃないですか？」

「言ってるだろう。あの二人に罪を着せてるのは、俺たちじゃねえ。おまえだよ」

アキラは、しばらく無言で考えている様子だ。組長の前でヘタは打てないと思っているのだろう。

郡原は、多嘉原に言った。

「せっかく会えたのに、これじゃ話にならねえ。ちっとはまともに俺の話を聞くように言ってくれねえか」

「なぜ私が……」

「俺の話に納得したから、アキラを呼んでくれたんだろう？」

「納得？　何を納得しろとおっしゃるのですか。郡原さんは、何も教えてはくれないじゃないですか」

郡原は苦い顔になった。

「甘糟が電話をもらうまでは、俺にも確信がなかったんでな」

「では、今では確信がおありだということでしょう？」

「まあな」

「では、それをお話しいただかないと、私もアキラも協力のしようがございません」

郡原が頭をかく。

「……とは言えなあ……。へたに捜査情報を洩らすとクビだしなあ……」

「決して外には洩らさないと約束したはずです」

郡原は、睨むように多嘉原を見た。

「話せば協力してくれるんだな？」

「まあ、それは内容にもよりますね」

今度は郡原が考え込んだ。

うわあ、キツネとタヌキの化かし合いのようだ。

甘糟は思った。

互いに弱みを握られまいとしている。そして、郡原はアキラに二人の半ゲソの居場所を吐かせようとしているのだ。

何だかんだ言ってもさすがだよなあ。俺にはできない芸当だ。甘糟はそんなことを思っていた。

これで、もっと真面目に仕事をすれば、きっと出世できるのに……。

郡原は言った。

「牛尾を殺ったのは、レイジでもヒロシでもねえと俺は言ってるんだ。俺は本当にそう思っている。それが、つい今しがた甘糟が受けた電話でわかったんだ」

多嘉原、アキラ、そして甘糟は、ほぼ同じ表情で郡原を見つめていた。

何を言ってるのだろう、という疑問の表情だ。

甘糟が言った。

「ええと……。自分が受けた電話で、何がわかったと……」

郡原はしかめ面をした。

「だからおまえは、ヤクザになめられるんだよ」

「すいません……」

「すいませんで済めば警察はいらねえんだよ」

おお、なんと古典的な啖呵《たんか》だろう。甘糟は、妙なことに感動していた。

郡原が言った。

「小岩の何とかいう捜査員から、レイジと半グレの正木が、同じ族にいたことを聞いたんだろう?」

「ええ……」

「つまり、レイジと正木がつるんでいたわけだ。そう考えれば、事件のからくりがわかってくるじゃねえか」

さっぱりわかってこなかった。

それを言うのが癪《しやく》だったので、甘糟は黙っていた。

「わかりませんね」

甘糟の代わりに多嘉原が言ってくれた。「レイジと正木という半グレがつながっていたから何だとおっしゃるのです?」

「おたくのシマ内でバイをやっていたのは誰かってことだ」

「バイをやっていたのは誰か？」

多嘉原が鸚鵡《おうむ》返しに言った。

ドラッグの販売をやっていたのが誰か、という意味だ。

「そう。三人の半グレのうち、ドラッグを売っていたのは一人だけだという情報だ。それが誰かまだ確認が取れていない」

多嘉原が怪訝そうな顔をした。

「殺されたやつじゃないんですか？」

「みんな、何となくそう思っていたんだ。ドラッグの売買を巡るトラブルで殺されたんじゃないかってな。だが、レイジと正木がつながったことで、そうじゃないことがわかった」

「まだわかりませんね。どういうことなんです？」

「いいかい。あんたのシマでドラッグの売買をするなんて、いくら何でも危険が大きすぎる。いくら仁義もへったくれもねえ半グレだって、そんなリスクはご免だと考えるだろう。ただし、誰か手引きをするやつがいれば別だ」

「手引き……」

多嘉原がつぶやくように言う。「なるほど、それがレイジだったということですか」

「レイジとヒロシは、何か隠し事をしていた。アキラはそれに気づいたんだろう。それで誤解したわけだ。レイジが牛尾殺しの犯人なんじゃないかって……。おそらく、何を尋ねても口を割らなかっただろうからな」

多嘉原がアキラを見て言った。

「郡原さんがおっしゃることに間違いはないのか?」

アキラは、唖然として郡原を見ていた。多嘉原に尋ねられて、アキラは言った。

「あ……。レイジとヒロシが何かを知っているとは思っていました」

「あの二人が、半グレを殺したと思っていたのか」

「そういうこともあり得ると……」

多嘉原は溜め息をついた。

「そういうことはちゃんと確かめないと……」

「だからさ」

郡原がアキラに言う。「二人から話を聞かなきゃならないんだ。やつら、どこにいる?」

しばらく誰も口を開かなかった。組長室の中は緊張を孕《はら》んだ沈黙で包まれた。

うわあ、この雰囲気、耐えられないな。

甘糟がそう思ったとき、アキラが言った。

「信じられませんね」

彼は郡原を見ていた。郡原が尋ねる。

「何が信じられねえんだ?」

「……というより、納得できません。レイジがドラッグ売買の手引きをしていたですって? その証拠がどこにあるんです? 殺された半グレの仲間と、昔同じ族にいたってだけのことでしょう? そんなの根拠でも何でもないでしょう」

「だから、レイジたちに話を聞きたいと言ってるんだ」

「おいそれとレイジとヒロシに会わせるわけにはいきません。どうしても会いたいと言うのなら、令状を持ってきてもらいましょうか」

「令状を拝みたいのなら、すぐに取ってきてやる。裁判所に行けばすぐに発行してくれるんだ」

これは、本当とは言い難い。すぐに発行してくれる場合もあれば、妙に時間がかかる上に判事を説得しなければならないこともある。

この場合どうだろうかと、甘糟は思った。

逮捕状は請求できない。レイジとヒロシを逮捕するべき要件がないからだ。彼らは、被疑者でも被告人でもないから、勾留状《こうりゅう》も請求できない。

となると、残るは捜索差押《さしおさえ》許可状だが、これではレイジとヒロシの身柄を押さえることはできない。

レイジとヒロシから話を聞くのは、あくまでも任意ということになるから、令状は出せないと裁判官は判断するだろう。

つまり、郡原が言っていることは、はったりということになる。

「だがな……」

郡原は言葉を続けた。「俺たち警察官が言われて一番腹を立てるのが、その、令状を持ってこいって台詞なんだよ。俺を怒らせるつもりなら、それなりの覚悟をしてもらうぞ」

アキラは薄笑いを浮かべた。

「ヤクザに脅しは利きませんよ」

「脅しじゃねえんだよ。殺しの捜査となりゃ、こっちだって本気なんだ。やれることは何でもやる。違法捜査と言われてもかまわねえ。多少の無茶は覚悟の上だ」

「多少の無茶ってのは、どういうことです？」

「そうだな。例えば、オヤジにムショに入ってもらうとか……」

アキラの顔色が変わった。

ヤクザにとって、親分は何より大切なのだ。

「そんなことしてみろ。相手が警察《ヒネ》だって容赦しねえぞ」

アキラは滅多《めった》に怒らない。そのほうが大物らしく見えることを知っているからだろう。そのアキラが珍しく気色ばんだので、甘糟はちょっとやばいんじゃないかと思った。

郡原は涼しい顔だ。

アキラがその郡原を睨みつけている。若いが、さすがに多嘉原に信頼されるだけのことはあって、なかなかの迫力だった。

睨まれたのが自分だったら、失神していたかもしれないと甘糟は思った。

「よさねえか」

多嘉原が言った。静かで威厳のある声だった。

アキラが多嘉原を見て言った。

「しかし……」

「郡原さんは、本気でおっしゃったわけじゃないんだ」

「本気じゃなくても、好き勝手言わせておくわけにはいきません」

多嘉原は郡原に言った。

「もともとアキラだって血の気の多い若者の一人です。事務所で、あまり挑発するようなことをおっしゃると、私も止めきれないかもしれません」

「ふん」

郡原が言った。「そっちこそ警察官を脅すたあいい度胸だな」

「脅しじゃありません。警告ですよ」

「俺は、レイジとヒロシから話を聞きたいと言っているだけだ。やつらを被疑者として挙げたいと言っているわけじゃねえ。わからずやのアキラは、そこんところが理解できねえってわけだ」

多嘉原がアキラに尋ねた。

「こう言っておいでだが、どうする、アキラ」

アキラが言った。

「レイジとヒロシを警察のやつらに会わせたくない理由がちゃんとあるんです」

「その理由ってのは、何だ？」

「白いスーツの男です」

出た。

甘糟は思った。こんなところで、白いスーツの男か……。

「それがどうした？」

多嘉原の問いに、アキラがこたえる。

「捜査本部では、白いスーツの男をホンボシと考えて追っているはずなんです。なのに、この二人はレイジとヒロシに会いたがっている。それがどうしても納得できないんです」

郡原はうんざりとした顔になった。

「それはもう、多嘉原のオヤジに説明したよ。白スーツ野郎が、事件をややっこしく見せてたんだ。やつを除いて考えれば、事件はすっきりする」

「そんな都合のいい話がありますか。すっきりするから、容疑者から外すなんて……。捜査はすっきりするかしないか、じゃないでしょう。複雑な事情が絡んだ事件だってあるはずじゃないですか」

郡原がアキラに言った。

「こっちは捜査のプロなんだよ。おまえにそんなことを言われなくてもよくわかっている。ただな、事件には筋道ってもんがあるんだ。白スーツ野郎はどう見てもその筋道に合わねえんだ。だから除外して考える。それが筋読みってもんなんだ」

「しかし、今でも捜査本部では白いスーツの男を追っているんでしょう?」

よく知っているなと甘糟は思った。

本当にヤクザは油断ならない。

郡原がアキラの問いにこたえた。

「俺は、捜査会議でも白スーツ野郎は事件とは関係ねえだろうって言ったんだ。だがな、それを理解できねえ阿呆がいるんだよ」

「阿呆が白いスーツの男を追っていると言うんですか?」

「おう、そういうことだ」

そんなこと言っていいのだろうか。

甘糟は、はらはらしていた。捜査情報を洩らしていることになるんじゃないだろうか。やれることは何でもやる。多少の無茶は覚悟の上だ。郡原はそう言った。それは嘘ではなかったようだ。

郡原は腹をくくっているのだ。それくらいに、レイジやヒロシから話を聞くことが重要なのだ。

「じゃあ、あくまで郡原さんは、白いスーツの男は、事件とは無関係だとおっしゃるわけですね？」

アキラが、確認するように尋ねる。郡原はうなずいた。

「ああ、そうだよ。白スーツ野郎は、ただのお調子者だ。何も考えていねえに違いねえ」

総監に聞かれたらえらいことだ。

そんなことを思いながら、甘糟は黙っていた。

アキラが言う。

「じゃあ、こうしましょう。白いスーツの男が事件とは無関係だと証明してくれたら、レイジとヒロシに会わせてもいいです」

「なんでおまえは、白いスーツの男が犯人じゃねえという根拠を知りてえんだ？」

「郡原さんが嘘をついていないということを知りたいんですよ」

「俺は嘘なんてついてねえよ」

「もし、白いスーツの男が、郡原さんがおっしゃるとおり事件と関係ないことを証明してくれれば、レイジやヒロシが犯人じゃないという言葉も信じましょう」

「理屈になってねえぞ」

「信頼の問題ですよ」

「警察は、そういう取り引きはしねえんだよ。いいだろう。こっちは穏便に済まそうと思っていたんだが、そっちがその気なら、こっちは力ずくでも二人の居場所を見つけ出してやる」

アキラは再び、不敵な笑いを浮かべる。

「やれるもんなら、おやりになるといい。二人は簡単には見つかりませんよ」

郡原は、しばらくアキラを見つめていた。やがて、彼は言った。

「こっちも無駄な手間暇はかけたくねえ。あんたに二人を突き出してもらうのが一番手っ取り早《ばえ》えようだ」

「そうでしょうね。郡原さんと甘糟さんは、どうやら二人きりで動いておられるようだ。とてもじゃないが、二人を探し出すことなんてできないでしょう」

「わかったよ。おまえの言うとおりにしようじゃねえか。白スーツ野郎が事件と無関係だってことをはっきりさせればいいんだな?」

雲行きが怪しくなってきた……。

甘糟はそう考えていた。

アキラが言った。

「そうです。郡原さんが本当のことを言っているのだと信じることができたら、二人に会わせましょう」

「わかった」

郡原は立ち上がった。

多嘉原も立ち上がる。

郡原が出入り口に向かうと、アキラがドアを開けた。郡原は、そのまま事務所を突っ切ると外に出た。

甘糟は、慌ててそのあとを追っていた。

事務所を出ると、甘糟は言った。

「いいんですか、あんなこと言っちゃって……」

郡原は相変わらず、涼しい顔だ。

「あんなこと?」

「白いスーツの男が事件と無関係なことを証明するだなんて……」

郡原が歩を緩める。甘糟はようやく追いついて隣に並んだ。

「そうだな……。ちょっと面倒なことになったかもしれねえな」

「ですよね」

「……つうわけで、おまえには申し訳ないことになったと思っている」

「え、どういうことですか?」

「おまえが調べるんだよ」

「は……?」

「白いスーツの男が何者か調べれば、きっと事件と関係がねえことがわかるはずだ」

「いや、それは……」

甘糟は、どうしていいかわからなくなった。

もちろん、白いスーツの男が何者かはよく知っている。だが、それを郡原やアキラに教えるわけにはいかない。

「また新宿署の上小路あたりに訊いてみろよ。その後、何かつかんでるかもしれねえ」

「はあ……」

何もつかんでいないはずだ。もし、そうなれば警視庁内が大騒ぎになっているはずだ。

「じゃあ、頼んだぞ」

甘糟は、頭を垂れて署までの帰り道を歩いた。

どうして俺だけこんな目にあわなければならないのだろう。そう思うと、甘糟はほとほと情けなくなってきた。

白いスーツの男の正体をでっち上げなければならない。それも、郡原やアキラが納得するようなものでなければならない。

甘糟は困り果てていた。

22

午後六時二十分頃、北綾瀬署の捜査本部に戻った。今日も長い一日だったと、甘糟は思った。

郡原はいつもの席に向かう。甘糟は、黙ってそれに付いて行き、隣に座った。

話をする気にもなれなかった。

白いスーツの男が事件と関係ないことを証明すると、アキラに約束したのは郡原だ。だったら、その証拠を郡原が自分で見つければいい。

何も、俺がやらなくてもいいだろう……。

白いスーツの男の正体を調べろと郡原に言われたが、事実はすでに知っている。それを郡原に伝えられないだけだ。

適当な人物をでっち上げようか。誰かに白いスーツの男だと名乗らせるのだ。その人物にアリバイがあればいいわけだ。

それで、白いスーツの男は事件とは無関係だということになる。

そうなれば、捜査は新たな展開を見せる。今まで郡原と甘糟の二人だけで追っていた線を捜査本部全体で捜査することになるかもしれない。

一気に捜査が進むということも考えられる。

だが、問題は、誰にその役をやらせるかということだ。

半端なやつじゃ、郡原もアキラも信じないだろう。彼らを納得させるためには、それなりの人物を用意しなければならない。

だいたい、嘘をつくときは、本物よりも本物らしい設定が必要になる。

まいったな……。

甘糟は思った。そんな人物に心当たりはない。どこかの組の幹部や親分なら、貫目の具合がちょうどいいが、自分のためにそんな芝居をしてくれるエライ人がいるとも思えない。

捜査一課の土井係長らは、必死で白いスーツの男を探している。自分が白いスーツの男だ、などと名乗り出たら、殺人のことを厳しく追及されるだろう。

送検のリミットまでの四十八時間、それこそ一睡もさせてもらえず、休みすらない取り調べが続くはずだ。捜査員が交代で取り調べるのだ。

そんなことを、おいそれと人に頼めるものではない。

しかも、本物ではないとばれたときのことを考えると、甘糟はぞっとした。

捜査本部は、甘糟が偽物をでっち上げたことを突き止めるかもしれない。甘糟が捜査妨害をしたということになってしまう。

クビが飛ぶかもしれない。

いや、それよりも、嘘だとわかったときに郡原に何をされるかを想像するだけで、気が遠くなりそうだった。

冗談じゃないぞ。

だいたい、甘糟は嘘が嫌いだ。……というより、嘘をついているときの緊張感が嫌いだ。嘘をついてどきどきするくらいなら、本当のことを言ってしまったほうがいいと、いつも思う。

あるとき、先輩にそう言ったら、じゃあ、結婚しないほうがいいな、と言われた。

まあ、それはさておき、嘘をつくと結局は事態をこじれさせることになると甘糟は思っている。

今回だってそうだ。偽の白いスーツの男をでっちあげるのは、リスクが大きすぎる。

どうしたもんかなあ……。

甘糟は溜め息をついた。

そんなことを考えているうちに、仕出し弁当が配られた。取りあえず、難しいことは忘れて夕食に専念する。捜査員にとって食事は重要だ。他に楽しみがないのだ。

甘糟は、まずきんぴらゴボウにうっとりし、タケノコの煮物に吐息を洩らし、鶏の唐揚げに感動した。

至福の時間はすぐに過ぎ去った。弁当を食べ終えると、あとは仕事が待っているだけだ。

捜査員の上がりの時刻が午後八時。それからすぐに捜査会議が開かれることになってた。

「マジかよ……」

郡原がつぶやいた。彼の視線を追って、甘糟も驚いた。

またしても警視総監、それから刑事部長、北綾瀬署署長、そして捜査一課長も、そろって出入り口から姿を現した。

捜査員全員が起立をする。

郡原がさらに言う。

「何だって総監は、この事案にこんなに入れ込んでるんだ?」

甘糟は理由を知っている。だが、知らんぷりをするしかない。

「たしかにこんなに捜査本部に顔を出すのは珍しいですよね」

「珍しいどころか、はっきり言って異常だぜ。しかも、今日は土曜日だぞ」

「そうですね」

「何かあるのかな……」

郡原でなくても疑いたくなるはずだ。

甘糟は言った。

「他に大きな事案もなく、暇なんじゃないですかね……」

「暇なら家に帰って休めばいいだろう。きっと何か事情があるに違いない」

「どうでしょう……」

「そう言えば、おまえ、総監に呼び出されたことがあったよな」

「はあ……」

「総監が一介の捜査員を呼び出すというのも異常だ。なんかおかしいな……」

「おかしいですかね……」

郡原がじろりと甘糟を睨む。

「おまえ、何か知ってるんじゃねえだろうな」

うわあ、怖い。

何もかもしゃべってしまいそうだ。郡原に取り調べを受けて、何時間も頑張る被疑者がいるというのが信じられない。

幹部たちがひな壇に着席して、すぐに捜査会議が始まったので、郡原に追及されずに済んだ。

郡原は鋭い。甘糟が隠し事をしていることに、すでに気づいているかもしれない。もしかしたら、白いスーツの男のことを甘糟に調べておけと言ったのは、何もかも知った上でのことなのではないだろうか。

いや、それはあり得ない。もし、白いスーツの男が警視総監であることを知っていたら、土井に対してもっと別な出方をするだろう。

事実を知らないまでも、うすうす勘づいているというところだろうか。郡原に厳しく追及されたら、黙っている自信はない。

甘糟は、本当にどうしていいのかわからなかった。

捜査本部ができて三日目だ。捜査会議で発表されることも、徐々に少なくなってくる。初動捜査の報告が一番多いのだ。目撃情報や物的証拠は、日を追うごとにどんどん減っていく。

そんな中、土井係長の鼻息が荒かった。

「白いスーツの男の足取りがつかめるかもしれません」

彼は、そう発言した。

甘糟は思わず栄田警視総監の顔を見ていた。総監は無表情だ。だが、動揺しているのは明らかだ。

捜査一課長が言う。

「それは朗報だ。詳しく説明してくれ」

土井係長は得意げに話しだした。

「丹念に目撃情報を追ったところ、白いスーツの男は、黒い車両を使用しているらしいことがわかりました」

「黒い車両？」

「はい」

「車種は？」

「セダンだということですが、まだ車種は特定できていません。しかし、マルBならベンツが定番でしょう」

それを聞いて郡原が低い声でつぶやいた。

「いつの時代の話をしてるんだ……」

たしかに郡原が言うとおりだった。ヤクザが黒塗りのベンツを多用していたのはずいぶんと前のことだ。

今は国産車が主流だ。しかも、セダンよりもハッチバックや、ミニバンが増えつつある。アメリカあたりのマフィアの影響だろう。

「黒のセダンか……」

捜査一課長が言った。「ありふれた車だな」

「そうとも言えません」

土井係長がこたえる。「最近はセダン自体が減っています。黒いセダンとなると、ハイヤー等営業車なんかは見かけますが、自家用車ではむしろ珍しいでしょう」

「黒いセダンの自家用車か……。たしかに、マルBくらいしか乗らないかもしれない」

捜査一課長は、冗談のように付け加えた。「まあ、警察幹部の公用車の中にも黒塗りのセダンはあるがな……」

署長と管理官は、同調するように笑った。だが、警視総監は笑わなかった。

甘糟もひやりとしていた。

土井係長の言葉が続いた。

「車種が特定できれば、そこからナンバーも洗い出せるでしょう。そうすれば、Nシステム等も活用できるので、白いスーツの男の足取りがつかめるはずです」

捜査一課長が力強くうなずく。

「よし、引き続きよろしく」

捜査一課は伊達じゃない。土井係長が言ったとおり、近々白いスーツの男が使用している黒いセダンが、警視庁の公用車であることを突き止めるだろう。

そこから白いスーツの男が警視総監であることも明らかにされるに違いない。

甘糟は、他人事ながらはらはらしていた。考えてみれば白いスーツの男の正体がばれたところで、甘糟には何の影響もないだろう。だが、秘密を共有しているという一種の共犯意識があった。

捜査一課長が言った。

「他に何かなければ、これで会議を終了する」

そのとき総監が言った。

「白いスーツの男に捜査が集中するのもどうかと思うが……」

捜査幹部全員がさっと緊張するのがわかった。警視総監の一言というのは、それほど力がある。

捜査一課長がおろおろしているので、代わりに刑事部長が言った。

「目下のところ、容疑が一番濃いのが、その白いスーツの男なわけですが……」

総監がこたえる。

「だが、白いスーツの男が事件とは関係ないという見方もあるようだが……」

「マル暴からの情報ですね」

「そうだ。所轄のマル暴が、他の線を追っていたはずだが……」

刑事部長が刑事課長に言った。

「そっちはどうなっているだろう」

刑事課長が管理官に言った。

「報告してくれ」

管理官が所轄の刑事組対課長に言う。

「報告を」

刑事組対課長が郡原を見て言った。

「その後、どうなっている？」

ああ、面倒臭い。偉い人がたくさん来ているとこういうことになる。ストレートに質疑応答ができなくなるのだ。

郡原が立ち上がって言った。

「この事案は、どうもすっきりとしません。こんがらかった糸のような感じです。それは、おそらく白スーツ野郎に眼を奪われているからです」

総監の前で、「野郎」はまずいだろうと思ったが、黙っているしかなかった。

刑事部長が言った。

「どういうことか、詳しく説明してくれ」

郡原がひとつ大きく息をついた。

「殺害の動機が脱法ドラッグの売買だったことは、ほぼ間違いないと思います。問題は、誰がドラッグを販売していたか、ということです」

刑事部長が怪訝な顔で尋ねる。

「殺害された半グレじゃないのかね?」

たぶん、警視総監の疑問を代弁しているのだろう。捜査一課長や管理官たちも同様の顔をしている。

郡原はかぶりを振った。

「それじゃ、話の筋が通らないんです」

刑事部長が苛立たしげに尋ねる。

「どういう話の筋だ?」

「薬物の売買絡みで売人が殺害されたとしたら、たいていは縄張り荒らしか金銭トラブルです。しかし、そういうトラブルは起きていない」

「どうしてわかるんだ?」

「管内のマルBの様子を見ていればわかりますよ。それが俺たちの仕事ですからね」

「だが、半グレがドラッグを売っていたのは、多嘉原連合の縄張りなんだろう?　それが問題で

ありません」

「たしかに多嘉原連合が、この事件に絡んでいます。しかし、殺したのは多嘉原連合のやつじゃ

甘糟は、説明を押しつけられなくてよかったと思っていた。まだ真相が見えてこない。

縄張りの中でドラッグを売っていた牛尾を、レイジとヒロシが見つけて小競り合いになった。

それが尾を引いて、対立がエスカレートして、ついにレイジとヒロシが牛尾を殺害した。

それに気づいたアキラが、レイジとヒロシをなんとか逃がそうとした。

それが筋だと、甘糟は思っていた。

だが、郡原はそう考えていないようだ。からくりがよくわからない。

甘糟も郡原の説明に耳を傾けることにした。

郡原の言葉が続いた。

「そして、おそらくドラッグを売っていたのは、被害者・牛尾の仲間の、正木高彦だと思います」

その話は多嘉原と会ったときにも聞いた。あのとき郡原は、ドラッグを売っていた人物が正木高彦だとはっきり言ったわけではない。だが、話の流れからそれしか考えられなかった。そこまでは甘糟もなんとなく理解できた。

郡原の話が続く。

「そもそも、どうして半グレが多嘉原連合の縄張りでドラッグを売ろうなどと考えたか……。多嘉原連合内に、販売を手引きするやつがいたからに違いない。自分はそう考えました。そこで、

半グレと多嘉原連合の半ゲソたちに何かつながりがないか探ってみたのです」

そういうことだったのか……。

郡原に、半ゲソと半グレのつながりを調べろと言われた理由が、今ようやくわかった。

そして、ようやく甘糟にも事件のからくりが見えてきた。

「そのつながりが見つかりました」

郡原の説明が続く。「正木高彦と、多嘉原連合の半ゲソの一人、レイジこと橋本礼治は、かつて同じ江戸川区の暴走族に所属しておりました」

捜査本部内は、しんと静まりかえっている。捜査員たちは郡原の話に、真剣に聞き入っているのだ。

「この二人の関係が判明したことで、彼らの役割がはっきりしました。つまり、橋本礼治の手引きで、正木高彦がドラッグを販売していたと考えられるのです」

「質問、いいでしょうか」

捜査一課長が刑事部長に言った。刑事部長は警視総監の顔をうかがう。警視総監が鷹揚にうなずき、刑事部長が質問を許した。

捜査一課長が郡原に尋ねた。

「そもそも、事件の端緒は、半グレと多嘉原組準構成員の睨み合いだったんじゃないのか？　その正木と橋本という二人が昔からの知り合いなら、どうして睨み合いなんかになったんだ？」

「芝居ですよ」

「芝居……？」

「二人が知り合いだということを、仲間に知られたくなかったんです。共謀して薬物を販売していたという負い目がありますからね。二人とも相手のことは知らない振りをしていたんじゃないでしょうか」

刑事部長が捜査一課長に言った。

「いいかね？」

「もう一点だけ……」

刑事部長がうなずく。捜査一課長が郡原に言った。

「ドラッグを売っていたのが正木で、橋本がその手引きをしていたというのは確かなのか？　彼らが昔同じ暴走族にいたという事実以外に、何か証拠はあるのか？」

「証拠はありません。しかし、間違いありません。そう考えると、今回の事件はすべて辻褄《つじつま》が合うのです」

「しかし、辻褄が合うというだけで、被疑者を逮捕することはできない」

「だから、レイジとヒロシの身柄を取って、話を聞きたいんです」

「じゃあ、どうしてそうしないんだ？」

「二人は殺人の容疑者じゃないんです。参考人ですよ。任意で事情を聞くしかないんです。しかし、多嘉原連合ががっちり彼らをガードしているんです」

「何とかならんのか。君たちはマル暴だろう……」

「何とかしようとしていますよ。交渉を続けています。彼らも譲歩してきました。もし、白いスーツの男の正体を教えてくれるのなら、二人に話をさせると言われました」

捜査一課長に代わり、刑事部長が言った。

「白いスーツの男が第一の容疑者ということになっていたはずだが……」

「当該の人物は、ドラッグの売買に関与していません。従って、殺人事件にも関わっていないと思われます」

「じゃあ、どうして多嘉原連合の連中は白いスーツの男の正体を知りたがっているんだ？」

「あわよくば、そいつに罪を着せたいと思っているんでしょう。捜査本部の方針でいけば、いずれ白いスーツの男が逮捕されて被疑者となるわけですから……」

「その人物の足取りを追っているんだろう？　正体はわからないのか？」

この刑事部長の質問を受けて、捜査一課長が土井係長に言った。

「どうなんだ？」

土井係長は、慌てて立ち上がった。

「先ほども申しましたように、使用している車両がじきに特定できると思います。そうなれば、身元も判明するものと思われます」

甘糟は警視総監の顔を見た。総監の表情は変わらない。

この自制心はさすがだなと思った。他人事だが、甘糟のほうがうろたえていた。

刑事部長が、確認するように郡原に言った。

「白いスーツの男の身元が判明して、それを多嘉原連合の関係者に伝えれば、レイジとヒロシという準構成員たちに話が聞けるということだな？」

「今のところ、それが一番手っ取り早いかと……」

「しかし、白いスーツの男の正体はまだわかっていない」

「そこんところを、捜査一課の皆さんにぜひ頑張っていただきたいと……」

土井係長が悔しそうな顔をしていた。

刑事部長がさらに質問する。

「それで、レイジがドラッグ売買の手引きをしていたことを聞き出した後はどうするんだ？」

「なんとか、正木高彦の身柄を押さえます。そして、殺人を自白させれば詰みです」

静まりかえっていた捜査本部内がざわめいた。そのざわめきは次第に大きくなっていく。

司会進行役の捜査一課長が言った。

「静かに。勝手な発言は慎むように」

甘糟はもはや驚かなかった。郡原が何を言おうとしているのか、すでに気づいていたからだ。

なるほどな……。甘糟は思った。

レイジと正木とのつながりがわかったときから、郡原の頭の中には、事件の構図がはっきりと描かれているに違いない。今では、甘糟の頭の中にも同様の絵が浮かび上がっている。

刑事部長が、多くの捜査員や幹部たちの疑問を代弁するように、郡原に尋ねた。

「正木高彦が牛尾を殺害したということか？　どうしてそういうことになるんだ？」

「話が長くなりますが……」

「かまわん。ちゃんと説明してくれ」

警視総監は何も言わなかった。だが、彼も興味を引かれているのは明らかだった。

「牛尾は、ドラッグ売買の関係で殺害された。そのこと自体には納得できるんです。裏社会の資金源で薬物の売買ってのはかなり大きなウエイトを占めますから。しかし、牛尾が売人で、何かトラブルを起こしたから消されたという筋には、どうしても納得ができませんでした」

「なぜだ？　なぜ納得できなかったんだ？」

「殺し方ですよ」

「殺し方……」

「薬物のトラブルだったら、殺される前にもっと痛めつけられているはずです。見せしめの意味合いが強いですからね。でも、牛尾はあっさり殺されている」

刑事部長は、捜査一課長に尋ねた。

「どう思う」

「一理ありますね」

郡原は続けた。

「抵抗の跡もありませんでした。いきなりぶすりとやられたようだと、鑑識が言ってました。状況を聞いたとき、顔見知りの犯行じゃないかと思いました。それがずっと頭の中にあったんです」

そうだったのか……。

郡原はかなり早い段階から筋を読んでいたということか……。

たぶん郡原は、現場で遺体を見ていない。甘糟に「ホトケさんを拝んでこい」と言って、自分は離れた場所にいた。

鑑識から話を聞くだけで充分だと考えたのだろう。殺人の捜査はあくまで強行犯係の仕事だ。

もしかしたら郡原は、自分に同じように筋読みをすることを期待していただろうか。甘糟はふと、そんなことを思った。

もし、現場で顔見知りの犯行であることに気づいていたら、レイジと正木が知り合いだと知ったときにぴんときていたはずだ。

まだまだ郡原にはかなわないな。

甘糟はそう思った。

「なるほど……」

刑事部長が思案顔で言った。「今の話は筋が通っているように思える」

捜査一課長が眉間にしわを刻んで言った。

「じゃあ、白いスーツの男は、ホンボシではないと……」

それに郡原がこたえた。

「事件を引っかき回されただけです。白スーツ野郎を除外して考えれば、事件の構図はすっきりするのです」

刑事部長が腕組みをした。

「犯人ではないかもしれない。だが、その正体がわからなければ、多嘉原連合の準構成員から話が聞けない。どうしても正体を知る必要があるというわけだ」

何か言ってくれないだろうか。そんなことを思って、甘糟は警視総監を見た。

23

「とにかく、白いスーツの男の身元の洗い出しを急いでくれ。特命班の二人は、引き続き多嘉原連合と交渉するように」

刑事部長のそんな言葉で、捜査会議は終わった。

幹部たちは、悠々とひな壇を離れ、出入り口に向かう。捜査員たちは全員起立でそれを見送った。

警視総監はまったく表情を変えない。いったい、どうするつもりだろう。このまま知らんぷりを続けるのだろうか……。

「おい、白スーツ野郎の正体の目星はまたつかねえのか?」

郡原にそう尋ねられて、甘糟はうろたえた。

「いえ、なかなか尻尾を出さないので……」

「ぐずぐずしていると、土井に先を越されるぞ」

「はあ……」

携帯電話が振動した。嫌な予感がして、それが的中した。

警視総監からだった。

「はい。甘糟です」

甘糟は、電話を耳に当てながら立ち上がり、廊下に向かった。郡原が怪訝そうな顔を向けているのが気になった。

「俺だ。郡原の言ったことに間違いはないんだな?」

「どの部分ですか?」

「全部だ」

「おそらく間違いないかと……」

「白いスーツの男の正体を教えないと、二人の準構成員に会わせないと、多嘉原連合の連中は言っているわけだな?」

「アキラという組員が、その二人の面倒を見ていまして……。アキラが彼らを匿《かくま》っているようです」

「暴力団に好き勝手言わせていて、マル暴がつとまるのか」

「申し訳ありません」

なんで謝らなければいけないのだろうと思いながら言った。元はと言えば、あんたのせいだ、と言ってやりたかった。

「ガサでも入れて、無理やりにでもその準構成員たちを引っ張れないのか」

「それは無理だと思います。アキラが二人をどこに匿っているかわからないので……」

「じゃあ、アキラを引っ張って来て叩けばいい」

「それも考えましたが、時間がかかるでしょうね。アキラはなかなか吐きませんよ」

「何とかならないのか……」

「郡原が勘づいている様子です」

「勘づいている？　何に……」

「自分の様子がおかしいことに気づいているのでしょう」

しばらく間があった。

「なんとかごまかすんだな」

「郡原は鋭いですよ。会議でおわかりでしょう」

また無言の間。総監も苦慮しているようだ。やがて、また総監の声が聞こえてきた。

「郡原に教えろ」

「え……。何をですか」

「白いスーツの男が俺だということを、だ」

「信じないかもしれません。誰だって、そんなこと、信じられませんからね」

「わかった。じゃあ、署の駐車場まで来い。公用車の中で待っている」

「え……、あの……」

電話が切れた。

甘糟は、大急ぎで郡原のところに戻り言った。

「すいません。ちょっと、いっしょに来ていただけますか？」

「ああ……？」

郡原は椅子にもたれたまま、険悪な眼で甘糟を見た。思わず首をすくめたくなる。

「あの……。郡原さんに会いたいという人がいまして……」

「何者だ?」

「その……、来ていただければわかります」

「俺を呼び出すたあ、太《ふて》えやつだな。どこにいる?」

「駐車場です」

「面倒くせえなあ……」

そう言いながらも、郡原は立ち上がった。


「どこだよ?」

「こっちです」

甘糟が公用車に近づくにつれ、郡原の表情が変わってきた。

「俺に会いたい人って、まさかあの中にいるんじゃないだろうな」

「あの中です」

公用車の外には警備部とおぼしき二人が立っていた。一人は運転手だろう。

窓ガラスがゆっくりと下がっていき、警視総監が顔を出した。郡原はその場に立ち尽くした。

「車に乗ってくれ」

総監が言った。「郡原君は私の隣。甘糟君は助手席だ」

さすがの郡原も、こちんこちんだ。いや、これで普通なのかもしれない。総監は、一介の刑事が直接口をきける相手ではない。

驚き、緊張して突っ立っている郡原に、総監が言った。

「早くしてくれ。時間がないんだ」

車の中には総監しかいなかった。

「失礼します」

郡原は滑稽なほど慌てた様子で後部座席に乗り込んだ。甘糟も、言われたとおり助手席に座る。

甘糟がドアを閉めるとすぐに、総監が言った。

「余計なことを言っている時間はないので、単刀直入に言うぜ。白いスーツの男の正体は、俺だ」

甘糟は体をひねって二人を見ていた。郡原は、何を言われたのかわからない様子で、目を丸くしている。

「どうした」

総監が郡原に言った。「さっきはあんなに切れるところを見せてくれたじゃねえか。ぽかんとしている場合じゃねえぞ。さあ、どうする。俺のことを多嘉原連合のやつらに教えるかい？」

郡原は、総監の伝法な口調にも驚いた様子だった。だが、いつまでも驚いてはいられない。彼はごくりと喉を鳴らすと言った。

「いったい、どうして総監が白いスーツ姿で……」

「世直しだよ」

「失礼ですが、決して世直しにはなっていないかと……」

「小せえことから始めるんだよ。トップにいるとなあ、世俗のことがわからなくなるのよ。政局とか人事とかの話ばっかりでな。俺は、警察官だって実感がほしかったんだ」

迷惑な話だと、郡原も思っているに違いない。……と思っていたら、郡原が言った。

「すばらしい。はるか高みにいらっしゃっても、市井《しせい》のことをお忘れにならない。まるで、『暴れん坊将軍』ですね」

総監がうれしそうな顔になった。郡原は、こういうところはまったくそつがない。甘糟はあきれてしまった。

「おう、おめえさん、話がわかるな。それで、どうする？　多嘉原連合のやつらに、白いスーツの男の正体を教えなきゃ、準構成員に会わせてもらえねえんだろう？」

郡原は即座に言った。

「教えるしかありませんね」

総監が苦い顔になった。

「あまり世間に知られたくねえなあ……」

「多嘉原連合のやつには教えますが、口止めすればいいんです」

総監がわずかに前のめりになる。

「そんなことができるのか？」

「もちろんです。甘糟がやりますよ」

「うわっ」

思わず声が出た。

郡原が言った。

「何が、うわっ、だ。アキラが言った条件は、正体を教えろということだけだ。それを教えて、決して口外するなと言ってやれ」

総監が甘糟を見て言った。

「よし。それでいこう。それで、多嘉原連合のほうは何とかなるな」

何が、それでいこう、だ。アキラがそれで納得するとは限らないのだ。甘糟は頭を抱えたくなった。

総監がさらに言った。

「捜査本部のほうはどうする？　やつら、じきにこの車のことを嗅ぎつけるぜ」

「そうですね……」

郡原が思案顔になった。たいていの人はそうすると思慮深い雰囲気になるが、郡原の場合ひどく狡猾《こうかつ》そうな感じがする。「まあ、それは後で考えましょう。自分ら、これから多嘉原連合に行ってきます」

「もう、九時過ぎだぞ」

「ヤクザは、警察官と同じで時間なんて関係ありませんよ」

「わかった。結果を報告してくれ」

「直接ですか？」

「そうだ。直接私の携帯電話にかけてくれ。番号は、甘糟が知っている」

郡原が甘糟を見た。なんだか悔しそうな顔をしている。

「では、失礼します」

郡原が車を下りたので、甘糟も慌ててドアを開けた。

総監が言った。

「頼んだぞ」

「了解しました」

そうこたえるしかなかった。上司から何かを命じられたら、警察官には「了解」の二文字しかない。

甘糟がドアを閉めると、車の外にいた二人が動いた。一人は運転席に、一人は後部座席に乗り込む。そして、公用車は走り去った。


多嘉原連合の事務所にいた当番の若い衆に、アキラを呼べと、郡原が言った。当番が電話をかけると、十分ほどでアキラがやってきた。

郡原が言った。

「白いスーツの男の正体がわかった」

アキラが言った。

「何者です？」

「ここじゃ言えねえ」

アキラはちょっと考えてから言った。

「今、オヤジに連絡するから、ちょっとお待ちください」

「多嘉原に……？」

「郡原さんたちから連絡があったら、すぐに知らせろと言われていたんです」

郡原がうなずくと、アキラは携帯電話を取り出してかけた。

それから五分後、事務所に多嘉原が姿を見せた。こんな時間なのにスーツを着ていた。もしかしたら着替えたのかもしれない。多嘉原は伊達男だ。

多嘉原は、郡原と甘糟に言った。

「どうぞ、こちらへ……」

二人は組長室に案内された。前回同様にソファに腰を下ろす。アキラもついてきた。彼は出入り口の近くに立っていた。

多嘉原が机の向こうに座り、言った。

「さて、聞かせてもらいましょうか。白いスーツの男の正体を……」

郡原は即座にこたえた。

「警視総監だ」

誰も口を開かなかった。さすがの多嘉原も、きょとんとした顔になっている。アキラも同様だ。

やがて、アキラが言った。

「ふざけたことをおっしゃっちゃ困りますね」

多嘉原がそれを片手で制した。

「そりゃまた、突拍子もない話に聞こえますね。アキラが腹を立てるのももっともです」

その多嘉原の言葉に、郡原がこたえた。

「信じる信じねえは、そっちの勝手だ。白いスーツの男の正体を教えろと、アキラに言われたので、教えたまでだ」

「嘘ならもっとましなことをおっしゃるでしょうね……」

「確かめてみればいい。レイジとヒロシは、白いスーツの男の顔を見ているんだろう？　総監の顔写真を手に入れて、見せてみろ」

「写真を提供してくださらないのですか？」

「今どき、ネットで検索すればいくらでも出てくるよ」

それを聞いてアキラが組長室を出ていった。若い衆に総監の写真を入手するように命じるのだろう。

あるいは、レイジかヒロシに連絡するのかもしれない。彼らがスマホかパソコンで検索すれば話が早い。

郡原が言った。

「俺の話の確認が取れたら、レイジたちに会わせてもらえるな？」

多嘉原が考えながら言った。

「レイジとヒロシを捕まえようって話じゃないんですよね」

「違う。レイジから話を聞けば、真犯人がわかるんだ」

多嘉原はまた無言で考え込んだ。

そこにアキラが戻って来た。多嘉原がアキラに尋ねた。

「どうなんだ？」

「レイジが、スマホで警視総監の顔を確認しました」

「それで……？」

「たぶん間違いないと言ってます」

多嘉原の眼が厳しくなる。

「たぶんじゃだめだろう」

とたんにアキラが背筋を伸ばす。

「間違いありません」

普段偉そうにしているアキラも、親分の前ではたじたじだな。甘糟は、自分が郡原に叱られているところを連想した。どこの世界でもこういうときは似たようなものだ。

多嘉原が郡原に言った。

「警視総監といや、警視庁の親分でしょう。それが、なんで夜の街を妙な恰好でうろついているんですか？」

「総監には総監のお考えがあるんだよ」

「どんなお考えが……？」

郡原が顔をしかめた。

「知らねえよ。とにかく、白いスーツの男の正体は教えたんだ。約束どおり、レイジたちに会わせてもらうぞ」

多嘉原は、アキラにうなずきかけた。アキラは、一瞬何か言いかけたが、あきらめたように部屋を出て行った。

郡原が多嘉原に尋ねた。

「二人をどこに匿っているんだ？」

「ここにいますよ」

「何だと？」

「二人とも、二階にいます」

「てっきりどこか遠くに逃がしたのかと思っていた」

「どこに逃がしたって、警察の包囲網に引っかかるでしょう。だったら、しばらくここに置いておいたほうがいいと、アキラは考えたんですよ」

「ふん、灯台もと暗しってわけか……」

ドアをノックする音がして、アキラが戻って来た。レイジとヒロシが神妙な顔をしてそれに従っている。

別に警察に話を聞かれるから神妙な顔をしているわけではないだろうと、甘糟は思った。おそらく、多嘉原に呼ばれて組長室にやってきたので緊張しているのだ。

多嘉原が言った。

「郡原さんが、おまえたちから話を聞きたいとおっしゃっている。なんでも、おまえたちの疑いを晴らしてくださるそうだ」

レイジとヒロシが暗い眼を郡原に向ける。

彼らは、アキラの横に立っている。ドアの前だ。郡原が言った。

「橋本礼治。おまえは昔、正木高彦と同じ暴走族にいたことがあるな？」

レイジはこたえない。ちらりとアキラの顔を見た。

アキラは無表情だ。多嘉原が言った。

「いいから、事実をありのままにこたえろ」

たちまちレイジはしゃべりだした。

「ああ。それがどうした」

郡原はまた顔をしかめた。

「生意気な口をきくんじゃねえ。目上の者には敬語を使えと、普段教わってるんじゃねえのか」

「警察《ヒネ》は別だよ」

組長や兄貴分の前で、精一杯虚勢を張っているのだ。見ていて痛々しくなるな。普通にすればいいのに……。

甘糟はそんなことを思っていた。

「まあいい」

郡原は、質問を続けた。「族を抜けた後も、おまえと正木との付き合いは続いていたんだな？」

「そりゃあ、すぐに切れちまうような絆《きずな》じゃねえよ」

彼らは居場所を求めている。もともと、家庭にも学校にも居場所を見つけられなかった若者たちだ。

そういう連中が暴走族などの不良集団に引き寄せられていく。反社会的であることは彼らにとってはどうでもいいことなのだ。

その集団の仲間意識や、先輩後輩の関係が大切なのだ。社会からはじき出された者たちの疑似社会だ。彼らは、それに寄り添うしかないのだと甘糟は思っていた。

郡原の質問が続く。

「正木は、ドラッグを売っていた。最初はちゃんと売り上げを上に納めていたが、そのうちに上には内緒で自分の金を稼ぐために、どこかでドラッグを売ろうと考えた。地元でそれをやっちゃあまずい。それで、おまえに話を持ちかけたわけだ」

レイジは、居心地悪そうに身じろぎをしただけで何も言わなかった。

多嘉原が言った。

「ちゃんとこたえろと言っただろう」

レイジは郡原に、ではなく多嘉原に言った。

「はい。たしかに正木にうちの縄張りでバイをしたいんだが、何とかならないかと言われました」

多嘉原が尋ねる。

「それで、おまえはどうした?」

「すいません。断れませんでした。俺たちが見回りをする日時とかを、正木に教えました」

レイジは顔色を失っている。多嘉原は何も言わなかった。

郡原が質問を再開した。

「おまえは、それを組に知られたくなかった。そんなおまえを見て、アキラは勘違いをした。おまえが牛尾を殺したんじゃないかと疑ったわけだ」

レイジは慌てた様子で言った。

「俺じゃねえ」

それからレイジはアキラのほうを見ていった。「自分じゃないんです。殺しなんてやってないです」

郡原が言った。

「だから、勘違いだって言ってるだろう。おまえが牛尾を殺していないことはわかっている。殺ったのは正木だからな」

レイジは郡原を無言で見つめていた。

多嘉原が郡原に言った。

「そいつはまた、どういうからくりなんです?」

「上には内緒でドラッグを売っているのを、牛尾に知られちまったってわけだ。それで正木は慌てた。おそらく、牛尾を抱き込もうとしたんだろう。その話がこじれて、正木は牛尾を刺しちまった」

多嘉原がレイジに尋ねた。

「おまえは、そのことを知っていたのか?」

「え……、そのことと言いますと……?」

「正木ってやつが、牛尾を殺したことだ」

レイジはぶるぶるとかぶりを振った。

「いえ、知りませんでした。でも……」

「でも、何だ?」

「もしかしたら、そういうこともあり得るかと思っていました」

「どうしてそれを、すぐに俺なりアキラなりに言わなかったんだ」

「あ、その……。それは……」

郡原が言った。

「言えねえだろうよ。よそ者にシマ内でドラッグの販売の手引きをしていたんだからな」

多嘉原は溜め息をついた。

「手引きなんて、大げさでしょう。知り合いがやることを、ちょっとお目こぼししたというだけのことです」

「だが、ドラッグのバイだぜ」

「まあ、けじめはけじめですね……」

多嘉原は、レイジとヒロシの二人を見て言った。「おまえら、丸刈りにしろ」

「えっ」

ヒロシが目を丸くした。「自分もですか……」

「おまえも事情は知っていたんだろう。ずっといっしょに行動していたんだからな。共同責任だ」

ヒロシはそれ以上何も言わなかった。レイジとヒロシはしゅんとなった。

多嘉原が郡原に尋ねる。

「それで、レイジは何かの罪に問われるんですか?」

「危険ドラッグの販売は、薬事法違反と薬物濫用防止条例違反になる。レイジはその共犯ということになるが……」

多嘉原組の連中は、じっと郡原の次の言葉を待った。

郡原がおもむろに言った。

「事と次第じゃあ、おとがめなしにしてもいい」

多嘉原が聞き返す。

「事と次第?」

「これから先は、あんたとだけ話をしたい」

郡原が言うと多嘉原は、一瞬怪訝な顔をしてからアキラたちに言った。

「おまえら、出ていろ」

アキラが言った。

「しかし……」

郡原が一睨みすると、アキラたちは逆らうことができず、部屋を出て行った。

「さて、お話をうかがいましょうか」

多嘉原にうながされて、郡原が話しはじめた。


捜査本部に戻ったのは、午後十時半頃だった。捜査員が何人か残って何か調べものをしている。その中に土井係長の姿があった。

郡原は、土井を一瞥《いちべつ》してから管理官に近づいた。

「ちょっといいですか?」

「何だよ」

うるさそうに顔をしかめて管理官は郡原を見た。

郡原が、レイジから聞いた話を伝えた。

疲れ果てている様子だった管理官の表情が、たちまち引き締まった。

「それって、裏が取れたってこと？」

「そういうことです」

「じゃあ、ホンボシは正木で決まりってことだな」

「そう思います」

管理官は、すぐに受話器を取った。捜査一課長に連絡をするのだろう。

土井が何事かと近づいてきて言った。

「ホンボシがどうしたって……？」

「半グレ仲間の正木ってやつが、牛尾殺しのホンボシだって話だ」

「会議でもそんなことを言っていたな。じゃあ、白いスーツの男はどうなるんだ」

「そいつの正体なら、じきにわかるよ」

「何だって……？」

土井が顔色を変える。電話を切った管理官も驚いた様子で言った。

「じきにわかる？　それはどういうことだ？」

郡原はこたえた。

「言ったとおりの意味ですよ。おっと……」

郡原は、携帯電話を取り出した。「知らせが届いたようです」

「知らせ？」

管理官が尋ねる。「何の知らせだ」

「ですから、白いスーツの男の正体ですよ」

郡原は、携帯電話を見ている。それから満足そうに笑みを浮かべると、管理官に差し出した。

管理官と土井は画面を覗き込んだ。

「よく見てください」

まず管理官が携帯電話を手に取った。しげしげと見つめてから、それを土井に手渡す。土井は、食い入るように画面を見つめた。

郡原が土井からひったくるように携帯を回収し、甘糟に言った。

「おまえも確認のために見ておけ」

「はあ……」

甘糟は、携帯電話を受け取り、その画面を見る。

白いスーツを着た男が映っていた。白いソフト帽までかぶっている。赤いネクタイに、胸には赤いチーフ。

甘糟はその顔を確認した。

それは、ついさっきまで会っていた人物の顔だった。

管理官が郡原に尋ねる。

「それは、何者だ？」

「多嘉原由紀夫。多嘉原連合の組長です」

管理官が目を丸くする。

「白いスーツの男の正体が、多嘉原連合の組長だったということか？」

「そう。ついさっき、本人がそう認めました。その写真が何よりの証拠です」

「ばかな……」

土井が言った。「俺たちは必死で白いスーツの男の足取りを追ったんだ。それなのにどうしても正体がわからなかった」

「黒いセダンまでたどり着いたのは、おまえらにしては上出来だ。多嘉原は黒いセダンを使っている」

「この捜査本部の目と鼻の先にいたなんてことが、納得できるか」

「灯台もと暗し、と言うだろう」

郡原は、さっきも同じ諺《ことわざ》を口にした。


組長室で人払いをして、郡原は多嘉原に言った。

「あんたが、白いスーツの男になりすましてくれれば、レイジの罪は問わないことにする」

甘糟はそれを聞いて心底驚いた。どうすればそんな発想ができるのだろうと思った。だが、今考えてみれば、レイジとヒロシの隠れ場所について言った「灯台もと暗し」という諺から思いついたのかもしれない。

「私に警視総監の役をやれということですか？」

「あんたは多嘉原連合の親分、向こうは警視庁の親分だ。釣り合うんじゃねえの？」

「何のために私がそんなことをしなければならないのです」

「総監がさ、みんなに知られたくないって言うんだよね。まあ、俺たちもそんなこと公にしたくないしさ」

「貸しになりますよ」

「レイジの件でチャラだと言っただろう」

甘糟は、まさか多嘉原が引き受けはしないだろうと思っていた。だが、意外なことに彼はあっさりと言った。

「面白いですね。引き受けましょう」

「あんたなら、面白がってくれると思ったよ。……で、白いスーツの持ち合わせはあるか？」

「持ってますよ」

「さすが多嘉原の親分だ。そいつに着替えて、写真を携帯に送ってくれ」

「承知しました」

多嘉原は、本当に面白がっている様子だった。

そういうわけで、郡原あてに写真が送られてきたというわけだ。


土井が悔しそうに言った。

「俺は納得しないぞ。白いスーツの男が本命だったはずだ。その多嘉原ってやつを引っぱるぞ」

「やめときな。多嘉原は殺しには何の関係もない。もともと、白いスーツの男は、殺しには関係ないって言っただろう」

土井がさらに何か言おうとしたとき、それを遮って管理官が言った。

「課長からの指示だ。捜査本部は全力で、正木高彦の行方を追う。逮捕状を取って指名手配だ。さあ、すぐにかかるぞ。寝ている捜査員を叩き起こしてこい」

土井も指示に従うしかない。

寝ていた連中が出て来て、捜査本部内は一気に活気づいた。

郡原が甘糟に言った。

「おい、小岩署の何とか言うやつに連絡しておけ。地元に潜伏している可能性もある」

「わかりました」

甘糟は森野に電話した。

「何だよ、こんな時間に……」

時計を見ると、午後十時四十五分だ。それほど遅いという時刻ではない。それに刑事には時間など関係ないはずだ。

「正木高彦の件だけどさ……」

「誰だっけ、それ」

「そっちの地元の半グレだよ。調べてもらったじゃないか。牛尾健殺害の容疑で手配されたんだ。協力してくれよ」

「なんでおたくらに協力しなけりゃならないの」

「なんでって、同じ警察だからじゃないか」

「鯖味噌定食だけじゃ合わないよなあ……」

「ポテトサラダも付けるよ」

「せこいな。そういうことじゃなくて、もっと気のきいたところに行くとかさ……」

「キャバクラとか?」

「いいねそれ。それでいこう」

「正木高彦を見つけてくれたらね」

「キャバクラのために頑張るよ」

電話が切れた。

郡原が甘糟に尋ねた。

「どんな具合だ?」

「あまり頼りになりそうにないですね」

「キャバクラがどうのって言ってたな?」

「はあ……」

「行くときゃ、俺も連れてけよ」

なんでだよ……。心の中でそう思ったが、そんなことはもちろん言えない。

「はい……」

力なくそうこたえた。

まったく、鑑識の芳沢といい、どうしてみんなこうなんだろう……。

しかし、キャバクラの力はあなどれない。正木の潜伏先についての有力な情報は、小岩署の森野からもたらされた。

正木は、江戸川区北篠崎二丁目のアパートに住む女性の部屋に身を寄せていた。交際相手だということだ。

捜査員が急行し、本人の在宅を確認した。夜中のうちに周囲を固めた。何台もの車に分乗した捜査員たちが張り込みを開始する。

逮捕状ならびに家宅捜索の令状を取り、夜明けを待ってガサ入れをすることになった。

特命班の郡原と甘糟も、もちろん連れて行かれた。

だが、郡原は集団の後ろのほうで見物していたようなものだし、甘糟もその近くにいることにしたので、大捕物とはほとんど無縁な感じだった。

被疑者を確定する情報を提供したのも、その潜伏先を捜査本部に伝えたのも、郡原と甘糟だった。

甘糟に言わせれば、「ほとんどが俺じゃん」ということになるのだが、まあたしかに多嘉原との交渉などは郡原がいなければ無理だった。

これだけのことをしたのだから、あとは他の捜査員に任せてもいいだろうというのが、郡原の言い分だった。甘糟もそう思った。

夜明けと同時に踏み込むということは、夜が明ける前に集合して待機していなければならない。甘糟は、一刻も早く帰って眠りたかった。だが、家宅捜索は日の出から日の入りまでの間に行うと決まっているので仕方がない。

太陽が昇ると、それまで青く沈んでいた住宅街が急に明るくなった。

「お、始まるぞ」

郡原が言った。すでに他人事だ。

甘糟もその様子を見ていた。アパートの二階の部屋だ。部屋の前に捜査員たちが集まっているのが見える。

裏のベランダの側にも捜査員が配置されている。

大声で何か言ったのは、土井係長だろう。

郡原はくすくすと笑った。

「土井のやつ、張り切ってるな」

緊張感ないなあ……。

甘糟はそんなことを思ったが、自分も他人のことは言えないと思った。早く正木の身柄を確保して、帰宅したい。それだけを願っていたのだ。

アパートの玄関は、ちょっとした騒ぎになっている。男たちの怒号に交じって、女の金切《かなき》り声が聞こえる。

正木の交際相手だろう。

「手間取ってやがるな……」

郡原が言った。

どうやらそのようだ。アパートに住む女も交えて、玄関先は大混乱になっている。捜査員が何とか部屋に入ろうとしているようだ。

そのとき、アパートの階段を駆け下りてくる人物がいた。

「あれ……」

甘糟は言った。「あれ、正木じゃないですよね……」

郡原がそちらを見て言う。

「まさか……」

「いや、正木みたいです」

その男はどんどん、甘糟たちのほうに近づいている。その後ろを捜査員たちが駆けてくる。どちらも必死の形相だ。

郡原がつぶやく。

「逃がしやがったな……」

正木はもうじき甘糟たちの前を通り過ぎる。甘糟たちが刑事だとは思っていない様子だ。

郡原がいきなり甘糟の腕をつかんだ。

「え……？」

甘糟は、路上に放り出された。ぶざまに路上に転がる。そこに何かが倒れ込んできた。

「ひゃあ……」

正木だった。突然足元に転がり出てきた甘糟に躓《つまず》き、もんどり打って転がった。

そこに捜査員たちが殺到した。怒号が交錯する。

「待って、俺だって。甘糟だってば……」

甘糟は、正木と共に地面に取り押さえられていた。

「確保ー」

誰かが怒鳴り、それが連呼された。

「何が確保だよ」

甘糟は言った。「早くどいてよ」

ともあれ、正木高彦の身柄は確保され、捜査本部のある北綾瀬署に運ばれた。

「さて、書類仕事をやらされる前に、帰って一眠りだ」

郡原が言った。甘糟はそれを、膝をさすりながら聞いていた。

24

取り調べが始まると、ほどなく正木は殺人を自供したという。

送検のために、捜査員たちは膨大な書類を書くことになる。

身柄確保の現場から戻り、独身寮で仮眠を取っていた甘糟は、正木が自供したという知らせを受けて捜査本部に戻り、疎明《そめい》資料作りに参加した。郡原の姿は見えない。どこかで寝ているに違いない。もしかしたら、自宅に戻ったのかもしれない。

特命班が一人消えたからと言って気にする捜査員はいない。……と思ったら、一人いた。

土井が近づいてきて言った。

「郡原はどこだ？」

「さあ、わかりません」

「わかりませんって、おまえ、相棒だろう」

「はあ、そうなんですが……」

「もうじき俺たちは引きあげる。あいつに言っておいてくれ。結局、おまえが言ったとおりだったって……」

「そうだったんですか？」

「ああ。ほとんど郡原が言ったとおりだった。殺害の動機も方法も……」

「上に内緒でドラッグを売っていて、それが牛尾にばれたんで、高架下に呼び出して殺害したと……」

「そういうことだ。じゃあな……」

土井が歩き去ろうとした。

「あの……」

「何だ？」

「初任科時代から郡原さんをご存じなのですよね？」

「ああ。同期だからな」

「郡原さんは、昔からみんなをいじめていたんですか？」

「あいつがそんなことを言ったのか？」

「いえ、鍛えてやったと言ってましたが……」

「そう。俺たちは鍛えられたんだよ。警察は甘いところじゃない。それを郡原が教えてくれたんだよ。それだけじゃない。くじけそうになったら、郡原は必ず俺たちの手を引っぱってくれた。あいつがいなかったら、今の俺はないかもしれない」

甘糟はびっくりした。

「郡原さんって、てっきり悪い人だと思ってました」

「まあ、照れ屋で不器用だからな。けど、あいつと組んでいてわからなかったのか？　あいつは誰よりも相棒のことを考えているはずだがな……」

「でも……。新宿署の上小路さんは、今度会ったら殺してやるって……」

土井が笑った。

「俺たちはいつもそういうことを言い合っている。それが言える間柄なんだ」

そう言って土井は去って行った。

言われてみれば、あれこれこき使われたようで、結局は甘糟の手柄になっていたのではないか……。

理解ができなかった。

土井は郡原を怨んでいるどころか、感謝しているような口ぶりだった。

郡原のことが、ますますわからなくなる。

まあ、考えてもわからないことは、考えてもしょうがない。

甘糟は思った。

郡原のことがわかったところで、恐ろしいことには変わりはないだろう。このまま、付き合っていくしかないのだ。

甘糟は、ノートパソコンに向かい、書類仕事を再開した。


「いい？　延長はなしだよ」

甘糟は約束どおり、鑑識の芳沢と小岩署の森野を連れて、駅裏のキャバクラ『ジュリア』にやってきた。しっかり、郡原もいっしょだった。

郡原が言った。

「しみったれたこと言ってんじゃねえよ」

「四人分払わなきゃならないんですからね」

芳沢と森野は初対面だが、そんなことはどうでもいいようだ。ただでキャバクラに来られると
あって、二人で盛り上がっている。

顔見知りの黒服が甘糟と郡原を見ると、目を丸くして青くなった。

「手入れですか?」

甘糟はこたえた。

「飲みに来ただけだよ。四人ね」

「脅かさないでくださいよ……」

「別に脅してなんかいないから」

店はそこそこ混んでいた。

席に案内されると、すぐに黒服が言った。

「ご指名はございますか?」

甘糟がこたえる。

「ないよ」

「おい」

郡原が言う。「ナンバーワンとか、指名しろよ」

「そんなの知りませんよ。指名はなしです」

「じゃあ、場内指名するぞ。いいな」

それを聞いた芳沢が言う。

「お、場内アリね」

まったく、こいつらは……。

キャバクラ来ても、金のことが気になってちっとも楽しくないじゃないか。

甘糟はそんなことを思ったが、それでも若くて華やかな女の子たちがやってくると、とたんに気分は上がった。

俺ってけっこう、ゲンキンだよなあ……。

正木高彦は送検され、捜査本部は解散となった。最後は警視総監どころか、刑事部長も署長も姿を見せなかった。

捜査一課長と管理官を囲んで茶碗酒で乾杯した。

それから数日経った。事件は次々と起きる。もちろん、毎日殺人のような重要事案が発生するわけではない。だが、こまごまとした事案は絶えない。そして、刑事はその小さな事案に日々忙殺されるのだ。

珍しく事件のない日、郡原が『ジュリア』へ行こうと言い出し、どうせなら芳沢と森野との約束も一気に片づけてしまおうと思ったわけだ。

最初は全体でわっと盛り上がり、そのうちにそれぞれの隣についた女の子と話し込む。だいたいそれが、キャバクラでのパターンだ。

そして、女の子が入れ替わる。最初に甘糟に付いた子が抜かれた。そのとき、何気なく店の出入り口のほうを見て、甘糟は口に含んだ水割りを噴き出した。

女の子が驚いて、ボーイにオシボリを頼んでいる。

郡原が言った。

「どうしたんだ?」

甘糟はその場で立ち上がっていた。郡原が不審そうな顔で甘糟が見ている方向に眼をやる。

白いスーツの男がやってきた。それも、二人だ。郡原が言う。

「おい、どういうことだ?」

「知りませんよ……」

白いスーツの男たちの片方はサングラスをかけていた。警視総監だ。彼は、甘糟に気づいて近づいてきた。

「おう、おまえらも来てたのか」

「は……」

芳沢と森野は警視総監だと気づかないらしい。座ったまま不審げな顔で相手を見ている。まあ、気づかないのが当たり前だ。

郡原は、甘糟の袖《そで》を引っぱって座らせた。人目を気にしたのだ。総監は郡原を見てそっとうなずいた。

もう一人の白いスーツの男は、多嘉原連合の親分だ。

甘糟は腰を下ろしたが、背筋を伸ばしたままで尋ねた。

「どうして二人が……」

「俺の偽物がいるって話を聞いてな。会ってみてえと思ってよ」

甘糟は多嘉原を見た。多嘉原はにやりと笑った。

「世直し、やってみると癖になりますね」

総監が言う。

「会ってみたら、意外と話が合ってな。だが、スーツは俺のほうが似合ってる」

「何をおっしゃいます。着こなしは負けませんよ」

目眩《めまい》がしそうだった。

警視総監と暴力団の組長が、同じような恰好をして、キャバクラで酒を飲んでいる。それが世間にばれたら、いったいどういうことになるのだろう。

そんな甘糟の心配をよそに、警視総監は郡原と甘糟に手招きをした。二人は身を乗り出した。

額を近づけた総監が小声で言った。

「おめえさんたち、今回は本当によくやってくれた」

郡原がこたえる。

「恐れ入ります」

「さすがはマル暴だ。おめえたちのことは忘れねえぜ」

郡原がかすかに頭を下げる。

甘糟は総監に言った。「うかがってよろしいですか?」

「あの……」

「何でえ?」

「いつまでお続けになられるのでしょう?」

「何のことかな?」

「その……。白いスーツ姿で街を巡回されることです」

「そうさなあ……。飽きるまでやらせてもらうぜ」

総監はそう言うと、甘糟たちのもとを離れ、多嘉原と共に奥の席に向かった。

甘糟はがっくりと力を抜いた。

「あのオジサンたち、知り合い？」

何事かと成り行きを見守っていた女の子たちの一人が尋ねた。

甘糟はこたえた。

「まあ、知り合いって言うか……」

鑑識の芳沢が言う。

「マルBじゃないの？　けっこう大物だろう？　さすがマル暴刑事だね」

何を呑気《のんき》なことを言ってるんだ。正体を教えてやろうか。

甘糟がそう思ったとき、甘糟の隣に女の子がやってきた。

総監と多嘉原がいると思うと、どうにも落ち着かなかった。郡原は平気そうだ。すでに隣の女の子との会話に没頭している。

さすがだなと甘糟は思った。郡原にはかなわない。

森野が言った。

「俺、さっきの子、場内指名するけど、いいね？」

甘糟が言った。

「場内って、もうチェックの時間だよ」

言った通り、黒服がやってきて「そろそろお時間です」と告げた。「ご延長なさいますか?」

そのとき、総監が再びやってきた。甘糟はまた反射的に立ち上がった。

「おう、ここの勘定は俺に任せておきな」

甘糟が慌てて言った。

「あ、でも……」

「いいってことよ。今回の褒美だよ。じゃあな」

今度は郡原も立ち上がった。森野と芳沢も訳がわからない顔のまま起立して礼をした。

「ごちそうになります」

総監が去ると、甘糟は黒服に言った。

「じゃあ、延長で……。取りあえず三十分」

森野が言う。

「場内指名ね」

郡原はやけに楽しそうだ。

さて、金の心配もないし、俺も楽しむか。

甘糟はそう思い、水割りをぐいっと飲んだ。

［初出誌］
「週刊実話」（日本ジャーナル出版）二〇一五年四月二十三日号～二〇一六年三月十日号

本作品はフィクションです。登場する人物、団体、組織、店名、企業その他は実在のものと一切関係ありません。

（編集部）

[著者略歴]
今野 敏（こんの びん）
1955年北海道生まれ。上智大学在学中の78年にデビュー。〈潜入捜査〉〈ＳＴ 警視庁科学特捜班〉〈東京湾臨海署安積班〉ほか数多くの人気シリーズならびに、武道小説、伝奇小説も幅広く手がける。2006年『隠蔽捜査』で吉川英治文学新人賞、08年『果断 隠蔽捜査２』で山本周五郎賞、日本推理作家協会賞を受賞。近著に『叛撃』『寮生──一九七一年、函館。』『防諜捜査』など。本作は『マル暴甘糟』の続編。〈任俠〉シリーズ（『任俠書房』『任俠学園』『任俠病院』）とは姉妹シリーズとなる。
公式HP　http://www.age.ne.jp/x/b-konno/

マル暴総監《ぼうそうかん》

2016年5月30日　初版第1刷発行

著　者／今野 敏
発行者／岩野裕一
発行所／株式会社実業之日本社
〒104-8233　東京都中央区京橋3-7-5　京橋スクエア
電話（編集）03-3562-2051　（販売）03-3535-4441
振替　00110-6-326
http://www.j-n.co.jp/
小社のプライバシー・ポリシーは上記ホームページをご覧ください。

ＤＴＰ／株式会社ラッシュ
印刷所／大日本印刷株式会社
製本所／株式会社ブックアート

ISBN978-4-408-53683-5（文芸）